Carole Enz, Michèle Combaz Thyssen

Rabenherz
- von der Engelsburg zum Teufelsberg

Carole Enz

Michèle Combaz Thyssen

Rabenherz
- von der Engelsburg zum Teufelsberg

Sistabooks

Enz, Carole; **Combaz Thyssen**, Michèle
Rabenherz – von der Engelsburg zum Teufelsberg
Originalausgabe – 1. Auflage – Horgen 2021
Sistabooks GmbH, Churfirstenstr. 5, CH-8810 Horgen
Homepage: www.sistabooks.ch
(Sistabooks – Fantasy-Roman)
ISBN: 978-3-907860-24-3

© Sistabooks GmbH

1. Auflage 2021
Alle Rechte vorbehalten
Covergestaltung: Carole Enz
Herstellung: Books on Demand GmbH, Norderstedt

Inhaltsverzeichnis

für Christine, Petra und Richi, Rabenherz-Fans der ersten Stunde, und für Michèles mutiges Patenkind Florin, sowie für Caroles nicht so leicht zu schockierendes Patenkind Lisa

Prolog

Dunkelheit. Feuchte Wände, modriger Geruch. Von Ferne dröhnt ein Donnern, das von dicken Mauern gedämpft wird. Jemand seufzt, eine ältere Frau schluchzt ganz in der Nähe. «Che miseria!», weint eine andere, und ein Mann betet: «Deus, salva me!» – Was ist das für ein Ort? Wo ist sie nur gelandet, fragt sich die junge Frau, deren Augen versuchen, sich an die Düsternis zu gewöhnen. «Dovè troviamoci?», fragt sie in die Dunkelheit, und mehrere Stimmen antworten ihr jammernd mit einer Litanei von Klagen, aus der sie kein Wort versteht. «Wenn ich nur vernünftig Italienisch könnte!», denkt sie zerknirscht, aber diese Gedanken sind fruchtlos, denn die Schwierigkeiten, in denen sie steckt, haben nichts mit der Sprache zu tun. Plötzlich raunt eine vertraute Stimme in ihr Ohr: «Willst du wirklich wissen, wo wir gelandet sind, oder möchtest du versuchen, wieder hier wegzukommen, meine liebe Mäggy?» – «Raina!», jubelt das Mädchen und umarmt erleichtert ihre Freundin. «Wo sind wir?»

Plötzlich rasselt es, und etwas setzt sich in Bewegung. Es fühlt sich an, als würde der Boden in die Höhe gehoben samt der Menschen, die darauf kauern. Von oben scheinen sich Wände auf allen Seiten herabzusenken, wobei dies nur so wirkt, denn die Gruppe fährt wie in einem Lift nach oben. Auf allen Seiten sind für ein paar Sekunden nur Mauern zu sehen, was Margarethe in Platzangst versetzt. Die Mädchen kreischen. Doch als der Boden dort ankommt, wo er hingehört, nämlich ebenerdig zum Arena-Boden, der zuvor über ihren Köpfen war, da stehen sie frei in der Arena und werden vom Tageslicht geblendet – wobei «frei» relativ ist. Sie heben ihre Hände schützend vor ihre Gesichter, weil die Sonne so grell ist nach der Düsternis im Untergrund. Plötzlich begreifen sie, wo sie gelandet sind, und den jungen Frauen stockt fast der Atem: Unzählige Sitzreihen mit

Tausenden von Zuschauern umgeben die Arena, auf welche die kleine Gruppe aus dem dunklen Untergrund gehoben wurde mittels eines unerklärlichen Mechanismus. «Wir sind auf einer Hebebühne!», stellt Seraina fest. «Erinnerst du dich an die Führung, die wir mitgemacht haben?» Ihre Freundin blickt sie bestürzt an: «Du meinst – im Kolosseum?» – «Ja, genau, da sind wir.» – «Und was ist das für eine Reality Show hier, hast du das auch für uns gebucht, Raina?» – «Von wegen! Wir werden jetzt gerade den wilden Tieren vorgeworfen!» Die Teenager sehen einander an und prusten los. «Raina, jetzt verulkst du mich aber!»

Beunruhigt lässt Margarethe ihren Blick durch die Arena schweifen. Die Zuschauer sind alle recht seltsam gekleidet, während sie selbst ihre normalen Jeans und T-Shirts tragen. «Ein Historienspektakel», denkt sie bei sich, aber alles fühlt sich so echt an. «Und wo sind die Jungs?», fragt sie ihre Freundin. – «Keine Ahnung… oder warte mal, siehst du, dort drüben?», antwortet diese und zeigt mit dem Finger in eine Richtung, aus der Quietschen und Kettenrasseln ertönt, bis aus der Tiefe eine weitere Hebebühne gezogen wird. Darauf steht eine kleine Gruppe Männer, alle recht ungewohnt gekleidet. Manche haben einen nackten Oberkörper und tragen nur um die Hüfte eine Art Rüstungsgurt, darunter nackte Beine und bis zur Kniekehle geschnürte Ledersandalen. Andere tragen eine Rüstung oder einen Brustpanzer aus Leder, der die Arme freilässt, auf dem Kopf einen Helm mit aufschwellendem Kamm, manche mit Visier. Die einen sind bewaffnet mit einem Speer oder einer anderen Hieb- oder Stichwaffe, wie einem Krummschwert oder Schlitzschwert mit langer Klinge, die anderen mit einem runden oder eckigen Schild. «Gladiatoren!», flüstern die Mädchen fasziniert. «Wahnsinn!» Die Dunkelhaarige raunt: «Und einer kommt mir so bekannt vor!» Tatsächlich: Der eine ist gross und kräftig, sodass er die anderen überragt, hat einen nackten Oberkörper, dafür einen Armschutz, trägt ein schweres rechteckiges Langschild und ein Kurzschwert in seinen muskulösen Armen und hat einen so wilden Haarschopf, dass die Haare unter dem Helm herausquellen. «Oh Mann, sieht der geil aus!», ruft Seraina und stösst ihre Freundin in die Seite. «Du Glückspilz!» – Margarethe keucht: «Leon! Und Rudy ist neben ihm, der mit dem Federbusch!» Der Junge neben Leon ist schlaksig, hat kurze, dunkle Haare, trägt einen Brustpanzer, Helm mit Federbusch und ein Netz und einen Dreizack in seiner Hand und sieht auch recht imposant aus, mit seinem Waffengurt, in dem ein Dolch steckt. Jetzt ist es an Seraina, zu erbleichen: «Stimmt! In dem Aufzug hätte ich meinen Liebsten fast nicht erkannt.» Die Mädchen schicken einander ratlose Blicke. Ist das ein Spiel? Oder ist es Ernst?

Doch es scheint, dass es blutiger Ernst wird, denn gerade öffnen sich massive Gitter am anderen Ende der Arena: Heraus spazieren Löwen, Bären und Wölfe, und diese stehen jetzt den spärlich bewaffneten Teenagern gegenüber…

1
Schlaflos in Stockholm

In einer Pizzeria in Stockholm kauen vier Jugendliche glücklich auf ihren Pizzen herum. Erleichtert nach einem verrückten Abenteuer, in welchem sie – so nebenbei – die Welt gerettet haben von einer Pandemie, sitzen sie im trauten Kreise vereint: Margarethe, Seraina, Rudy und Leon, vier Schweizerinnen und Schweizer aus Zürich. Auf ihrer Weltrettungsmission haben sich – so ganz nebenbei – Paare gebildet, und sowohl Margarethe als auch ihre Freundin Seraina sind glücklich verliebt. Erstere kann es immer noch kaum fassen, dass sie ihren Leon Löwenherz erobert hat, so unwirklich scheint es ihr, nach den unglaublichen Erlebnissen vor rund vier Monaten – Abenteuer, die sich nicht nur in verschiedenen Ländern, sondern sogar in unterschiedlichen Zeitaltern abgespielt haben. Mit ihrer Rückkehr in ihre eigene Lebenswelt hat sich einiges vom Ballast der Vergangenheit von ihren Schultern gelöst, aber Leon ist geblieben; ihn hat der Zeitstrudel nicht mehr verschluckt.

Als wäre das Liebesglück nicht Lohn genug für die Strapazen, haben sie als angenehmen Nebeneffekt soeben den Nobelpreis für Medizin erhalten: für ein uraltes Rezept, das als Heilmittel gegen multiresistente Bakterien hilft und so auch die MAE-CD-20-Pandemie gestoppt hat. Deshalb sind sie samt ihrer engsten Verwandten Anfang Oktober nach Stockholm gereist, um vom König von Schweden höchstpersönlich diese hohe Auszeichnung zu erhalten. Alle vier haben sich in Schale geworfen und sind nach der Ehrung aus dem Festsaal in die Stadt geflüchtet, fort von den Erwachsenen und dem ganzen Brimborium. Ihnen stand der Sinn nicht nach einem Festbankett, sondern nach etwas Normalität: Die kleine Pizzeria kam ihnen dabei gerade gelegen.

Aus dem Pizzaofen duftet es verlockend; es ist heiss in dem Lokal. Rudy schnappt nach Luft und fühlt sich überrumpelt von der ganzen Situation – und auch von Seraina, die sich magisch von ihm angezogen fühlt und ihn dauernd küssen möchte. Belustigt beobachtet Margarethe ihre ältesten Freunde, die sich – endlich – gefunden haben. «Tausend Mal berührt und so», denkt sie gerührt und mustert ihren Leon, den sie dank Plonk erobert hat. Wobei Plonk nichts Unanständiges ist, sondern ihr zahmer Rabe, den sie eigenhändig aufgezogen hat und der als «Matchmaker» gewirkt hat bei der ersten Begegnung der beiden Teenager. Es scheint ihr, als wäre es Jahre her. Leon ist ihr so vertraut, ein Seelenverwandter. Sie wendet ihm ihr Gesicht zu und küsst ihn zärtlich.

Seraina, die ihr gegenüber sitzt, würde ihren armen Rudy am liebsten von seinen ungewohnten und einengenden Kleidern befreien – rein aus Mitleid, versteht sich. «Du Armer, du schwitzt immer noch, zieh doch wenigstens die Jacke aus, bevor du mir noch einen Kollaps kriegst!», fordert das hübsche, dunkelhaarige Mädchen besorgt seinen Freund auf, dem sichtbar unwohl ist in seinem eleganten Aufzug. Seine Freundin dagegen findet ihn umwerfend: «Obwohl du ganz toll aussiehst in dieser Kluft!» – «Das fängt ja gut an; dein Mädchen findet dich so anziehend, dass sie dich gleich ausziehen will!», grinst Leon, der seinen Arm um Margarethe gelegt hat. Rudy errötet und keucht leise, was Seraina mit besorgtem Gesichtsausdruck quittiert. «Aber wenigstens die Krawatte lockern könntest du ja», rät ihm Leon, der seinerseits bereits seine so weit gelöst hat, dass das kürzere Ende fast aus dem Knoten rutscht. Er hat sich früher schon von seiner Jacke befreit und die obersten zwei Knöpfe seines Hemdes diskret geöffnet, und auch seine Freundin Margarethe hat ihre elegante Blazerjacke an die Lehne ihres Stuhles gehängt. Ihr gelbes Foulard hat sie anbehalten. Leon bemerkt das: «Hübsch, das Tuch, das deine bernsteinfarbenen Augen betont.» – «Bernstein?», wundert sie sich. «Ich habe doch braune Augen.» – «Je

nach Farbe, die du trägst, leuchten sie olivgrün oder honiggelb...
auf jeden Fall appetitlich!», säuselt Leon und spielt mit dem
Tuch seiner Freundin, wickelt es langsam um seinen Zeigfinger
und zieht sie damit näher zu sich heran, um sie zu küssen. Seraina, die etwas übermütig ist, kommentiert grinsend: «Mäggy trägt
das Tuch nur, damit keiner merkt, dass sie wieder keinen BH
anhat!» Ihre Freundin wird dunkelrot im Gesicht und faucht:
«Verräterin!» Leon lacht verschmitzt: «Das würde ich zu gern
nachprüfen!» Er zieht sie fester an sich.

Nun wird Rudy munterer, der sich aus seiner Erstarrung gelöst
und endlich Jacke und Krawatte abgelegt hat. «Ihr zwei, und das
in aller Öffentlichkeit!», tadelt er sie lachend. – «Im Hotel sind
wir mit unseren Eltern!», erklärt Leon zu seiner Verteidigung.

Die vier Weltretter logieren nämlich im Hotel Kungstradgarden,
was so viel heisst wie «The King's Garden». Der Name passt
zum Programm, schliesslich haben sie ja den König persönlich
getroffen. Auch alle Angehörigen der vier Preisträger logieren
hier mit ihrem jeweiligen Kind in vier luxuriösen Suiten, zwar
mit mehreren Zimmern, aber ohne Verbindungstüren zueinander.
«Leider ist die Geheimtüre zu Mäggys Schlafgemach verriegelt!», bemerkt ihr Freund bedauernd. «Eigentlich schade, wo
die Betten so toll sind!» Jetzt ist es an seiner Freundin, zu erröten. Sie sind alle noch relativ frisch verliebt und klopfen zwar
gerne lockere Sprüche, die auch mal unter die Gürtellinie zielen,
sprechen aber nicht so gerne ernsthaft über indiskrete Themen
miteinander. Die Mädchen tauschen sich zwar bilateral aus, aber
selbst sie haben Hemmungen, allzu direkt über die Liebe zu
sprechen. Und die Jungs verstehen sich zwar mittlerweile sehr
gut, aber es würde ihnen nicht im Traum einfallen, den anderen
zu fragen, wie der Stand der Dinge ist.

«Hatte ich euch eigentlich schon gesagt, dass ihr alle ganz toll
ausseht?», fragt Margarethe ihre drei liebsten Freunde – Menschenfreunde, versteht sich, wo ihr allerbester Freund bis vor ein

paar Jahren nur ihr Rabe war. Manchmal denkt sie selbst wie ein Rabe, und deshalb passt Leon auch so gut zu ihr, der eine besondere Gabe hat: Er ist ein Tierflüsterer, der mit Pferden, Hunden und Bibern kommunizieren kann – und natürlich mit Raben, was ihm sogar die Eifersucht seiner Freundin eingehandelt hat.

«Danke, aber du siehst auch super aus, Mäggy!», findet Seraina, die ein eng anliegendes, schwarzes Kleid trägt, das ihre schlanke Figur betont. Margarethe ihrerseits hatte sich für ein zurückhaltendes Outfit entschieden und zuckt verlegen mit ihren Schultern. – «Doch, das steht dir echt, so klassisch-sportlich!», bekräftigt ihre Freundin. – «Ich mag halt nicht so elegante Klamotten», verteidigt sich die Naturfreundin und schüttelt ihr offenes Haar, und Leon fügt hinzu: «Mäggy ist eben eher sportlich unterwegs, und das passt zu ihr.» – «Blazerjacke ist klassisch und zeitlos elegant», findet Rudy. «Passt zu allem.» – «Eben, das habe ich meiner Mama klarzumachen versucht, aber sie hat sich ja sowas von dagegen gesträubt, dass ich Bluejeans anziehen wollte!» – «Wieso? Sieht doch schick aus, mit dem weissen Top und dem Foulard», bestätigt Seraina. «Du kannst sowieso alles tragen: Ritterrüstung, Nonnenkluft, Fischschwanz…» – «Jetzt brauche ich aber mehr Details!», zeigt sich Leon interessiert. «Und ich würde dich gern mal in diesen Outfits sehen!» Die drei Insider lachen laut auf. «Ich fang jetzt nicht mit Rudys Geweih an», prustet Margarethe heraus, und Rudy reagiert gespielt wütend: «Na warte, dir zeig ich, wer hier der Platzhirsch ist!»

Übermütig albern die vier herum und können die Schrecken vorübergehend vergessen, die sie erlebt hatten. Ihre kürzlich überstandenen Abenteuer hatten es nämlich in sich: Sie reisten von Pandemie zu Pandemie, Rudy holte sich die Pest und wurde erst im letzten Moment geheilt dank eines Mittelalter-Antidots, und sie mussten einen machtgierigen Londoner Hexer daran hindern, den Zauber von Rabe und Schwert an sich zu reissen, um als Herr der Zeit noch mehr Schaden anzurichten. Sie sind weit weg von allem – von ihrer Heimat, von der Pandemie und von den Gefahren. Sie geniessen es.

Ein Wermutstropfen jedoch sind die seltsamen Nachrichten, welche Seraina und Margarethe vor einer halben Stunde zeitgleich erhalten hatten – als wären sie aufeinander abgestimmt. Nach einem kurzen Augenblick der Irritation, welche von den Jungs unbemerkt blieb, legten sie jedoch ihre Smartiefons beiseite, um den Moment nicht zu zerstören. Was auch immer passiert, es wird nicht heute Abend passieren!

Aber so oder so ist es ein wunderschönes Erlebnis, hier zu sein, zumal sie Ehrengäste sind. Und immerhin Nobelpreisträger! Sie können es immer noch kaum fassen. Seit zwei Tagen weilen sie in Stockholm und haben sich die Stadt kurz angesehen. Länger als bis Sonntag – also morgen Abend – können sie leider nicht bleiben, denn ihre Angehörigen müssen am Montag arbeiten. Und sowohl Leon als auch Rudy haben Mitte September zu studieren begonnen. Somit müssen sie auch wieder an ihre jeweiligen Hochschulen. Obwohl Rudy zwei Jahre jünger ist als Leon, hat das Superhirn seine Matur vorzeitig ablegen können und sich als Sechzehnjähriger für ein Physikstudium an der ETH Zürich entschieden – also genau genommen, feiert er in zwei Monaten seinen siebzehnten Geburtstag: Rudy ist ein Dezember-Kind. Leon, der im August neunzehn geworden ist, hat sich an der Universität Zürich für Biologie eingeschrieben – der Apfel fällt hier nicht weit vom Stamm. Seraina und Margarethe werden ihre Maturprüfung voraussichtlich in knapp zwei Jahren ablegen. Dass ihre beiden Freunde studieren, passt ihnen ganz gut ins Konzept, denn keine von beiden hat so das Gefühl, die andere hätte es besser, weil der Freund der einen noch die Schulbank drückt und der andere schon ein Student ist. Für die Mädchen aber ist es gerade etwas ruhiger, denn gerade haben die zweiwöchigen Herbstferien am Gymnasium Gutenberg begonnen.

Den Sommer konnten sie ganz unbeschwert geniessen, denn ihr pandemisches Abenteuer, dass sie durch mehrere Länder und Jahrhunderte wirbelte, hatte sich im Mai zugetragen. Einerseits hatte sich die angespannte Pandemiesituation dank ihres Antidots beruhigt; Tote gab es nur noch sehr vereinzelt. Andererseits hatten sie sich oft treffen können: für Ausflüge, zum Velofahren, zum Schwimmen im See. Sie waren auch viel mit Margarethes Raben Plonk zusammen, dessen Junge dann schon flügge waren und nur noch lose mit den Rabeneltern Kontakt hatten.

Ein Unterschied zur Situation vor ihrer letzten Zeitreise: Statt eines Dreierteams aus lauter Einzelkindern, die zwar dick befreundet, aber solo waren, sind sie nun zwei verliebte Paare. Margarethe hatte ihren Leon im Frühling unter Plonks Baum kennengelernt (oder eher auf dem Baum, wo er herumkletterte, bis sie ihn scheltend herunterholte) und sich Hals über Kopf in ihn verliebt. Ihr erstes romantisches Date fand dann in der Bibliothek statt, wo er ihr bei Nachforschungen über frühere Pandemien half. Mit erbaulichen Themen wie Pest und Spanischer Grippe fachsimpelten sie und kamen sich näher. Fündig wurde schliesslich ein anderer: Rudy hatte auf geniale Weise ein Heilmittel gegen die heimtückische Kombi-Krankheit aus Bakterium und Virus ausfindig gemacht. Kurz darauf landeten Margarethe, Rudy und Seraina zuerst nur zu dritt im Venedig des 14. Jahrhunderts. Ein verrücktes Abenteuer begann, in welches wenig später – in London – auch Leon hineingezogen wurde.

* * *

Die letzte Nacht im Hotel ist schnell vorbei. Nun ist Sonntag, am Abend fliegen sie wieder heim. Doch die vier Freunde wollen nach einem Smörgåsbord, einem opulenten Schwedenfrühstück, unbedingt noch ins Vasa-Museum. «Stellen die dort Knäckebrot aus?», fragt Leon mit einer Unschuldsmiene. Margarethe prustet los, doch Rudy grummelt etwas ungeduldig: «Da ist das Kriegsschiff von 1628 ausgestellt, das noch auf seiner Jungfernfahrt direkt vor Stockholm sank.» – «Na, da hat die Vasa aber wenig Spass gehabt, so jungfräulich in die ewigen Jagdgründe abzutauchen…», flachst Leon und zieht – zu Margarethe gewandt – keck mehrmals beide Augenbrauen hoch. Die Angesprochene wird knallrot, was Seraina belustigt feststellt. Sie flüstert ihrer Freundin ins Ohr: «Also ging's bei dir auch noch nicht zur Sache?» – «Pscht», zischt Margarethe, der es ziemlich peinlich ist. Schnell verlässt sie das Hotel, in der Angst, jemand von der Verwandtschaft könnte etwas von dem Wortwechsel mitbekommen haben. Die andern folgen ihr ins Freie.

Draussen ist es bitterkalt, es ist ja Anfang Oktober im hohen Norden. Im Museum angelangt, staunen sie über das ausserordentlich gut erhaltene Schiffswrack, das über mehrere Kanonendecks übereinander verfügt. «Kein Wunder ist das gesunken! Die Erbauer haben ja null Ahnung gehabt von Physik», frotzelt Rudy, und Seraina kommentiert seufzend: «Es können ja nicht alle so Wunderknaben wie du sein, Rudolfino mio!» – Margarethe, die pflichtbewusst ihren Reiseführer studiert hat, erklärt: «Die Vorgaben des damaligen Königs waren dermassen übertrieben, dass ein Scheitern fast schon vorprogrammiert war. Niemand habe es gewagt, dem König reinen Wein einzuschenken. So haben sie gebaut, was er wollte – und es ist abgesoffen.» – «Wiedermal ein typischer Fall von Grössenwahn – erinnert mich an die Story mit der Titanic. Nur dass hier wohl niemand zu Schaden kam – im eigenen Hafen ertrinken wäre ja dann wirklich ein Fall für den Darwin-Award», witzelt Leon und fasst sich an den Kopf. – «Na ja, wenn einer so vollbetankt ist wie du damals in London, dann braucht's wenig», grinst Margarethe und sieht, wie Leon jetzt seinerseits rot wird. «Ich hatte alles unter Kontrolle», verteidigt er sich. – «Klar, wir sind auch nur im Kerker gelandet…». Nun wechselt Seraina abrupt das Thema:

10

«Hey Leute, Schluss für heute, wir müssen los, Koffer packen und den Flieger erwischen. Alle schauen auf die Uhr auf ihren Smartiefons – tatsächlich, die Zeit verging in Windeseile.

2
Nachhilfeunterricht in einem wichtigen Fach

Kaum zurückgekehrt von der Nobelpreisverleihung, freuen sich die Mädchen auf zwei Wochen Ferien, bevor der Ernst des Lebens wieder beginnt. Margarethe möchte viel Zeit mit ihrem Raben verbringen, der noch vor der Pandemie ein Revier im Horgenbergwald bezogen hat, unweit des neuen Wohnsitzes seiner Menschenfreundin. Langweilig wird es ihr nie in den Ferien! Doch die Jungs sind gar nicht erfreut, dass Schulferien und Semesterferien im Herbst nicht zusammenfallen. Das ist eine der vielen Änderungen, die ein Studium mit sich bringt. Ein Studium ist zudem viel anstrengender als der Schulbetrieb, wenn man die naturwissenschaftliche Richtung gewählt hat. Rudy hat 44 Vorlesungen, Leon immerhin 33 pro Woche. Dafür sind die Semesterferien üppig, in denen sie wohl Jobs annehmen werden und ausgiebig Zeit zum Reisen haben, sofern keine happigen Prüfungen anstehen. Die beiden Paare haben sich gut mit der Situation arrangiert, dass die Jungs schon studieren und die Mädchen nicht. Margarethe bringt es auf den Punkt: «So können wir einander nicht die ganze Zeit auf den Wecker gehen!»

Deshalb sehen sich entweder die Mädchen täglich in der Schule, oder die Paare treffen sich zu zweit oder zu viert, aber die Konstellation, dass Margarethe Rudy unter vier Augen trifft, ergibt sich nicht von selbst. So ist Erstere erstaunt, als ihr alter Freund schon zwei Tage nach ihrer Rückkehr aus Stockholm auf ihrem Gartensitzplatz steht und an ihr Zimmerfenster klopft. «Nanu, Rudy, was ist denn los?», fragt sie überrascht, als sie das Fenster öffnet. Er sieht etwas zerknirscht aus. «Möchtest du hereinkommen?» Kopfschütteln. «Können wir eine Runde spazieren gehen?» – «Na klar! Ich ziehe kurz Schuhe an und komme!» Seltsam! Margarethe schwant Übles. Haben ihre besten Freunde etwa gestritten?

Rudy möchte jedoch nichts sagen, solange sie in der Nähe von Margarethes Haus sind. Zu viele Bekannte könnten in der Nachbarschaft lauern. «Dass du extra zu mir nach Horgen gefahren bist!», fängt sie ermunternd an. «Warum hast du nicht angerufen? Oder getextet?» Er senkt den Blick. «Na ja, ich wusste, dass du zuhause bist, weil ich deinen Friendbook-Post gesehen habe. Und diese neonfarbenen Rosen kenne ich; die wachsen vor deinem Fenster. Da ergibt es wenig Sinn, dass du sie Stunden später von unterwegs veröffentlichst!» – «Gut kombiniert!», bemerkt sie anerkennend. «Aber was, wenn ich unterdessen aufs Velo gesprungen und zu Plonk oder zu Leon geradelt wäre?» – «Stimmt, du bist eine schnelle Radlerin!»

Sie gehen eine Weile schweigend nebeneinander in Richtung Wald, wo erfahrungsmässig weniger Leute unterwegs sind als im Dorf oder am See. Dann fragt Margarethe unverblümt: «Rudy, was hast du auf dem Herzen?» Er räuspert sich verlegen. «Das… äh… ich weiss auch nicht, wie ich das formulieren soll.» Sie lacht: «Stell einfach dein Hirn ab und lass dein Herz sprechen!» Er zögert. «Na ja… es ist wegen Raina.» – «Habt ihr gestritten?», fragt sie alarmiert. – «Nein, nicht direkt…», druckst er herum. «Noch nicht.» Margarethes Gesichtsausdruck zeigt Verwirrung. «Und?» – «Ich habe… Angst, ja, Angst, dass sie enttäuscht ist von mir.» Seine alte Freundin legt ihm eine Hand auf seine Schulter. «Aber lieber Rudy, alter Freund! Warum das denn? Sie liebt dich doch!» – «Ja… und ich sie auch.» Er seufzt verzweifelt. «Aber ich kann das nicht!» Entgeistert sieht sie ihn an. «WAS kannst du nicht? Sie lieben?» – «Ja, nein, ich meine…» Sie begreift, was er meint. «Also, küssen geht doch schon. Alles andere kommt dann von selbst», redet sie ihm ermutigend zu und klopft ihm auf die Schulter. Er schüttelt den Kopf. «Nein, eben nicht. Es ist elementar…» – «WAS ist elementar? Das Küssen?» Dann platzt er heraus: «Ich weiss nicht, wie ich es machen soll!» – «Was? Das mit dem Cybertool?», kann sie es nicht verklemmen, grinsend Bezug auf ihre frühere Sprücheklopferei zu nehmen. «Also ich meine natürlich ohne Hilfsmittel!» Er errötet. «Nein, soweit sind wir doch noch gar nicht. Ich meine ganz elementar… wie bei dir und Leon.» Jetzt ist es an ihr, zu erröten. «Ja, wir, äh…» – «Nein, du musst mir gar nichts Indiskretes sagen, ich meine, wenn ihr zusammen seid, dann ist alles so normal und unkompliziert. Er hält dich im Arm und so, und das scheint so einfach. Aber ich weiss ehrlich gesagt nicht, wie ich Seraina anfassen soll.» Verblüfft starrt Margarethe ihren ältesten Freund an. «Na, im Ernst jetzt, Rudy?» – «Lach mich aus, ich bin ein Nerd! Ein Kopfmensch halt! Vielleicht sogar ein Asperger. Ich habs nicht so mit Berührungen und all dem Körperlichen.» – «Hm… vielleicht willst du das ja gar nicht?», äussert sie eine Vermutung. Er winkt ab: «Doch, doch, ich will das schon, aber ich weiss nicht, wie anfangen. Wenn sie… nun ja… sich an mich schmiegt, dann geht es ja, dann lege ich ihr den Arm um die Schulter. Aber was dann?» – «Hmm, wie wär's mit Küssen, und dann sehen, was passiert?» – «Dann passiert eben nix!» Rudys Gesicht ist knallrot; ihm ist das Gespräch unendlich peinlich. Margarethe lächelt fürsorglich: «Komm schon, Brüderchen, das kriegen wir schon hin!»

«Ich frage dich, weil du Rainas beste Freundin bist und eher weisst, was sie sich wünscht. Und weil du, na ja, schon irgendwie so was wie eine Schwester für mich bist!» Gerührt blickt sie ihm tief in seine bebrillten, graublauen Augen. Er hat so etwas Rührendes, Treuherziges, und seine Ehrlichkeit schmeichelt ihr sehr. «Rudy, du bist so süss!», platzt sie heraus und umarmt ihn spontan und spürt, wie ihr das Blut in den Kopf schiesst. Zaghaft berührt er ihre Schultern mit seinen Händen. Und dann begreift sie, was sie tun muss: «Fester!» – «Was bitte?», fragt er verdutzt und löst seine Hände schnell wieder. – «Halte mich fester! Du darfst richtig zupacken!» – «Also so wie Leon?» – «Nein, denn dann würdest du Seraina erdrücken!», lacht Margarethe. «Der packt ein bisschen fest an, mein allerliebster Klammeraffe. Aber wo Leon zu stürmisch ist, dürftest du ruhig ein bisschen handfester sein. Also, ich sage dir jetzt, wie fest du eine Frau halten darfst, okay? Das muss dir nicht peinlich sein bei mir, gell!» Lachend fügt sie hinzu: «Solange du mir nicht an die Wäsche gehst!»

Rudy steht ihr jetzt linkisch gegenüber, und Margarethe findet es ganz ungewöhnlich, dass sie ihm Instruktionen erteilt und nicht umgekehrt, wo er doch sonst meist alles besser weiss. «Also, und jetzt noch von hinten!» Er wirft ihr einen entsetzten Blick zu, und sie schmunzelt: «Du sollst mich von hinten umarmen. Das mögen Frauen meistens. Wenn man sie nicht grad zerquetscht dabei!» – «Also nicht so fest wie Leon, meinst du?» Ratlos stellt sich Rudy hinter Margarethe und getraut sich nicht, sie anzufassen. «Was jetzt?» – «Hände durchfädeln.» – «Wo?» Sie seufzt entnervt. «Na, dort, wo Platz ist! Um die Taille», instruiert sie ihn, und er zögert. «Auf der Höhe meiner Ellenbogen. Jaa, genau da… nicht kitzeln!» Sie zuckt zusammen, und er macht vor Schreck einen kleinen Sprung rückwärts. «Nochmals!» Diesmal packt sie seine Hände ums Handgelenk und zieht, platziert sie auf ihrem Bauch. Er reagiert verdattert: «Und… das… das darf ich?» – «Ja, warum nicht? Also bei mir nur ausnahmsweise, sonst wird Leon sauer!» Sie grinst, und er wundert sich: «Ist das nicht zu aufdringlich?» Das erntet ihm einen mitleidigen Blick über die Schulter: «Dann würde sie sich wehren. Im Klartext: Unanständig wäre es, wenn deine Hände dann rauf- oder runterwandern.» Sie spürt, wie er rot wird, und ist gerührt über seine Unschuld. «Du süsser Nerd!», denkt sie bei sich.

Rudy ist starr vor Schreck und hält immer noch Mäggys Taille umfasst. Und natürlich genau in diesem Augenblick tritt Gerhard

Ulstein auf den Plan, genannt Gerry, ihr gemeinsamer Klassenkamerad seit der Primarschule. Zufällig ist auch er im Wald unterwegs und reisst die Augen auf vor ungläubigem Staunen. Rudy zuckt zurück, aber Margarethe packt seine Handgelenke und zieht ihn trotzig an sich. «Mäggy!», ruft Gerry und pfeift. «Und Rudy! Also das hätte ich nicht von euch erwartet!» Rudy fängt an zu stottern, aber Margarethe übernimmt die Führung: «Gell, das hättest du nicht gedacht! Und du kannst soo schön staunen, Gerry!» Sie ist selber überrascht, wie frech sie sein kann, aber sie spürt, dass ihre Stärke Rudy zugutekommt. Das Mädchen lehnt sich zurück, bis ihr Kopf den von Rudy berührt, schmiegt sich an ihn und hält gnadenlos seine Hände fest, damit er ihr nicht ausbüchst. Jedoch fühlt sie, dass der Arme wie erstarrt ist. Rudy ist sprachlos, Gerry ebenso, und seine frechen Sprüche sind ihm offensichtlich vergangen. «Tja, ähm, also, ich geh dann mal weiter, ihr Turteltäubchen!», grinst er verlegen und winkt zum Gruss, dann dreht er ihnen den Rücken und geht weiter, wobei er sich mehrmals verstohlen umdreht.

«Bleib einfach so», murmelt Margarethe aus dem Mundwinkel. «Ok-okay», stottert Rudy. Als ihr früherer Widersacher ausser Sichtweite ist, entspannt sich der Junge spürbar, und Margarethe lässt seine Handgelenke los. «Sorry, Rudy, aber das musste sein. Sonst hätte es blöde Sprüche gehagelt», erklärt sie. «Ich habe unterdessen gelernt, dass mir nie etwas peinlich sein muss. Denn dann lachen sie nur. Und ich wollte auf keinen Fall, dass er lacht – über dich!» Rudy atmet erleichtert auf: «Danke, Mäggy, du hast mir riesig geholfen.» Und fügt zum Abschied hinzu: «Schwesterchen!» Sie fühlt ein warmes Gefühl in ihrem Herzen: «Gern geschehen, Brüderchen!» Bevor er geht, flüstert er noch mit schiefem Grinsen: «Besser, Gerry hat uns in flagranti erwischt, als Seraina!»

* * *

Als Rudy wieder nach Hause gegangen ist, besucht Margarethe Plonk. Er sitzt allein auf seinem Baum, Corvina ist anscheinend auf Futtersuche gegangen. Und die Jungen haben sich einer Jungrabenschar angeschlossen. «Armer Strohwitwer!», ruft sie ihm in die Baumkrone zu. Plonk segelt herab und landet auf dem untersten Ast seines Baumes. «Grrita!», gurrt er, und sie streichelt ihm den Kopf. Er geniesst es sichtlich, wieder einmal allein mit seiner Adoptivmutter zusammen zu sein. «Na, ist dir langweilig?» – Plonk schüttelt den Kopf. Margarethe wundert sich schon nicht mehr, dass er praktisch alles versteht und sich sogar recht gut in der Menschensprache ausdrücken kann. Ihr Plonk ist ein hochintelligenter Vogel, ein Einstein unter den Gefiederten. Und irgendwie tut es ihr leid, dass er keinen eigenen Nobelpreis erhalten hat – schliesslich hat er genauso viel, wenn nicht sogar mehr zum Gelingen ihres Unterfangens beigetragen. Ohne Plonk hätten sie die Zeitsprünge gar nie geschafft. Und er hat sie aus einigen misslichen Lagen befreit. «Was sollen wir tun, Plonk? Sollen wir wirklich diese Briefe in Rom und Amsterdam abholen?» – Plonk nickt und blickt ihr tief in die Augen. Margarethe seufzt: «Ich habe null Bock auf weitere Gefahren. Ich bin müde, möchte nur die Zeit mit Leon geniessen und Zukunftspläne schmieden – nicht dauernd irgendwelchen Hinweisen hinterherrennen, die uns dann in die Vergangenheit katapultieren…» – Plonk gurrt verständnisvoll, doch er krächzt unmissverständlich: «Wi tig. Se wi tig.» – «Wichtig? Wirklich sehr wichtig? Na, wenn du es sagst, dann muss es wohl so sein. Bin ja gespannt, wie ich die andern rumkriegen kann. Die werden schreien!» Schliesslich verabschiedet sie sich von ihrem Raben und schlendert grübelnd nach Hause.

* * *

Zu viert verabreden sie sich bereits am folgenden Tag in Zürich am See, an einem sonnigen Herbsttag. Margarethe beobachtet von weitem das Paar, das winkt und auf sie wartet. Rudy stutzt einen Augenblick, dann besinnt er sich, tritt einen Schritt hinter Seraina und fädelt seine Arme durch den Abstand zwischen ihren Ellenbogen und ihrer Taille. Dann weiss er offenbar einen Augenblick nicht, was er tun soll, aber instinktiv ergreift sie seine Hände und hält sie über ihrem Bauch fest. Rudy atmet offensichtlich auf, und Seraina seufzt glücklich. Ist für einen Augenblick freudige Überraschung über ihr Gesicht gehuscht?

Überglücklich steuert Margarethe auf ihre Freunde zu. Dann spürt sie einen heftigen Ruck; kräftige Arme packen sie an den Hüften und schlingen sich dann um ihren Bauch, ziehen sie so fest nach hinten, dass sie beinahe abhebt. Dann spürt sie Leons Gesicht in ihren Haaren und atmet seinen Duft, seufzt vor Freude, ihn zu sehen und verrenkt sich fast den Hals, als er sie leidenschaftlich küsst. Dürfte er wohl eine Spur zärtlicher sein und weniger ruppig? Andererseits ist er heissblütig und spontan, da kann sie nichts anderes von ihm erwarten. Und immer noch besser, als dass er so zaghaft wäre wie Rudy, denkt sie bei sich und schmunzelt. Sie ist ja schliesslich nicht aus Porzellan!

«Hast du schon zurückgerufen, Raina?», fragt Margarethe, während sie die Liebkosungen von Leon geniesst. Seraina, die gerade Rudy küssen wollte, schreckt auf: «Wieso, hast du mich angerufen?» Dann dämmert es ihr: «Oh je! Erinnere mich nicht an Amsterdam, Mäggy! Nein, das liegt mir echt auf dem Magen. Hab keine Lust, da anzurufen und möglicherweise dort anzutraben. Was soll ich dort?» – «Wieso, Amsterdam ist sicher eine Reise wert», wirft Leon ein, «Ich wollte schon lange mal dorthin.» Rudy wirft ihm einen misstrauischen Blick zu: «Ins Mekka der Haschischraucher?» – «Das stinkt mir!», wehrt Seraina ab. «Mäggy darf nach Rom, das tönt viel interessanter; da würde ich auch gern hin.» – «Komm doch mit!», ermuntert sie Margarethe.

18

«Wäre doch eine tolle Reise zusammen! Geld haben wir jetzt genug, dank des Nobelpreises.» Seraina strahlt: «Recht hast du! Aber irgendeinen Ärger oder gar ein weiteres Abenteuer, darauf hab ich null Bock. Der Flachland-Notar soll warten, bis Holland wegen des Klimawandels knietief im Wasser liegt.» – «Geht mir ähnlich», gesteht Margarethe, «Allerdings habe ich auch noch nicht nach Rom telefoniert. Also, ich würde gern Rom machen!»

Entgeistert sieht Rudy sie an, weil er gerade an etwas anderem herumstudiert und nur den letzten Satz aufgeschnappt hat: «Rummachen? Hier und jetzt?» Er schickt ihr und ihrem Freund einen tadelnden Blick. «Könnt ihr das nicht zuhause machen?» Leon lacht laut auf, während Margarethe rot wird. Seraina, die das Missverständnis begriffen hat, prustet los: «Leon würde wohl eher Rum machen, was? Yo ho ho, und 'ne Buddel voll Rum!» Alle vier brechen in Gelächter aus, und auch Rudy lacht mit. Margarethe wischt sich Lachtränen aus ihren Augen: «Was du immer von mir denkst, Rudy!» – «So schlimm sind wir also nicht!», fügt Leon grinsend hinzu und zieht seine Mäggy fest an sich, um sie mit einem lauten Schmatzen zu küssen. Seraina sieht ihren Rudy erwartungsvoll an. Dieser zögert einen Augenblick, dann fasst er ihr mit einer Hand zaghaft an die Wange und nähert sich ihren Lippen mit den seinigen. Sie schliesst ihre Augen und spitzt ihre Lippen.

«Also Leute, dann ruf ich in Rom an, und wir planen jetzt gleich ein paar Tage in der Ewigen Stadt, okay? Wir haben ja Ferien, und es gibt sicher noch Last-Minute-Angebote», schlägt Margarethe vor und fügt errötend hinzu: «Diesmal ohne Verwandte, und… jeweils im… Doppelzimmer…». Die Mädchen kichern.

«Dann nehmt ihr uns also mit? Zum Glück habe ich Freitag eh keine Vorlesungen», reagiert Leon erfreut und fügt mit einem Grinsen hinzu: «Eigentlich hatte ich schon befürchtet, ihr wollt einen Weibertrip durchgeben!» – «Nein, das wäre doch eine tolle Reise zu viert… Rom sehen und sterben, heisst es doch», sinniert

Margarethe. – «Nein, das war doch Venedig, und dort sind wir nicht gestorben!», korrigiert sie Seraina. Rudy zieht eine Augenbraue hoch: «Der offizielle Ausdruck lautet: Neapel sehen und sterben! Nun ja, was bei Rom nicht ist, kann ja noch werden... Na, ich bin nicht ganz so begeistert, Freitag habe ich Vorlesung zum Thema Urknall.». Leon grinst anzüglich: «Urknall gibt's in Rom im Doppel... Rudolfino stirbt sicher schon tausend Tode wegen des Doppelzimmers!»

3

Vier Teenager schweben über den Wolken

Die kurzfristige Buchung hat geklappt, und nur drei Tage später fliegen sie ab: am Donnerstagmittag, damit noch ein Abend zusätzlich drin liegt. Leon verpasst zum Glück keine Vorlesungen, und Rudy hat sich den Stoff schon zwei Tage vorher zu Gemüte geführt: «Jetzt hab ich den Urknall im Griff», bemerkt er befriedigt, und Leon grinst süffisant und verkneift sich einen weiteren Kommentar. Margarethe ist geistesabwesend, hängt sie doch mit ihren Gedanken noch bei Plonk, der sie am Morgen unerwartet zuhause besucht hatte, als hätte er gespürt, dass sie am gleichen Tag noch abreisen würde. «Grrrita tsüss!», plapperte er und hielt sein Köpfchen schief, das sie ihm zärtlich kraulte. «Rrrom!», gurrte er, und seine Ersatzmutter stutzte: «Du weisst also, wo wir hinfliegen, Plonk?»

Noch warten sie am Flughafen am Gate, bis sie ins Flugzeug steigen können. Alle vier sind ziemlich aufgeregt; die Mädchen tuscheln und kichern. Dass sie zum ersten Mal auswärts übernachten ohne Eltern, seit sie von ihrer Zeitreise zurückgekehrt sind, und sogar zwei Zimmer gebucht haben, trägt zur kollektiven Erregung bei. Als die Jungs fachsimpeln über die Aerodynamik diverser Vogelarten, nutzen die Freundinnen die Gelegenheit, sich auszutauschen. «Oh mein Gott, ich sterbe!», keucht Seraina. – «Gell, so toll, Rom!», schwärmt ihre Freundin. – «Nein, ich meine, doch, aber das mit dem Hotelzimmer macht mich tierisch nervös!» Margarethe sieht sie an und nickt: «Meinst du, mich nicht?» Beide prusten heraus: «Jetzt gilt's!» Neugierig wollen die Jungs wissen, worüber getuschelt wird, aber die Mädchen winken ab und entfernen sich in Richtung Damentoiletten. Seraina kichert nervös: «Oh Mann, wenn das nur gut geht!» – «Jetzt sei doch nicht so aufgeregt», redet ihr Margarethe zu. «Was muss ich denn erst sagen, mit meinem wilden Löwen?» Seraina quietscht auf: «Ach du heilige Sch…, der reisst dich in Stücke!» Margarethe spürt das Blut in ihrem Körper aufwallen und ist sicher, dass sie knallrot im Gesicht wird. Seraina löchert sie mit Fragen: «Und, sag schon, hat er Erfahrung? Und wie weit seid ihr eigentlich? Oder habt ihr unterdessen…?» Margarethe winkt ab, weil gerade eine ältere Dame aus der Toilettenkabine kommt und die Mädchen neugierig anstarrt. Als sie wieder draussen sind, bleiben sie noch ausser Hörweite ihrer Freunde. Margarethe flüstert: «Was ist denn mit euch; hast du die sinnliche Seite aus Rudy rausgekitzelt?» Seraina lacht glucksend: «Ja… nein… also, er ist leider nicht kitzlig, und…, na ja, wie soll ich sagen, aber dafür sehr roboterhaft!» Ihre Freundin prustet heraus: «Wusste schon immer, dass er ein Cyborg ist!» Und Seraina fährt fort: «Er bewegt sich irgendwie mechanisch… als sei er programmiert. Irgendwie voll schräg. Als würde er eine Checkliste abarbeiten. Macht Leon das auch so? Vielleicht macht es <Tilt> bei den Jungs, und die werden zu Maschinen?» Margarethe kreischt lachend auf: «Schauderhafter Gedanke!» Sie blicken hinüber zu ihren Freunden, und Seraina wispert: «Dabei sehen sie so süss und harmlos aus.» Dann fügt sie mit dramatisch aufgerissenen Augen hinzu: «Aber wart's ab; wenn die Hormone verrücktspielen, dann werden Männer zu Monstern!» Hysterisch kichernd kehren die Mädchen zu ihren überrascht dreinblickenden Freunden zurück. Leon fordert seinen Kuss-Tribut, und schon werden die Fluggäste aufgefordert, an Bord zu gehen.

* * *

Über den Wolken schweben die vier Teenager und sind selig. Seraina hält Rudys Hand, und die beiden lächeln sich an. Zwar sind beide aufgeregt, einerseits wegen der Reise und andererseits wegen der bevorstehenden Nacht. Aber sie kennen sich schon so lange und vertrauen einander, daher besteht eigentlich kein Grund zur Angst, oder? Natürlich ist der Computerfreak nervös, weil er ja in diesem Fall keine App hat, die ihm hilfreich zur Seite steht.

Margarethe ihrerseits ist einerseits überglücklich, mit ihrem Leon und mit ihren besten Freunden eine Reise zu machen, die – so nimmt sie an – für einmal nichts mit so hochgesteckten Zielen wie der Rettung der Welt zu tun hat. Andererseits fühlt auch sie sich unter Leistungsdruck gesetzt, ähnlich wie Rudy. In den vergangenen Monaten waren sie und Leon sich zwar viel nähergekommen, aber eine entscheidende Hürde haben sie noch nicht genommen, was vor allem an ihren Eltern lag und an praktischen Überlegungen. Margarethe hat auch herumgedruckst und ist froh, dass er sie – trotz seines stürmischen Temperaments – in dieser Hinsicht nicht gedrängt hat.

Hin- und hergerissen zwischen der Vorfreude auf eine Städtereise zu viert und eine Nacht zu zweit und der Angst, dass etwas nicht so läuft, wie erhofft, plaudern die vier aufgeregt kreuz und quer durch die beiden Sitzreihen am Fenster, auf die sie hintereinander verteilt sind. Da auch andere Jugendliche an Bord sind und die Italiener sowieso ein redseliges Volk, ist die Atmosphäre in der Kabine locker und überschwänglich. Einzig Rudy ist es zu laut, was er mehrmals bekundet, bis er seinen lärmdämpfenden Kopfhörer aufsetzt. Er sitzt am Fenster, um sich besser zurückziehen zu können, und Margarethe tauscht mit Leon die Plätze, damit sie auch am Rand sitzt und sich mit Seraina besser unterhalten kann. «Was tuschelt ihr zwei Plaudertaschen auch ständig!», bemerkt Leon belustigt und steckt sich Hörer in die Ohren, um auf seinem Smartiefon Musik zu hören: «Ich zieh mir mal die Chilischoten rein, brauche mal chillige Musik!»

Nun ist die Luft rein für die Mädchen, welche ihr Thema fortsetzen, während sie Salzmandeln knabbern, die ihnen ein gutaussehender Steward überreicht hat. «Oh là là, der würde mir auch noch gefallen!», bemerkt Seraina und klappert mit ihren Augenlidern. – «Und, nimmst du etwas?», löchert Margarethe ihre Freundin. – «Du meinst, Schutzschild?» – «Ja, so in der Art.» – «Ich will bloss nix schlucken, was meinen Körper verändert, davor hab ich einen Heidenrespekt! Ich will kein Medikament nehmen!» Margarethe zuckt mit den Schultern: «Wäre vielleicht einfacher… und sicherer.» – «Du etwa?» – «Nein, bis jetzt nicht… ich weiss eben auch nicht…» – «…ob sich's lohnt!», prustet Seraina heraus und spuckt dabei ungewollt eine Mandel aus, knapp vorbei an der Nase eines Herrn in der Sitzreihe über den Gang, was sie noch mehr zum Lachen reizt und auch Margarethe animiert. Seraina kriegt vor Lachen fast keine Luft und äussert erstickt: «Warten wir… doch erst mal… die Nacht der Nächte ab!»

* * *

Die Zeit vergeht buchstäblich im Fluge, und schon verkündigt der Pilot, dass die Landung bevorsteht: «Benvenuti a Roma!» Atemlos drängen die Teenager von Bord und behändigen ihr Gepäck, sobald es auf dem Rollband auftaucht. «Da ist Rudys grüner Koffer!», ruft Seraina, während Leon schon Margarethes gelbes Gepäckstück vom Gepäckband hievt. Als alle ihre Rollkoffer haben, ziehen sie los und suchen eine Transportmöglichkeit in die Stadt. Von allen Seiten werden sie beschwatzt, bis Seraina schliesslich einen Deal aushandelt mit einem Taxichauffeur, der den vier gut betuchten Nobelpreisträgern genehm ist.

«Ein bisschen Luxus darf sein!», erklärt sie, und die vier steigen ein. Unterwegs erzählt der Chauffeur, wie es vor wenigen Jahren in Rom geschneit hat, so dass der ganze Verkehr zusammengebrochen sei. Hier sei man sich die weisse Pracht nicht gewöhnt. Mit ihrem Rätoromanisch fällt es der Bündnerin leicht, eine Unterhaltung mit dem Fahrer zu führen, bis Rudy eifersüchtig schmollt. Leon klopft ihm auf die Schulter: «Nimm's nicht schwer, Ru, du kannst dir ja eine heissblütige Römerin angeln!» Jetzt ist das heisse Blut in Rudys Kopf.

Auf der Fahrt halten sie Ausschau nach Sehenswürdigkeiten, und der Fahrer erklärt und gibt ihnen Tipps. Er lässt sie am Hauptbahnhof aussteigen, und dann verirren sie sich erst einmal, weil sich Rudys Guugl-Map nicht einig ist mit Leons Navi; Seraina beschwert sich über ihren schweren Koffer und das Kopfsteinpflaster, und Margarethe kauft sich seelenruhig in einem Tabacchi-Kiosk eine pap ierne Strassenkarte. Schweigend studiert sie diese, während sich die anderen drei zanken. Dann nickt sie befriedigt und befiehlt: «Da lang!» Unter Margarethes Führung finden sie das Hotel, und ein entnervter Rudy ist drauf und dran, sein geliebtes Smartiefon im Abwasserkanal zu ertränken. Leon flachst: «Lass das mal besser bleiben, sonst bist du total aufgeschmissen ohne dein Ding!»

Sie stehen vor dem Hotel und finden erst den Eingang nicht, laufen hin und her, dann telefoniert Seraina mit der Rezeption, worauf sich eine unscheinbare Türe mit einem Surrton öffnet. Im Eingang riecht es nicht einladend, und der Lift sieht aus, als stamme er noch aus den Anfangsjahren des vorigen Jahrtausends. Misstrauisch steigen sie in die klapprige Kabine. «Wenn wir jetzt stecken bleiben!», brummt Rudy. Seraina schmiegt ihr Gesicht an seines: «Dann finden wir schon eine Beschäftigung!» Knarrend setzt sich der Aufzug in Bewegung, es quietscht und rattert bedenklich. Alle vier sind erleichtert, als sich die Liftüre auch wieder öffnet und sie von der Rezeptionistin empfangen werden. Sie sehen sich kurz ihre Zimmer an in der Absicht, lediglich ihr Gepäck abzuladen, um dann am späteren Nachmittag die Stadt zu erkunden. «Bist du sicher, dass wir keine Mikropause brauchen?», flüstert Leon seiner Freundin zu, als sie vor dem Bett stehen. – «Später!», haucht sie lasziv. «Du musst dir das erst noch verdienen! Ich möchte erst die Stadt kennenlernen.» Leidenschaftlich zieht er sie an sich: «Und später wirst du mich kennenlernen!»

Munter ziehen sie los und diskutieren, was sie ansehen wollen. «Also, ich möchte unbedingt zuerst aufs Forum Romanum», äussert die geschichtsbegeisterte Margarethe ihren Wunsch. – «Von mir aus gerne», stimmt ihr Leon zu. – «Ist ein guter Weg, Rom kennenzulernen», findet auch Rudy, und Seraina nickt. Leon bewundert die farbigen Vespas, die überall malerisch herumstehen, und würde sich am liebsten auf so ein Motorrad schwingen: «Das wäre noch eine bessere Weise, Rom zu erkunden!» Seraina stimmt ihm schmachtend zu: «Auja, ich fahre mit! Diese Motorroller sind so romantisch, in all diesen Farben!»

«Los, gehen wir diese Treppen hinauf, und verschaffen uns einen Überblick», schlägt Margarethe vor und stürmt voran in Richtung Piazza Campidoglio mit einem dicken Kultur-Reiseführer in ihrer Hand, dicht gefolgt von Leon. Rudy und Seraina stöhnen im Chor: «Muss das sein?»

Oben angekommen, findet Margarethe die Aussicht zu wenig berauschend; sie zieht ihren Stadtplan zu Rate. Leon blickt ihr über die Schulter: «Wir könnten zur Piazza Venezia und von dort aus zum Nationaldenkmal hinaufsteigen.» – «Gute Idee», findet sie und zeigt den Weg. «Das Ding wurde benannt nach Vittorio Emmanuele dem Zweiten», doziert Margarethe. – «…dem ersten König des vereinten Italien, wie diese Gedenktafel verrät», fügt Seraina hinzu, die Italienisch versteht. Rudy protestiert: «Die Treppe da rauf ist ja noch steiler als die andere!» Seine Freundin rümpft ihre Nase. «Und das Monument ist potthässlich, das sieht ja aus wie ein Gebiss!» – «Im Reiseführer steht, es werde auch ‹Schreibmaschine› genannt, liest Margarethe, und Leon grinst: «Ich finde, Gebiss passt besser!»

«Mir wird schwummrig!», beklagt sich Rudy beim steilen Aufstieg, und Seraina seufzt und verdreht die Augen. Auf die Idee, seine Freundin bei der Hand zu nehmen, kommt er nicht, sondern mault: «Mir hat es hier entschieden zu viele Treppen! Wir wären gescheiter nach Amsterdam!» Leon bleibt stehen und nimmt Rudy beiseite: «Quatsch, bekifft kriegst du keinen mehr hoch, glaub mir, Kumpel!» Rudy erblasst, und Seraina greift besorgt nach seiner Hand. Margarethe ist vorausgeprescht und jauchzt von der Terrasse herunter: «Wir sind in Rom! Wahnsinn! Und blicken zurück auf vergangene Jahrtausende!» – «Lohnt sich die Mühe?», keucht Rudy, der unterdessen von Seraina gezogen wird. Auch sie zieht vor Staunen den Atem ein, und ihre Laune bessert sich schlagartig: «Ach, wie wunderschön!» Margarethe jubelt: «Ruinen! Überall Ruinen!» Leon bemerkt: «Inmitten von Ruinen lacht das Herz von Rabenherz!»

Fasziniert lassen die vier ihre Blicke rundherum schweifen und weiden sich an der Schönheit der Ewigen Stadt. Margarethe ist so glücklich und fühlt sich angesichts der geschichtsgetränkten Umgebung so richtig beflügelt. Das ist ihre Welt! Rudy erkennt das und fasst es in Worte: «Mäggy würde am liebsten gleich loslegen und alles ausgraben, was noch nicht ausgegraben ist.» Diese nickt. Aber sie sieht auch die Schönheit der Bauten, die noch erhalten oder wieder aufgebaut sind: das Pantheon, das Kolosseum, weiter entfernt den Petersdom. «Diese bogenförmige Ruine dort ist, glaube ich, das Trajansforum», bemerkt die Möchtegern-Archäologin. «Mit dem grossen Turm!» – «Grosser Turm ist gut, der Rest ist wurscht», winkt Rudy ab, und Leon neckt ihn: «Nur für denjenigen, der den grössten hat!» Und zu ihren Füssen liegt es: das Forum Romanum! Dorthin zieht es Margarethe mit jeder Faser, und sie zieht ihre Freunde mit.

Protestierend stampfen Seraina und Rudy hinterher, und Leon neckt sie: «Würdet ihr euch lieber in die Büsche schlagen, ihr zwei Turteltäubchen, und eine ruhige Kugel schieben?» Seinerseits schliesst er sich der Begeisterung seiner Freundin an: «Hey, Mäg, warte auf uns – wage es ja nicht, ohne uns eine Zeitreise zu machen!» Seraina schickt ihm einen fragenden Blick: «Mäg?» – «Ja, passt doch irgendwie besser zu meiner Liebsten, oder was denkst du, Rai?» – «Gefällt mir! Beides! Aber du kannst mich auch Rey nennen!» Rudy protestiert: «Das fehlte ja noch, dann hebt sie mir vollends ab!» Sie grinst, und er fährt fort: «Dann wird sie mir noch zur intergalaktischen Rebellin!» – Leon zieht eine Augenbraue hoch: «Ich dachte, jene sei Müllsammlerin?»

Margarethe ist schon am Fusse des Kapitols und hat den Eingang zum Forum erspäht. «Habt ihr eure Schüler- und Studentenausweise dabei? Wir kriegen sicher eine Ermässigung beim Eintritt! Ich hoffe, sie lassen uns noch rein, ist ja schon spät.» Doch es klappt gerade noch, und ein Traum wird wahr: Was sie aus dem Lateinunterricht oder aus Asterix-Comicbüchern kennen, sehen sie plötzlich vor sich. «Stellt euch vor: Wir befinden uns im Zentrum der damaligen Weltmacht Rom!», verkündigt Margarethe begeistert. «Die Blütezeit des römischen Imperiums waren das 1. und 2. Jahrhundert nach Christus, als das Reich seine grösste Ausdehnung erreichte.» – «Ja, und dieses grossartige Reich verfiel erst vor schlappen anderthalbtausend Jahren», weiss Rudy mit bissiger Ironie. – «Immerhin hatten sie einen Sinn für Schönheit», fügt Seraina hinzu, und Leon ergänzt: «Und Megalomanie.»

Der Sprücheklopferei zum Trotz sind alle vier beeindruckt. Atemlos vor Staunen tauchen sie in die Antike ein, versuchen sich vorzustellen, wie es früher ausgesehen hat. Oft zeugen nur noch einzelne Säulen und Grundmauern von den prächtigen Gebäuden, die vor Jahrhunderten oder Jahrtausenden hier standen. Beeindruckend sind die Triumphbögen. Margarethe rennt wie von der Tarantel gestochen hin und her, mit ihrem Reiseführer in der Hand, liest nach und kommentiert, und Leon folgt ihr belustigt. Eine Zeitlang versuchen Seraina und Rudy, mit ihr Schritt zu halten, aber irgendwann streikt Letzterer: «Mir reicht's, ich brauch mal eine Pause!»

4
Es gibt kein Zurück!

Sie essen spät zu Abend in einem hübschen kleinen Restaurant an der Piazza Navona, wo Strassenmusiker für Unterhaltung sorgen. Noch immer ist es warm genug, um draussen zu sitzen; für den Fall, dass es kalt würde, stehen Heizstrahler zwischen den Tischen, welche Rudy nicht geheuer sind: «Das ist fahrlässig; wie leicht können die Sonnenschirme Feuer fangen!» Seraina erblasst: «Ich habe schon von schrecklichen Unfällen gehört mit solchen Dingern!» Leon lacht: «Ach was, heute Nacht werden nicht die Restauranttische Feuer fangen…» Und er zwinkert seiner Freundin zu. Diese schluckt sichtbar; der Appetit auf ein Dessert ist ihr vergangen, was ihr Freund auch quittiert: «Du kriegst heute einen ganz besonderen Nachtisch!» Seraina isst hastig von ihrem Tiramisù und bietet Rudy davon an. – «Deine Liebste hat ja einen riesigen Appetit, du armer Kerl!», bemerkt Leon anzüglich. Er scheint als Einziger ganz ruhig zu sein, und das macht die anderen drei umso nervöser. Denn heute ist die Nacht, der sie alle entgegengefiebert haben. Keine Eltern in Hörweite, keine heimlichen Rendez-vous an verbotenen Orten, keine verstohlenen Küsse im Kino oder am Gartenzaun. Sie haben eigene Hotelzimmer, ganz legal erworben, deren Türen sie verriegeln können, und diese Vorstellung ist reizvoll, aber auch beängstigend. Ein Damoklesschwert hängt über ihren Köpfen.

Auf dem Rückweg befreit sich Margarethe aus Leons Arm, den er ihr um die Schultern gelegt hat, und schliesst auf zu Seraina, welche Hand in Hand mit Rudy ein paar Schritte vor ihnen geht. Sie wendet sich an Rudy: «Rudy, kannst du Leon das nicht nochmals erklären, wie das mit dem ICE in Knuffingen nochmals war, den du zum Entgleisen gebracht hast?» Obwohl die

Jungs sehr wohl begreifen, dass die Mädchen unter sich sein wollen für einen Augenblick, lassen sie sich auf das Gespräch ein, weil beide froh um eine Ablenkung sind.

«Ich bin so aufgeregt!», seufzt Seraina. – «Und ich erst!», stimmt ihr ihre Freundin zu. – «Dabei ist das ja nicht das erste Mal… ich meine…». Der fragende Blick von Margarethe ermutigt sie, weiterzusprechen. «Also, wir haben… ich meine, wir haben nicht… und doch…» Ihre Freundin versteht: «Klar, ihr habt ein bisschen rumgeschmust und ausprobiert, seid aber vermutlich noch nicht aufs Ganze gegangen. Stimmt doch, oder?» – «Ihr vermutlich schon, oder zumindest weiss er wahrscheinlich, wie's geht.» – «Ja, also, wir haben so einigermassen… aber auch nicht ganz», weicht sie aus. Seraina wird leiser: «Aber ihr habt euch ausgezogen?» Jetzt errötet ihre Freundin: «Na ja, also so gut wie.» Seraina seufzt: «Eben. Dann seid ihr schon weiter.» – «Du hast ihn noch nie… nackt gesehen?», fragt Margarethe mit vor Erstaunen aufgerissenen Augen. – «Doch, beim Baden.» – «Also wart ihr zusammen in der Badewanne!» – «Nein, ich meine in Bingen, bevor wir ins Kloster gingen.» – «Da hast du doch gar nix gesehen!», erinnert sie ihre Freundin. «Die sassen ja im Fluss! Und er hat dich schon gesehen? Ich meine, ohne Kleider?» – «Nein… ich hatte immer noch Unterwäsche an und ein Top. Und es war dunkel, und er trug keine Brille.» – «Also hat er nix gesehen!» Margarethe muss ein nervöses Kichern unterdrücken. Seraina schüttelt den Kopf: «Im Bikini hat er mich gesehen, als wir alle zusammen im See schwimmen waren.»

Schweigend gehen sie eine Weile nebeneinander, dann fragt Seraina: «Und hast du irgendwas gekauft?» – «Du meinst in Sachen Verhütung?» – «Nein, ein Négligée oder schöne Unterwäsche.» Margarethe schickt ihr einen verwunderten Blick: «Wieso das denn?» – «Sag mal, in welchem Zeitalter lebst du eigentlich, meine liebe Mäggy?», lacht Seraina fassungslos. «Das gehört doch dazu!» Ihre Freundin grinst: «Warum? Das ist doch

Quatsch! Hast du dir im Ernst Reizwäsche gekauft?» – «Psscht!», macht Seraina und läuft knallrot an. Wie immer hört Leon genau das, was er nicht hören soll, und er reagiert lautstark: «Hab ich Reizwäsche gehört? Meine Güte, Ru, hast du das mitgekriegt? Deine Braut hat erotische Dessous gekauft extra für dich! Mäg, du hoffentlich auch?» Jetzt erröten die drei anderen, und keiner erwidert etwas. Nun realisiert Leon, dass seine Freunde eben doch zwei Jahre jünger sind als er, und es tut ihm leid, dass er sie blossgestellt hat. «Sorry, Freunde, ich wollte niemanden kränken!» Rudy schnauzt ihn an: «Halt doch einfach mal die Klappe!» Mit diesem Misston kehren sie zurück ins Hotel. Ihre Zimmer liegen an entgegengesetzten Enden des Korridors, und Leon kann sich einen Kommentar dazu gerade noch verkneifen, denn er bemerkt, wie die drei anderen alle sichtbar blass geworden sind. Sie wünschen sich gegenseitig eine gute Nacht, und die Paare verschwinden in ihren jeweiligen Hotelzimmern.

* * *

«So, und was jetzt?», fragt Margarethe burschikos, um ihre Unsicherheit zu überspielen. So nonchalant, fast überheblich, wie sich ihr Freund die letzten zwei Stunden benommen hat, möchte sie nicht schüchtern wie ein Mauerblümchen erscheinen. Und es ist ja wirklich nicht das erste Mal, dass sie intim werden, es ist einfach die erste Möglichkeit, aufs Ganze zu gehen. Leon schweigt und blickt zu Boden, als getraue er sich nicht, seine Freundin zu berühren. Diese reagiert überrascht. «Na, was denn nun? Ich dachte, du stürzt dich wie ein wilder Löwe auf mich und reisst mir die Kleider vom Leib!», neckt sie ihn. Er hebt seinen Blick zu ihr und schüttelt ernst den Kopf. Seine grünen Augen sind von einer Tiefe, wie sie es noch nie gesehen hat bei ihm. Endlos wie das Meer. Wie hypnotisiert wird sie angezogen von diesen Augen, und er tritt näher, umfasst ihre Taille ganz zärtlich mit seinen Händen und zieht seine Freundin sanft an sich, um sie zu küssen. Sie schlingt ihm die Arme um den Leib und küsst ihn leidenschaftlich, von einem Feuer gepackt, als wolle sie ihn verschlingen.

Sie ist es, die die Initiative ergreift und anfängt, dem Jungen zuerst seinen Kapuzenpulli, dann sein T-Shirt auszuziehen. Wie elektrisiert streichelt sie seinen Rücken, seine Brust, seine kräftigen Arme und fängt an, an seiner Gürtelschnalle herumzunesteln. Leon wirkt etwas überrumpelt, atemlos, als er versucht, seine Freundin ebenfalls auszuziehen. Er tut es langsam und unendlich zärtlich, streichelt sie elektrisierend. Sie geniesst es und wird gleichzeitig ungeduldig vor Verlangen, zieht sich ihr Shirt selber aus, unter dem sie ein schlichtes, immerhin schwarzes Unterhemd trägt, und ein Gedanke schiesst ihr durch den Kopf: «Hätte ich wohl doch besser einen hübschen Büstenhalter kaufen sollen?» Da sie sich fest vorgenommen hat, im Angesicht des älteren und demzufolge erfahreneren Jungen als tapferes und starkes Mädchen aufzutreten, dem nichts peinlich ist, spricht sie ihren Gedanken auch aus: «Sorry, Liebster, ich habe meinen Push-Up-BH vergessen!» Er sieht sie an mit verträumtem Blick: «Mäg, du bist einfach wunderschön, du brauchst solchen Firlefanz gar nicht!» Sie stehen sich gegenüber in ihren Jeans, umarmen und küssen sich leidenschaftlich, und er ist dabei ganz sanft, kein bisschen ruppig oder fordernd. Margarethe kämpft wieder mit Leons Gürtel, bis er ihr hilft und seine Hose selbst auszieht, während sie sich ihrer eigenen Jeans entledigt. Sie schiebt den Jungen in Richtung Bett und drückt sich so fest an ihn, bis er das Gleichgewicht verliert und sich mit ihr auf die weiche Unterlage fallen lässt. Margarethe liegt auf ihm, schmiegt sich an ihn, und verwuschelt sein wildes Haar, während er ihr das Unterhemd sorgfältig über den Kopf zieht und haucht: «Mäg, du bringst mich um den Verstand!» Sie ist oben, voller Energie, und sie bestimmt das Spiel. Sie packt ihren Freund fest mit Armen und Beinen und dreht sich mit Schwung auf den Rücken. Jetzt ist er oben, sie liegt auf dem Rücken, und plötzlich ist ihre Unterwäsche auch weg. Leon streichelt das Mädchen am ganzen Körper, bis sie aufstöhnt und glaubt, vor Lust zu schmelzen. Sie krallt ihre Finger in seinen kräftigen Rücken, zieht ihn an sich, bis er stöhnt: «Mäg, warte, sonst platzt die Bombe!» Das hatte sie fast vergessen!

Fieberhaft greift er nach einer Packung auf dem Nachttisch, und sie möchte ihm helfen. Dazu richtet sie sich kraftvoll auf, und er dreht sich auf den Rücken. Leon fummelt an dem Kondom herum und warnt Margarethe: «Pass auf, dass du den Gummi nicht mit deinen Fingernägeln zerreisst, sonst haben wir in neun Monaten dann keine ruhigen Nächte mehr!» Sie kichert: «Sieht aus wie eine Socke!» Kaum ist Leon ausgerüstet, drehen sie sich erneut. Es ist ein wildes Spiel, und es macht so Spass! Wie auf dem Rummelplatz, denkt Margarethe – und dem Mädchen entschlüpft ein Spruch, der Leon würdig wäre: «Ist das jetzt nicht der Rummel-, sondern der Rammelplatz?» Leon atmet schwer und packt seine Freundin an den Hüften; sie bäumt sich auf und schwingt ihr Haar zurück, und die wilde Achterbahnfahrt geht weiter…

Erschöpft liegen sie engumschlungen auf dem weichen Bett, nach weiteren Karussellfahrten; Margarethe strahlt, und Leon küsst sie zärtlich auf ihren Hals und ihre Brust. Sie ist überglücklich und unendlich erleichtert. «Du meine Güte, Mäg, du bist ja eine Wilde!», keucht er erstaunt und belustigt, immer noch leicht ausser Atem. «Zuhause warst du viel schüchterner.» Sie lächelt verschmitzt: «Wir sind immerhin in Rom! Das ist die wilde Energie dieser historisch aufgeladenen Stadt!» Er grinst: «Das färbt offensichtlich ab.» Sie schweigen eine Weile, dann äussert sie eine bange Frage, die sie lange beschäftigt hat: «Und, war ich besser als deine Erste?» Verwundert sieht er sie mit weit aufgerissenen Augen an: «Lady Ravenheart, du BIST meine Erste!»

* * *

Bei beiden steigt der Puls – bei Seraina aus Vorfreude und etwas Ängstlichkeit vor dem ersten Mal, bei Rudy aber aus blanker Panik. Das Superhirn würde sich lieber in die Computersysteme aller Geheimdienste dieser Welt hacken, als die Nacht der Nächte mit seiner Freundin zu erleben. Doch nun kann er nicht mehr zurück. Da sitzt er nun auf dem Doppelbett und hofft, dass sein Herzkreislaufsystem kollabiert und er ins Spital eingeliefert werden muss. Doch seine Pumpe hält wider Erwarten – zumindest vorderhand.

Seraina zieht leise summend die Vorhänge zu und zündet dann auf einem alten Armleuchter, der zur Zimmerdekoration gehört, zwei Kerzenstummel an, die kaum noch einen Zentimeter hoch sind. Doch dies kommt ihr entgegen, fände sie es doch besonders romantisch, wenn die Kerzen genau dann ausgehen, wenn der grosse Moment gekommen ist.

Nun wendet sie sich Rudy zu und zieht langsam und kokett Jeans und Pullover aus – Rudys Herz hat den ersten Aussetzer. Vor ihm steht eine strahlende Seraina in bordeauxroter Reizwäsche und säuselt: «Rudolfino mio…» Elegant und aufreizend lässt sie sich nun ebenfalls auf dem Bett nieder, schaut Rudy in die Augen und lächelt wie ein Engel. «Schau nicht drein wie der Hase vor dem Jäger», raunt sie und streichelt ihm die linke Wange, «Ich bin doch deine Häsin…, nicht die Jägerin.» – Er röchelt: «Ich… kann…» – «…keinen vollständigen Satz mehr bilden?», kichert Seraina und fügt liebevoll hinzu: «Musst du auch nicht, heute Nacht gibt es sowieso keine passenden Worte. Lass es einfach geschehen. Lass dein Herz reden, deinen Mund, deine Hände, deinen…» – Rudy unterbricht sie: «Du bist so schön, und ich…» – «Du denkst, du bist meiner nicht würdig?», liest Seraina zwischen den unausgesprochenen Worten und wird von Trauer erfasst. – Rudy nickt und senkt seinen Blick. Seraina führt ihre beiden Hände auf seine Wangen und dreht seinen Kopf so, dass sie wieder Blickkontakt haben. Dann flüstert sie mit Tränen in den Augen: «Wäre ich denn hier mit dir, wenn dies so wäre? Hey, wir sind das perfekte Paar: the Body and the Brain!» Dabei lächelt und kichert Seraina zugleich, um zu zeigen, dass sie es einerseits ernst meint, andererseits auch die Situation humorvoll entschärfen will. Sie zieht seinen Kopf zu sich herüber und küsst Rudy auf den Mund. Dann beginnt sie, ihm das T-Shirt auszuziehen und erklärt dabei: «Regel Nummer eins: Hab immer gleich viel an wie dein Gegenüber. Regel Nummer zwei: Schalte das Hirn aus!» – «Geht nicht», keucht Rudy, als sie seinen Hosenknopf öffnet. – «Na, dann kramen wir den Notfallplan hervor», spricht Seraina in ernstem Tonfall, während sie ihm die Schuhe sowie die Socken auszieht und schliesslich die Hose. «Notfallregel eins besagt: Wenn das Hirn an bleibt, tu Folgendes: copy paste. Wenn ich dich streichle, tust du dasselbe mit mir, einfach kopieren – copy paste, sozusagen.» – Rudy hebt seine linke Hand und führt sie zu Serainas rechter Wange, dann die rechte Hand zur linken Wange. Sie versuchen sich zu küssen, was aber wegen etwas zu vieler Unterarme und Ellbogen auf derselben Höhe nicht klappt. Seraina grinst belustigt, dann legt sie ihre Hände auf Rudys Taille. Er macht es ihr nach. Als sie seine Finger an ihrer Taille spürt, zuckt sie leicht zusammen und kichert, weil es kitzelt. «Tschuldigung», meint Rudy und will gerade die Hände zurückziehen, da stoppt sie sein Unterfangen: «Notfallregel zwei: Kitzeln ist erlaubt; nur leider greift hier Notfallregel eins nicht, da mein Superhirn überhaupt nicht kitzlig ist. Leider.» Zum ersten Mal huscht ein Lächeln über Rudys Gesicht. Langsam entspannt er sich, sein Puls geht unter 120. Seraina streichelt ihm Bauch und Brust, sein Puls geht unter 100. Sie zieht ihm das Unterleibchen aus, da stottert Rudys Herz kurz. Doch er lässt es geschehen. – «Copy paste! Nicht kneifen!», ermahnt ihn Seraina mit einem Zeigefinger, der neckisch hin und her wippt. Jetzt ist Rudys Puls wieder nahe 160, weil er Seraina das aufreizende Oberteil auszieht. Da er technisch sehr begabt ist, fällt ihm zumindest der Kampf mit dem BH-Verschluss leicht – keine Nachteile ohne einen Vorteil. Und es verschlägt ihm fast den Atem, er findet seine Freundin dermassen wunderschön, dass ihm fast die Augen aus dem Schädel kullern. Jetzt stösst ihn Seraina sachte in eine bequeme Liegeposition und liegt nun mit ihrer Brust auf seinem Oberkörper. Sie küsst ihn, lange und intensiv, sein Puls geht unter 90. «Und, Rudolfino mio, ist es nicht wunderschön?» – Er lächelt, sagt aber kein Wort.

Rudy erinnert sich an Margarethes «Workshop» und streichelt Serainas Rücken. Ihre Küsse werden intensiver, je freier seine Hände über ihren Körper streicheln – und da passiert es: Rudys Herz klopft wie eine Dampflok, aber nicht mehr aus Angst und Panik, sondern aus Lust – aus Lust nach mehr, nach mehr Zärtlichkeit, nach mehr Bewegung, nach mehr Seraina. Da löst sich bei ihm ein Knoten, er merkt, dass es ja kein Falsch und kein Richtig gibt – Seraina «stürzt nicht ab», wenn es nicht optimal läuft. Es ist ein Ausprobieren und ein Zulassen. Sie wälzen sich innig umschlungen auf dem Bett, als wären sie zwei liebestolle Otter in einer stillen Bucht. Als Seraina merkt, dass nun der Zeitpunkt gekommen ist, ans Verhüten zu denken, schnappt sie sich das bereitgelegte Kondompäckchen, schränzt es auf und reicht ihm den Inhalt mit den Worten: «Die Software für die Hardware. Und denk dran: copy paste geht hier nicht, gell; ausser: Slip und Unterhose.» In diesem Moment löschen beide Kerzen aus.

5

Kolossale Erkenntnisse

Am nächsten Morgen beim Frühstück sind alle vier ziemlich verlegen. Leon bricht das Eis mit einer forschen Bemerkung, an Rudy gerichtet: «Na, Angriff erfolgreich, oder hattest du Ladehemmung?» Doch Rudy reagiert überhaupt nicht – er wird weder rot, noch erbleicht er. Wütend wird er auch nicht. «Hey, hat dir Rai deine Software im Oberstübchen umprogrammiert?», fügt Leon hinzu mit einem anerkennenden Gesichtsausdruck Richtung Seraina, die verlegen zur Seite schaut. Um die Situation zu entschärfen, seufzt Margarethe: «Ich wusste immer, dass ich als ewige Jungfrau sterben werde!» Auf die überraschten Blicke der anderen fügt sie verschmitzt hinzu: «Mein Sternzeichen werde ich nie los!» Alle prusten los. Das hilft, das Thema zumindest für den Augenblick dorthin zu stellen, wo es hingehört: ins Wunderland der Geheimnisse verliebter Paare. So können sie das Frühstück geniessen, ohne dauernd herumzuschwadronieren über die Details der Nacht der Nächte.

Nach dem Frühstück wendet sich Rudy an Leon und spricht mit fester Stimme wohlüberlegte Sätze: «Fakt ist, dass wir sehr wohl alle wissen, was geschehen ist. Und es wird wohl immer wieder geschehen. Lass es auf sich beruhen, Leo. Es kann nur magisch bleiben, wenn man nicht dauernd zweideutig drum herum eiert.» Serainas Augen strahlen tiefe Zärtlichkeit aus beim Wort «magisch», Margarethe ist komplett platt, und Leon läuft knallrot an. Das hat gesessen. Die nächsten Sekunden schweigen alle vier, doch die Mädchen zwinkern sich zu. Wieder ist es Margarethe, die das Eis zum Tauen bringt: «Hey Rudy, Leon meint es nicht bös, er flachst einfach nur wahnsinnig gerne. Na! Wollen wir uns nicht einfach mal noch kurz überlegen, wie wir uns nachher beim

Notar verhalten?» – «Sorry Kumpel», fügt Leon zerknirscht hinzu, «manchmal bin ich einfach ein Elefant im Porzellanladen. Darum mein Vorschlag: Lassen wir beim Notar Rudy sprechen. Er hat das Hirn dazu…» Diese versöhnlichen Worte kommen gut an, Rudy grinst, und Leon atmet erleichtert aus.

Es ist Freitag. Für den Tag hatten sie nach dem Besuch des Notars eine weitere Stadtbesichtigung geplant und sogar eine Führung im Kolosseum gebucht. Aber augenblicklich hat offenbar niemand Lust, loszuziehen. Margarethe ist es schliesslich, welche die anderen anspornt: «Aber hallo, wir wollen doch Rom machen, nicht nur rummachen, oder?» Seraina grinst: «Du hast uns doch auf diese Idee gebracht… mit den Doppelzimmern!» – «Ja, aber es wäre doch schade, wenn wir Zeit ver… ich meine…» – Leon lacht: «Sprich es aus, Mäg!» – «Wollte sagen, verschwenden, wo wir doch schon in Rom sind!» – «Na ja, verschwendet ist die verf… lixte Zeit nicht, wo wir doch für das Hotelzimmer blechen», gibt Rudy zu bedenken. «Dann amortisieren wir es wenigstens!» Seraina wendet ein: «Aber denkt auch an die armen Zimmermädchen, die müssen doch auch mal die Betten machen!» – «Lohnt sich doch nicht!» flachst Leon.

Sie raffen sich dann doch auf, weil sie um zehn Uhr den Termin beim Notar haben und halb zwölf die Führung im Kolosseum, die Seraina über das Hotel gebucht hat. Margarethe liest bereits wieder in ihrem Stadtführer und stolpert fast über den Randstein. «Das Kolosseum gilt als DAS Wahrzeichen Roms und ist das grösste Freilichttheater der antiken Welt. Es fasste bis zu 50'000 Menschen, stellt euch das mal vor!» – «Aber vor dem Vergnügen zuerst die Pflicht, ich glaube, wir sind da: Kanzlei Dr. Rossi…», unterbricht Rudy Margarethes Geschichtseifer. Die drei andern seufzen und folgen Rudy in die Kanzlei. Der Empfang ist sehr herzlich, fast schon verdächtig herzlich. Die Sekretärin wuselt um die Teenager herum und serviert Espresso, Mineralwasser und Grissini, die langen Knusperstangen. Eine anzügliche Bemerkung verkneifen sich alle vier, denn die Situation ist ihnen nicht geheuer. Schon werden sie zum Notar hineingebeten. Ein ergrauter Herr von ungefähr sechzig Jahren empfängt sie mit kargen Worten. Er trägt einen dezenten Schnurrbart, nicht so einen Reisigbesen, wie ihn manche Männer tragen. Seine Kleider sind fein gearbeitet – überhaupt wirkt der zierliche Notar zerbrechlich. Doch sein Safe ist das komplette Gegenteil: massiv und unverwüstlich steht er im Raum. Der Notar öffnet ihn, entnimmt ihm einen Briefumschlag und verschliesst ihn wieder. Ein metallenes «Rums» zeugt davon, dass der Schrank verriegelt ist. Dottore Rossi fragt, wer von den Mädchen Margarethe sei. Die Angesprochene tritt vor und könnte vor Neugier in alle Himmelsrichtungen explodieren. Was zum Geier steht in diesem verflixten Umschlag?

Dottore Rossi zeigt Margarethe ein Siegel aus Wachs, das den Brief als ungeöffnet markiert und einen Raben mit einem Schwert zeigt. Dann zerstört er das Siegel, um das Couvert zu öffnen und ein lupenreines Pergament hervorzukramen. Margarethe tut es im Herzen weh, den Raben nur so kurz gesehen zu haben, bevor er vernichtet wurde, denn sie fühlt sich verbunden mit diesem Emblem und verspürt plötzlich heftige Sehnsucht nach Plonk. Der Notar faltet unterdessen das Blatt auf und übersetzt den Inhalt umständlich auf Deutsch: «Ein Vorfahre von Ihnen hat geschrieben diese Brief. In Roma er hat gewohnt, eine von seine zwei Urenkelinnen nach Schweiz ist ausgewandert. Das Ihre Grossmutter sie war, Signora Gygax. Der Mann weiter er schreibt, er habe die Gabe, in die Zeit zu reisen, mit Rabe und Schwert...» Margarethe läuft es kalt über den Rücken. Ihre Fähigkeiten sind also vererbt! Aber warum haben weder ihre Mutter noch ihre Grossmutter auch nur ansatzweise solche Erlebnisse gehabt? Haben sie es einfach verdrängt oder nicht zugelassen? Oder haben sie es ihr bewusst verschwiegen? Sie selbst ist sozusagen <wie die Jungfrau zum Kind > zum ersten Zeitsprung gekommen – Es passierte ihr einfach. Die Situation ist so magisch, dass nicht einmal anzügliche Gedanken beim Wort Jungfrau aufkommen. Margarethe ist völlig verblüfft. Der Notar fährt unbeirrt fort: «Gesehen er hat, dass grosses Unglück bevorsteht im Sommer 2022. Darum er hat geschrieben diese Brief. Er nicht schreiben kann, was es ist, weil er hat Angst, die Zukunft falsch zu sehen. Darum er hat geschrieben zwei Briefe, den andern er hat übergeben eine Notar in Amsterdam. Denn seine zweite Urenkelin ist gewandert aus nach Holland…» Hier verschlägt es Seraina fast den Atem; sie ruft erstaunt aus: «Mäggy, wir sind verwandt! Das wusste ich schon immer, das habe ich gefühlt!» Sie hält inne, und die vier Freunde schweigen, tief berührt, und lassen das Gesagte auf sich wirken. Seraina spricht leise weiter, als werde ihr erst jetzt einiges klar: «Und darum ist der Zauber des Antidots so wirksam gewesen! Wir ergänzen uns in unseren Fähigkeiten, wir haben beide einen Teil der Fähigkeiten unseres Ur-Ahnen geerbt!» Margarethe dreht sich zu ihrer Freundin und umarmt sie sogleich unter Tränen. Der Notar wirkt etwas nervös und fühlt sich sichtlich unwohl angesichts der emotionalen Reaktionen. Die beiden Jungs schauen sich nur an; beide brennen darauf, den Rest des Briefes kennenzulernen. Margarethe flüstert Seraina ins Ohr: «Ich wusste es auch schon immer, es war mir immer klar, seit wir uns damals bei der Gymi-Aufnahmeprüfung das erste Mal gesehen haben. Irgendwie…» Rudy wird sich seiner auf ihn übertragenen Führungsrolle in dieser Situation wieder bewusst und ermahnt die beiden sachlich, dem sichtlich verunsicherten Notar zuzuhören. «Fahren Sie bitte fort!», fordert er den Rechtsgelehrten auf, welcher nickt und aufzuatmen scheint.

Als sich die Mädchen beruhigt haben, fährt der Notar fort: «Die Nachkommen dieser beiden Urenkelinnen…» – und hier wendet Leon ein: «Der Typ muss ja uralt geworden sein, wenn er es miterlebt hat, dass seine Urenkelinnen auswandern…» – «Pscht!», macht Rudy – «Oder sehr jung bunga-bunga…» – Mit einem strafenden Blick bringt ihn Rudy zum Schweigen und gibt dem aus dem Konzept gebrachten Notar zu verstehen, dass er fortfahren soll. Dieser versucht, den Faden wiederaufzunehmen. «Allora… die Nachkommen sollen bekommen je eine Brief, um selber zu finden die Wahrheit. Ist Vision korrekt? Oder ist Vision nur Angst? Was genau passiert er hat übertragen auf zwei Situationen in Vergangenheit – eine in Roma und eine in Amsterdam. In diese Brief stehen der Hinweis für Roma…» Der Notar macht eine Pause und schaut Margarethe tief in die Augen. «Capisce?» Margarethe nickt, dann fährt der Notar fort: «Hinweis ist: Grosse Arena, frenetischer Jubel, schlimme Gefahr. Wer siegt, ist ein Gott, wer verliert, ist tot. Wer die Goldmünze gewinnt, weiss um die Zukunft Bescheid.» – «Na, dann ist es ja perfekt, dass wir gleich das Kolosseum besuchen!», jauchzt Leon übermütig, und ein finster dreinblickender Rudy entgegnet: «Vergiss nicht den Circus Maximus – welche Arena meint er genau?», bringt es das Superhirn auf den Punkt und erntet einen Seufzer von Leon: «Immer diese Spitzfindigkeiten, jetzt lass uns das erst mal rausfinden! Und im Zweifelsfall mischen wir beide Arenen auf und gewinnen alle Preise!» Die letzte Bemerkung macht Leon mit einem süffisanten und siegesbewussten Lächeln, das schon fast arrogant wirkt. Margarethe ist ziemlich alarmiert, nimmt aber zuerst einmal dankend den Brief an sich, dazu einen Umschlag mit etwas so Profanem wie einer Rechnung, und alle vier verabschieden sich von dem Notar. Die Sekretärin begleitet die Teenager mit schon fast tänzelnden Bewegungen zum Ausgang.

Draussen muss Margarethe zuerst einmal kräftig durchatmen, nicht nur, weil auf der gesalzenen Rechnung der Betrag von 3600 Euro steht. «Was für eine Abzockerei! Finde ich unverschämt!», regt sich die «Erbin» auf. – «Und dabei hast du nicht mal Moneten geerbt!», doppelt Seraina nach. Rudy beschwichtigt: «Ach kommt! Wir bezahlen dafür, dass die Kanzlei pflichtbewusst ein Dokument deutlich mehr als ein Jahrhundert sicher für uns aufbewahrt hat. Das sind rund 30 Euro pro Jahr – Peanuts!» – Die Mädchen wirken nicht überzeugt, doch die Aussicht auf den Besuch des Kolosseums bringt sie auf erfreulichere

Gedanken. – «Gut, haben wir jetzt dann die Führung im Kolosseum. Bevor wir in die Vergangenheit reisen und wieder mal unter die Räder kommen, wollen wir doch erkunden, wie wir siegreich aus der ominösen Arena rauskommen könnten», äussert sich Seraina, und Margarethe fasst zusammen: «Na, unser Ur-Ahne ist ja schon ein Witzbold: Will mich und Raina vor einem Unglück retten, schickt uns aber ins alte Rom in die Araina, äh, Arena! Also, wenn ihr mich fragt, das Unglück vom nächsten Jahr wäre mir lieber!» Nickend pflichtet ihr Seraina bei: «Und wer weiss, wohin es uns in Amsterdam verschlägt?» – «Da müssen wir sicher eine Kifferweltmeisterschaft gewinnen», frotzelt Leon, und Rudy verdreht die Augen: «Egal, lasst uns mal ins Kolosseum gehen, da erfahren wir vielleicht mehr. Oder es lenkt uns zumindest ab. Und sowieso: Wenn wir die Zeitreisen nicht machen, gefährden wir unser Leben auch, weiss der Geier, was nächsten Sommer passieren könnte.» Margarethe stimmt ihm zu: «Vermutlich wusste das mein Ur-Ahne auch nicht so genau, aber die Inschriften auf den Gegenständen, die wir ergattern müssen, kann er möglicherweise per Magie so vornehmen, dass sie sich verändern, je nachdem, wie sich unsere Zukunft abzeichnet. So kann er uns zeitnah vor dem warnen, was wirklich geschieht.» Doch Rudy findet das komplett unlogisch: «Dann hätte der Typ doch einfach das Blatt magisch machen sollen, der Notar hätte doch dann genau auf jene Gefahr hingewiesen, die tatsächlich passiert!» – «Ist kompliziert, Rudolfino», wendet Seraina ein, «ich glaub, der will nicht, dass jemand anders die Warnung mitbekommt.» – «Stimmt, hey, das ist clever! Das ist äquivalent zur Heisenbergschen Unschärferelation», fügt Rudy an. – «Die waaaaas?», rufen die andern drei wie aus einem Mund. Rudy stottert als Erklärung: «Na ja… ok… ihr begreift es eh nicht. Aber vielleicht so noch am ehesten: Wenn ihr zwei Messungen vornehmt und das zu Messende zwei Mal genau gleich vorbereitet, dann erhaltet ihr dennoch zwei leicht unterschiedliche Messwerte. Mit andern Worten: Wenn der Notar die eigentliche Warnung erklärt, könnte sie leicht anders interpretiert werden, und die eigentliche Gefahr bleibt bestehen. Es muss also so sein, dass er nur einen Hinweis auf die Warnung vorliest, und dass ganz sicher nur jene Person einen Blick auf die Inschrift auf dem ominösen Gegenstand kriegt, die auch dafür bestimmt ist, diese Botschaft zu sehen. Und dies kann nur ein einziges Mal geschehen. Sonst verändert sich die Warnung.» Den andern dreien raucht der Kopf, und Margarethe meint: «Egal, kommt ins Kolosseum, dann schauen wir weiter. Da ist es ja auch schon, und wir sind sogar pünktlich.»

«Das ist wirklich eine imposante Ruine!», ruft Leon beeindruckt, als sie vor dem runden Bau stehen, welcher unverkennbar ist durch seine schiere Grösse und Form. «Finde das irgendwie unheimlich, mit den klaffenden leeren Fensterbögen und den halbzerstörten Mauern», schaudert es Seraina, aber Margarethe staunt nur: «Schaurig schön!» Ungeduldig treibt Rudy die beiden an: «Dort wartet eine hübsche junge Frau mit einem Schild, neben diesen Leuten, die schwer nach Touristen aussehen – das ist sicher die Reiseführerin.» Seraina wirft ihm einen misstrauischen Blick zu, Margarethe zuckt mit den Schultern, Leon pfeift «O là là» und erntet prompt einen Knuff in die Rippen: «Aua!» Kaum sind die vier zu der Gruppe gestossen, geht die Führung los – auf Englisch. Zuerst dringt die Gruppe in die Eingeweide des riesigen Theaters vor, unter kundiger Leitung der attraktiven Reiseleiterin – einer Studentin, wie die Jungs vermuten. Es ist feuchtkalt und dunkel, und schon nach kurzer Zeit kommt es den Teenagern vor, als würden sie immer tiefer in ein Labyrinth geführt. Im Bauch des Kolosseums verrät die Führerin ihrem Publikum, dass hier die Gefangenen ausharren mussten, die als Gladiatoren dann in der Arena kämpften und so die Chance bekamen, sich freizukaufen. «So'n bisschen kämpfen für die Freiheit, das ist doch keine Sache!», frotzelt Leon überheblich, an Rudy gewandt. «Schaffen wir spielend, was, Ru!» Letzterer legt seine

44

Stirne in Falten und zischt: «Ssscht, ich möchte jetzt nicht kämpfen, sondern zuhören!»

Sie erfahren, dass zwei römische Kaiser – Vespasian und Titus – das Flavische Amphitheater zwischen 72 und 80 nach Christus hatten erbauen lassen. «Kolosseum» genannt wird es erst in neuerer Zeit, wegen einer kolossalen Nero-Statue, die man im Schutt in der Nähe gefunden hatte. Als die Führerin die Gruppe durch Gänge und über Treppen hinaus in die sonnendurchflutete Arena führt, erzählt sie, wie ein gewaltiges Zeltdach von 240 Masten gehalten wurde, damit ebendiese Sonne den Zuschauern nicht zusetzte: 1000 Seeleute habe es gebraucht, um das 24 Tonnen schwere Segeldach zu hissen und zu reffen. Rudy nickt: «Das wäre ja nicht auszuhalten, wenn die Sonne hier im Oktober noch so stark ist – stellt euch mal vor, wie man im Sommer hier gebraten würde!» Die Reiseführerin erzählt weiter, dass die Arena bis ins 6. nachchristliche Jahrhundert in Betrieb war, im Mittelalter durch Brände und Erdbeben zerstört und schliesslich geplündert wurde, weil als Steinbruch genutzt. Man findet in vielen Palazzi und sogar im Petersdom Steine aus dem Kolosseum. «Den Petersdom möchte ich unbedingt besuchen!», flüstert Margarethe ihren Freunden zu. «Pssscht!», reagieren diese und müssen schmunzeln, als sie erfahren, dass Mark Twain das Kolosseum mit einer Hutschachtel verglich, aus der man eine Ecke herausgebissen hat. «Warst du das, Leon?», witzelt Seraina. Das grösste Freilichttheater der Welt bot bis 523 n. Chr. Schaukämpfe an und dient heute als malerische Kulisse mit morbidem Charme für kulturelle Veranstaltungen. «Genau wie Augusta Raurica!», bemerkt Margarethe begeistert, die sich gerne im Römertheater von Augst bei Basel in der Zeit zurückversetzt fühlt – auch ohne Raben und magisches Schwert. Rudy motzt: «Schweif doch nicht immer ab, Mäggy! Kannst du nicht auf eine Sache fokussieren?» – «Fällt mir schwer angesichts der Fülle von Informationen und Sehenswürdigkeiten!», gesteht sie zerknirscht.

Sie steigen höher über viele Treppen und halten inne auf halbem Weg in den mittleren Zuschauerrängen – «...wo sich die Schaulustigen über die armen Schweine amüsierten, die den Löwen vorgeworfen wurden!», bemerkt Seraina tadelnd, und zu Leon gewandt: «Und du warst sicher einer der Löwen in einem früheren Leben!» –, dann geht es weiter hinauf. Rudy ist schon ausser Atem, und auch Seraina fällt zurück. Leon witzelt: «Ihr müsst es aber wild getrieben haben letzte Nacht, erschöpft, wie ihr seid!» Margarethe ist trotz oder gerade wegen besagter Nacht voller Energie und stürmt voraus, weil sie immer gerne einen Überblick hat. Als auch der letzte keuchende Tourist oben angelangt ist – zu Rudys Ehrenrettung muss gesagt werden, dass es ein dicker Amerikaner ist –, fährt die Führerin fort mit ihrem Referat, welches sehr aufschlussreich ist. Sie erklärt, wie mittels eines komplizierten Mechanismus' die Gladiatoren und Tiere aus den Kellergeschossen in die Arena hochgehoben wurden. In den dreissig Nischen der unterirdischen Umfassungsmauer waren kleine Flaschenzüge untergebracht. Stege und Aufzugsschächte führten zu über sechzig in den hölzernen Arenaboden eingelassenen Falltüren, die mechanisch bewegt wurden, jede fast mannshoch. Durch sie gelangten Leoparden und junge Braunbären in die Manege wie durch Zauberhand. Rudy ist Feuer und Flamme und hängt an den Lippen der Erzählerin, bis Seraina ihren Freund eifersüchtig anfunkelt. Begeistert wendet er sich ihr und dem Paar zu: «Seht doch, diese fünf schmalen Seitenkorridore. Stellt euch vor, dort öffneten sich vergitterte Zwinger mittels Winden, und mechanische Hebebühnen förderten den Gladiatoren in die Arena wie einen *deus ex machina!*» Über schiefe Ebenen aus Tuffblöcken konnten mit Hilfe von Scharnieren und Gegengewichten sogar idyllische Kulissen in die Arena befördert werden. Margarethe schüttelt den Kopf: «Was für ein Riesenaufwand für ein Gemetzel!» Leon findet beim Blick nach unten: «Diese Innereien aus Stein sehen aus wie ein abgenagtes Gerippe!» Seraina blödelt:

«Kein Wunder, wenn Leon zugeschlagen hat in seinem früheren Leben, der hat gleich das ganze Kolosseum aufgefressen!»

Fasziniert erfahren sie, dass die Arena sogar über einen künstlichen See verfügte, der für nautische Spiele genutzt wurde. «Stellt euch das mal vor, Seeschlachten mitten in Rom!», staunt Leon, während Rudy sich mehr für die Technik interessiert, die dahintersteckt. Die Masse des Theaters waren gigantisch: 189 Meter lang, 156 Meter breit und 48 Meter hoch. Es gab 80 Eingänge. 50'000 Zuschauer fanden dort Platz, möglicherweise sogar fast doppelt so viele. Der Zuschauerraum bestand aus fünf übereinander liegenden Rängen; das Publikum war in Kategorien eingeteilt, obwohl der Eintritt frei war: Die Platzierung war abhängig vom sozialen Rang. Ganz oben gab es nur noch Stehplätze für weniger wichtige Mitglieder der Gesellschaft wie Frauen, Sklaven und Arme. Ein Entrüstungssturm erhebt sich unter den Mädchen, und ihre Freunde bringen sie mit Küssen zum Schweigen, während die Führerin erzählt, welche Schauspiele geboten wurden: Am Morgen fanden die *Venationes* statt, die Tierkämpfe, am Mittag die öffentlichen Hinrichtungen, am Nachmittag die Gladiatorenkämpfe. Der Boden der Arena war aus Holz und wurde mit Sand bedeckt, damit das Blut aufgesogen wurde. Seraina und Margarethe verziehen angewidert ihre Gesichter, und Leon grinst: «So langsam krieg ich Hunger!»

Nach einem Snack, der aus einer Art Focaccia besteht und ihnen gut mundet, wollen sie den Circus Maximus aufsuchen. Sie sind eine Weile zu Fuss unterwegs, klettern auf die Terrasse, die zu den Kaiserresidenzen *Domus Flavia* und *Domus Augustana* gehört und sehen von dort aus hinüber auf ein weites Feld, auf welchem laut Stadtkarte die grosse Arena liegt: «Von wegen <splendida vista>!», beschwert sich Seraina. «Man sieht ja gar nicht viel.» – «Da hat der Typ im Hotel zuviel versprochen», stellt Leon fest und fügt augenzwinkernd hinzu: «Der wollte dir sicher nur schöne Augen machen, Rai!» Margarethe packt ihren

Freund besitzergreifend am Haarschopf: «Da kenne ich noch andere, die dauernd flirten!» Seraina und Leon grinsen schuldbewusst.

Der Fussweg dorthin ist weit, wie sie feststellen müssen, was besonders Seraina und Rudy mürrisch quittieren. Als sie dann endlich am Schauplatz ferner Wagenrennen angelangt sind, zeigen sich alle vier ziemlich enttäuscht. «Ist ja nicht mehr viel übrig», brummt Rudy missmütig, und Margarethe studiert ihren Reiseführer, findet aber nicht viel Interessantes. «Immerhin hat es hier eine Zeichnung, wie das früher aussah, mit dieser ovalen Form und in der Mitte sowas wie eine Traminsel mit Säulen und Statuen drauf.» Die anderen vier sehen der selbsternannten Reiseführerin über die Schulter. «Was sollen diese Säulen in der Mitte, der ganze Krimskrams?», wundert sich Seraina. «Das Zeug steht doch nur im Weg bei den Wagenrennen!» – «Ich sag jetzt nix à propos der hohen Säule», grinst Leon süffisant. – «Quatsch, der Hinweis war grosse Arena, nicht grosse Säule», weist ihn seine Freundin zurecht. – «Und auch nicht grosse Klappe!», flachst Rudy. – «Aber grosser Jubel und Ruhm, das gefällt mir!», strahlt Leon, als wäre er bereits ein Sieger. – «Vergesst nicht die grosse Gefahr!», fügt Seraina mit finsterem Blick hinzu. «Und das grosse Gejammer, wenn wir jetzt alles zurücklatschen – wir nehmen besser ein Tram, sonst dauert das zu lange», schlägt Margarethe vor, und Seraina fragt sich durch bei den Einheimischen an der Tramhaltestelle, welche Linie sie benötigen, um zurück zu ihrem vertrauten Gebiet zu gelangen: zum Forum Romanum und zur Piazza Venezia.

6

Das Schwert des Erzengels

Als es schon dunkel wird, gehen sie – wie es sich für Touristen gehört – zur Fontana di Trevi und werfen Münzen hinein. «Wünscht euch was!», spornt Seraina ihre Freunde an. – «Ich bin wunschlos glücklich!», strahlt Margarethe und küsst ihren Leon. Die Spanische Treppe finden sie enttäuschend, weil vor lauter Touristen keine Treppenstufen mehr erkennbar sind. Wieder landen sie auf der Piazza Navona, wo sich auch Einheimische treffen, und schlendern durch die Gässchen mit vielen bunten kleinen Läden. Spannend finden sie, dass Rom so anders ist als andere Städte: Vielerorts gibt es eine Altstadt mit den Sehenswürdigkeiten oder Läden, getrennt von den Wohngegenden und Büros, aber hier scheint alles verwoben zu sein. «Die Stadt ist so lebendig, und die Ruinen gehören einfach dazu», fasst es Seraina in Worte. – «Hier ist nicht einfach nur Touristenzone, hier leben auch ganz normale Menschen», stimmt ihr Leon zu. «Das gefällt mir!»

Geflissentlich vermeiden die vier es, weitere Gedanken zum Notariatsbesuch auszutauschen oder zu den Aufgaben, die mit einer der Arenen zu tun haben könnten, die sie heute besucht haben.

Nach einem feinen Abendessen machen sie sich auf den Rückweg ins Hotel – die einen zögerlich, die anderen ungeduldig. Jedoch sind die Teams ungleich gemischt: Seraina scheint es eiliger zu haben als Rudy, und auch Margarethe ist nicht im Schlendermodus, im Gegensatz zu Leon, der es locker zu nehmen scheint. «Die Damen können es nicht erwarten!», kommentiert er lachend halblaut in Gegenwart von Rudy, der es kommentarlos zur Kenntnis nimmt, was Ersterer überrascht quittiert: «Ritter Rudolf, noch nicht bereit zum Angriff? Oder hast du gar keinen vor?» Der Angesprochene reagiert verblüfft: «In welchem Film bist du eigentlich? Ich dachte, in Rom gibt es nur Gladiatoren, keine Ritter?» Betont ruhig fährt er fort: «Wie auch immer, ich muss erst mein Pferd noch satteln!» Leon prustet heraus: «Hohoho! Na, du gehst aber ran!» – «Was? Ich habe doch gar nichts Unanständiges gemeint!» – «Ach so. Sorry! Ich aber schon!», grinst Leon mit vielsagenden Blick. Seraina quietscht vor Vergnügen übermütig und verkündet laut als Retourkutsche: «Das nächste Turnier beginnt in zwanzig Minuten. Lady Margret Ravenheart reitet gegen Knight Leo Lionheart!» – «Psscht!», bremst sie ihre Freundin. «Wenn das einer hört!» – «Quatsch, die sprechen doch alle Italienisch!» – «Im Restaurant hatte es Deutsche hinter uns.» – «Die sind doch auch in Rom zum Rum… Ram... na, du weisst schon, was ich meine!», grinst Seraina, und Leon quittiert es amüsiert: «Von wegen, ich mache immer die blöden Sprüche; deine Herzensdame ist aber auch nicht viel anständiger! Dabei nehme ich mir zu Herzen, was du heute früh gesagt hast, Ru!» – «Was denn?», fragt dieser zerstreut, und Leon erklärt: «Das mit den anzüglichen Sprüchen. Ich schlage drum vor: Vernaschen wir doch einfach unsere Liebchen, oder lassen wir uns vernaschen, und reden wir nicht darüber!» Rudy nickt anerkennend, und die Paare wünschen sich gegenseitig eine gute Nacht und verschwinden in ihre jeweiligen Hotelzimmer.

* * *

Zum Frühstück treffen Rudy und Seraina verspätet ein. Leon und Margarethe führen sich bereits Gipfeli mit Konfitüre zu Gemüte, dazu einen Cappuccino. Beide sind sehr entspannt und glücklich. Auch das andere Paar strahlt im Duett. Entsprechend ihrer Abmachung vom Vorabend verliert keiner ein Wort über die zweite Nacht im Doppelzimmer.

50

«Und, seid ihr bereit für einen Trip in den Kirchenstaat?», fragt Leon gutgelaunt. Seraina verzieht ihr Gesicht, und Margarethe lacht: «Was machst du denn für eine ulkige Grimasse, Raina?» Rudy küsst seine Freundin und antwortet an ihrer Stelle: «Meine Liebste weiss nicht, ob sie heute einem Besuch auf heiligem Boden gewachsen ist, wo sich lauter jungfräuliche Priester und Kardinäle herumtreiben.» Alle vier lachen. «Tja, das ist vielleicht wirklich ein Stilbruch», schmunzelt Margarethe. «Müssen wir jetzt alle ein schlechtes Gewissen haben?» – «Quatsch, die sind doch selber schuld!», platzt Seraina heraus, und die vier brechen in erneutes Gelächter aus. Margarethe schmiegt sich an Leon, Rudy nimmt Seraina in seinen Arm, und beide Paare küssen sich und gurren wie Turteltäubchen.

Als sie dann alle frisch gestärkt und gut gelaunt aufbrechen, sind sie froh, dass sie den Museumseintritt erst auf den späteren Vormittag gebucht haben. So bleibt ihnen genug Zeit, zum Vatikan zu gelangen, und dank des reservierten Zeitfensters ersparen sie sich mühsame Ansteherei vor dem Vatikanmuseum. Interessanterweise wollen die meisten Touristen möglichst schnell zur Sixtinischen Kapelle gelangen wegen der Gemälde und eilen durch die Ausstellungsräume, welche viel mehr zu bieten hätten, wenn man sich Zeit nimmt. Bewusst suchen die vier Teenager jene Säle auf, die weniger frequentiert sind. Aus den Fenstern des Museo Vaticano bietet sich ihnen ein wunderschöner Ausblick auf die Ewige Stadt. Achtlos strömen die anderen Besucher an Fenstern und – in den Augen von Margarethe zumindest – interessanten Ausstellungsobjekten vorbei, wie beispielsweise «assyrische Pötte», wie Rudy ungnädig die Keramiken kommentiert. Leon und die Mädchen finden besonderen Gefallen an den Tierskulpturen aus verschiedenen Kulturen. «Ist das ein koyotischer Patrizier?», flachst Seraina über eine hundeähnliche Gestalt, die eine Toga trägt, und Leon freut sich über ein Wildschwein aus Marmor: «An dem würde sich Obelix die Zähne ausbeissen!» Margarethe zieht ihren Liebsten am Ärmel: «Schau mal, dein Namenstier!» – «Und hier ist der Beweis, dass die Löwin die Königin ist!», betont Seraina und steht neben einer königlichen Löwenskulptur, welche auf einem Thron zu sitzen scheint. – «Ich werd' verrückt, die hat Brüste!», staunt Leon. Sie fotografieren sich gegenseitig mit besonders hübschen oder lustigen Tierfiguren, aber als sie dann in den Saal mit den Menschenstatuen kommen, verziehen die Mädchen angewidert das Gesicht: «Igitt, lauter nackte Leute!», motzt Margarethe, und Leon kontert mit laszivem Lächeln: «Das sagst du nach heute Nacht?» Sie errötet, und er neckt sie weiter: «Fandest du mich etwa auch igitt?» Mit gespielter Entrüstung reagiert Rudy: «Also, ich finde das empörend; habt ihr etwa keine bodenlangen Nachthemden getragen, wie sich das gehört?» Unter Gelächter schlendern die vier um die Statuen herum, fotografieren einander in neckischen Posen und kommentieren da und dort. Als die Mädchen verschwörerisch kichern, linsen die Jungs misstrauisch zu ihnen und ertappen sie bei einem besonders muskulösen Marmorkerl. «Typisch, lungert ihr wieder bei den Muskelprotzen herum, ihr Groupies!» Seraina kreischt vor Lachen auf, und Margarethe bringt kaum einen ganzen Satz heraus: «Nicht… jeder… Muskel… ist imposant… bei dem!» Kopfschüttelnd sehen sich die Jungs an, und Rudy fragt scheinheilig: «Sollen wir ihnen von der vollbusigen Venus erzählen, oder gibt das wohl Ärger?» Leon winkt grinsend ab.

Schliesslich schaffen sie es doch noch zu Michelangelos «Schöpfung», welche vor lauter Touristen etwas ungemütlich zu betrachten ist, auch wenn das Deckengemälde hoch über ihnen prangt in der Sixtinischen Kapelle. Alle legen ihren Kopf in den Nacken, und Seraina verliert beinahe das Gleichgewicht, worauf sie Leon auffängt. «Hoppla!», rufen beide unisono, und Rudy kommentiert: «Jetzt flirten die schon wieder, und das an einem heiligen Ort!»

Als sie der Meute entkommen sind, wollen die Jungs wieder in Richtung Hotel streben, aber Margarethe protestiert: «Das könnte euch so passen! Ich will den Petersdom sehen!» – «Ausgerechnet; siehst du die langen Warteschlangen?», stöhnt Rudy. Seraina lächelt verschmitzt: «Lass mich nur machen!» Sie steuert auf einen der jungen Männer mit Sonnenbrille und Handy zu, welche Touristen für eine Führung durch das Vatikanmuseum anwerben möchten, und kehrt den Spiess um: Nun fragt die Touristin den Werber, ob er sie in den Petersdom schleusen könnte – ohne Anstehen, versteht sich. Der Agent schaut einen Augenblick verblüfft drein, gibt ihr dann zu verstehen, er brauche zwei Minuten, dann telefoniert er und eilt davon. «Hast ihm aber kein Geld gegeben, oder, Raina?», fragt Rudy. «Der kommt nie wieder!» – «Quatsch, wait and see!» – «Den hast du völlig überfordert, weil du ihn angequatscht hast», vermutet Leon. «Das steht nicht in seinem Handbuch! Der muss Führungen ins Vatikanmuseum verkaufen, nicht in den Petersdom.» Aber weit gefehlt: Nach kurzer Zeit kehrt der Italiener zurück mit einem untersetzten Glatzköpfigen im Schlepptau, ebenfalls mit Handy und Sonnenbrille bewaffnet. Er erteilt diesem Anweisungen; der Letztere übernimmt und winkt der Gruppe zu, ihm zu folgen. «Was geht ab?», wundert sich Leon, als die vier an der langen Warteschlange vor der riesigen Kirche vorbeigewinkt und V.I.P.-mässig durch die Sicherheitskontrolle gelassen werden. Schon sind sie am Eingang der Kirche, und eine freundliche Dame übernimmt die Teenager. «Mir schwant Übles», äussert Rudy seine Bedenken, und Leon pflichtet ihm bei: «Denke auch, Ru. Die zocken uns ab!» Aber weit gefehlt: Die Dame insistiert, dass die vier ihre Studenten- und Schülerausweise zücken, und fragt sogar nach einem Behindertenausweis, welcher einen Gratiseintritt ermöglichen würde. Verdutzt winken die vier ab bei diesem Vorschlag, machen aber von ihren legalen Ausweisen Gebrauch und sind ganz erstaunt, wie günstig sie dieser Spass zu stehen kommt. «Das ist ein Wunder, einfach ein Wunder!», freut sich Margarethe. «Nicht fragen, einfach freuen! Gut gemacht, Rai!»

Der Petersdom ist riesig und sehr eindrücklich, und staunend stehen sie unter der grossen Kuppel und blicken hinauf zu den vielen farbigen und golddurchwirkten Mosaiken. «Wenn man bedenkt, wieviele Seelen damit aus dem Fegefeuer freigekauft wurden, ist das ja eigentlich eine gute Sache!», kommentiert Leon, aber Seraina und Margarethe staunen nur und wollen keine profanen oder reformatorisch angehauchten Kommentare hören. Diese Kirche ist magisch, und eine Vorahnung grösserer Magie klingt in ihren Gedanken an…

* * *

«Und was machen wir jetzt?», flüstert Rudy, als sie schon wieder ausserhalb des Petersdoms an einem Schweizergardisten vorbeigehen. – «Hör auf zu flüstern, hier können wir wieder normal reden – bis auf den Umstand, dass hier Schweizerdeutsch keine Geheimsprache ist», hebt Leon seine Stimme und schielt zum Wachposten, der keine Miene verzieht und seine Hellebarde schön aufrecht hält. «Die haben Dauerfasnacht», witzelt Leon mit Blick auf die farbigen Hosen, da wird es Margarethe etwas zu bunt, und sie schlägt vor: «Wenn wir schon hier sind – die Engelsburg besichtigen wäre doch ganz toll. – «Urgs, den Folterkeller der Päpste willst du sehen?», schaudert es Seraina, doch Margarethe wendet ein: «Der war nicht immer nur Folterkeller, ursprünglich war das ein Mausoleum. Kaiser Hadrian und seine Familie ruhen dort. Und es war ein Rückzugsort mit Geheimgang, als die Pest in Rom wütete…» – «Hör mir bloss auf damit!», unterbricht Rudy sie und erbleicht. Seine Pesterkrankung im letzten Abenteuer spürt er noch deutlich in allen Knochen. Seraina umarmt ihn sogleich fürsorlich. Geistesgegenwärtig wechselt Margarethe das Thema: «Dann gehen wir doch ins Pantheon, das muss wunderschön sein und ist das älteste vollständig erhaltene Gebäude der Welt!» – Aber irgendwie sind die Teenager gerade etwas erschöpft und unschlüssig. Das viele Herumlaufen hat sie ermüdet. Sie machen Halt auf der Engelsbrücke vor der imposanten Engelsburg, einer runden, uneinnehmbar wirkenden Festung, auf der eine wuchtige Statue des Erzengels Michael steht. «Die steht da, weil er angeblich das Ende der äh… Seuche…», erklärt Margarethe und hat Hemmungen, das Wort «Pest» nochmals zu erwähnen. Rudy grummelt nur etwas in seinen nicht vorhandenen Bart, Seraina drückt ihn nochmals fester an sich, und Leon frotzelt: «Der sieht aus, als würde er ausholen, um uns sein Schwert vor die Füsse zu werfen.» In diesem Moment stockt den vier Teenagern der Atem, denn die Statue bewegt sich tatsächlich! Des Erzengels Flügel breiten sich aus, und der rechte Arm, der das Schwert über seiner Schulter hält, die Spitze nach hinten weisend, spannt sich deutlich an. Plötzlich schleudert die lebendig gewordene Statue ihr Schwert nach vorne. Das Geschoss wirbelt dermassen um seinen eigenen Schwerpunkt herum, als würde eine flache Scheibe den Freunden entgegenfliegen – das Blut gefriert den Teenagern in den Adern; vor Schreck haben alle den Mund weit aufgesperrt. In dem Moment, als das Schwert vor ihnen mit der Spitze voran in den Pflastersteinen stecken bleibt, krächzt ein Rabe…

7
Brot und Spiele

Dunkelheit. Feuchte Wände, modriger Geruch. Von Ferne dröhnt, wie durch einen Schallfilter gedämpft, ein Donnern durch die dicken Mauern. Seufzen, Schluchzen, Wehklagen einer Frau: «Che miseria!» Ein unbekannter Mann betet: «Deus, salva me!» Was ist das für ein Ort? Wo ist sie nur gelandet, fragt sich Margarethe, als ihre Augen versuchen, sich an die Düsternis zu gewöhnen. «Dovè troviamoci?», fragt sie in die Dunkelheit. In der Litanei von Klagen, die als jammervolle Antwort erklingt, versteht sie kein Wort und ist zerknirscht: «Wenn ich nur vernünftig Italienisch könnte!» Plötzlich raunt eine vertraute Stimme in ihr Ohr: «Willst du wirklich wissen, wo wir gelandet sind, oder möchtest du versuchen, wieder hier wegzukommen, meine liebe Mäggy?» Die Angesprochene jubelt: «Raina! Wo sind wir?»

Plötzlich rasselt es, und der Boden unter ihren Füssen setzt sich in Bewegung. Die Mädchen und die anderen Menschen in ihrer Nähe werden in die Höhe gehoben. Alle kreischen vors Schreck. Es scheint, als würden sich von oben Wände auf allen Seiten auf sie herabsenken. Margarethe wird von Platzangst erfasst, aber Seraina begreift, was passiert: «Wir sind auf einer dieser Hebebühnen», flüstert sie, aber im Ächzen und Quietschen des Hebemechanismus erstickt ihre Stimme, und ihre Freundin versteht kein Wort. Wie in einem Lift fährt die Gruppe nach oben. Auf allen Seiten sind für ein paar Sekunden nur Wände zu sehen, bis der Boden ebenerdig in der Arena ankommt. Grelles Tageslicht blendet die Gefangenen, welche aus der Dunkelheit kommen und ihre Hände schützend vor ihre Gesichter heben. Nun begreifen alle, wo sie gelandet sind, und den jungen Frauen stockt fast der

Atem: Tosendes Gebrüll schlägt ihnen entgegen von den fünf Zuschauerrängen, auf denen Tausende von Schaulustigen rund um die Bühne versammelt sind. «Wir sind auf einer Hebebühne!», wiederholt Seraina. «Erinnerst du dich an die Führung, die wir mitgemacht haben?» Jetzt wird es auch Margarethe klar, und sie blickt ihre Freundin bestürzt an: «Du meinst – im Kolosseum?» – «Ja, genau, da sind wir.» – «Und was ist das für eine Reality Show hier, hast du das auch für uns gebucht, Raina?» Diese schüttelt ihren Kopf und verzieht ihren Mund zu einem schiefen Grinsen: «Von wegen! Wir werden jetzt gerade den wilden Tieren vorgeworfen!» Die Teenager sehen einander an. «Raina, jetzt verulkst du mich aber!»

Beunruhigt lassen die Freundinnen ihre Blicke durch die Arena schweifen und stellen fest, dass die Zuschauer im Gegensatz zu ihnen selbst alle recht seltsam gekleidet sind. «Ein Historienspektakel», denkt sie bei sich, aber alles fühlt sich so echt an. «Und wo sind die Jungs?», fragt sie ihre Freundin. Seraina legt ihre Stirne in Falten und scannt mit ihren Augen angestrengt die Umgebung. «Keine Ahnung… oder warte mal, siehst du, dort drüben?». Ihr Finger zeigt in eine Richtung, aus der Quietschen und Kettenrasseln ertönt, weil offensichtlich ein weiterer Lift in Betrieb ist. Auf einer anderen Hebebühne, die gerade aus der Tiefe gezogen wird, steht eine kleine Gruppe Männer. Sie sind alle recht ungewohnt gekleidet: Manche haben einen nackten Oberkörper und tragen nur um die Hüfte eine Art Rüstungsgurt, darunter nackte Beine und bis zur Kniekehle geschnürte Ledersandalen. Andere tragen eine Rüstung oder einen Brustpanzer aus Leder, der die Arme freilässt, auf dem Kopf einen Helm mit aufschwellendem Kamm, manche mit Visier. Die einen sind bewaffnet mit einem Speer oder einer anderen Hieb- oder Stichwaffe, wie einem Krummschwert oder Schlitzschwert mit langer Klinge, die anderen mit einem runden oder eckigen Schild. «Gladiatoren!», flüstern die Mädchen fasziniert. «Wahnsinn!» Die Dunkelhaarige raunt: «Und einer kommt mir so bekannt vor!» Tatsächlich: Der eine ist gross und kräftig, sodass er die anderen überragt, hat einen nackten Oberkörper, dafür einen Armschutz, trägt ein schweres rechteckiges Langschild und ein Kurzschwert in seinen muskulösen Armen und hat einen so wilden Haarschopf, dass die Haare unter dem Helm herausquellen. «Oh Mann, sieht der geil aus!», ruft Seraina und stösst ihre Freundin in die Seite, «Du Glückspilz!» – Margarethe keucht und fühlt einen Hitzeschub: «Leon! Und Rudy ist neben ihm, der mit dem Federbusch!» Der Junge neben Leon ist schlaksig und dunkelhaarig, trägt einen Brustpanzer, Helm mit Federbusch, dazu ein Netz und einen Dreizack in seiner Hand und sieht auch recht imposant aus mit einem Gurt, in dem ein Dolch steckt. Jetzt ist es an Seraina, zu erbleichen: «Stimmt! In dem Aufzug hätte ich meinen Liebsten fast nicht erkannt.» Die Mädchen schicken einander ratlose Blicke. Ist das ein Spiel? Oder ist es Ernst?

Offenbar ist es blutiger Ernst, denn vor den entsetzten Augen der Leute in der Arena öffnen sich massive Gitter am anderen Ende der Arena: Heraus spazieren Löwen, Bären und Wölfe, und diese stehen jetzt den spärlich bewaffneten Teenagern gegenüber... Das Publikum grölt, kreischt und brüllt. Wie bei einem undichten Dampfkochtopf entweicht der Druck im Kolosseum, als sich die Raubtiere in die Arena ergiessen. Ausgehungert, geschlagen und eingeschüchtert wirken die Tiere. Die beiden Mädchen klammern sich aneinander. Ein grosser Bär nähert sich Rudy, der den zotteligen Gegner mit seinem Netz auf Abstand hält. Derweil sieht sich Leon einem beeindruckenden Löwenmännchen gegenüber. Sein Sternzeichen scheint ihn als Frühstück auserkoren zu haben. In dem Moment entledigt sich Leon seiner Waffe – er schmeisst das Kurzschwert achtlos zur Seite, dann maunzt er wie ein Löwenjunges. Margarethe bleibt fast das Herz stehen, weil Leon nun gänzlich unbewaffnet ist – bis auf einen kleinen Dolch in seinem Gurt. Sie kann sein Gemaunze nicht hören, weil das Publikum Gladiatoren wie Tiere anfeuert, aufeinander loszugehen. Doch sie sieht seine Mundbewegungen und begreift. Der

Löwe hält inne, hebt seinen Kopf und blickt Leon direkt in die Augen. Der Junge hält dem Blickkontakt stand und maunzt weiter wie ein Kätzchen. Als ein Wolf auf Leon zusteuert, nimmt der Löwe einen Satz zum Wolf hin, bringt den Gegner mit einem Prankenhieb zu Fall, dann tötet er ihn mit einem Kehlbiss. Die Mädchen zucken angewidert zusammen. Mit blutigen Maul dreht das Tier sich zu Leon und schickt ihm einen väterlichen Blick. Nun gesellen sich ein paar Löwinnen zum Rudel-Pascha. Das Publikum wütet und flucht – sie wollen Blut sehen und keinen Schmusekurs zwischen Mensch und Tier! Geistesgegenwärtig preschen Margarethe und Seraina zu Leon hinüber, um den Schutz des Löwenrudels zu suchen. Im gleichen Moment schleudert Rudy sein Netz dem immer aggressiver werdenden Bären über den Kopf und flüchtet sich ebenfalls blitzartig zu Leon. «Aber nicht, dass du denkst, ich suche deinen Schutz, gell», erklärt er verlegen. «Die Löwen da sind die Bodyguards.» – «Wow, wusste gar nicht, dass du so zackig drauf bist», bemerkt Leon anerkennend und grinst dann mit stolz geschwellter Brust: «Du bist schnell, Rudy, aber mir gehorchen die Löwen!» Dies provoziert Rudy noch viel mehr, darum kann er sich einen Seitenhieb nicht verkneifen: «Die spinnen, die Löwen, einen aalglatten Typen mit einem Kurzschwert toll zu finden zeugt nicht grad von viel Intelligenz…» Leon verzieht einen Mundwinkel und kontert: «An deiner Stelle wäre ich ganz still. Mehr als ein Teddy ist dir ja nicht ins Netz gegangen!» Margarethe räuspert sich und spricht ein Machtwort: «Hey Jungs, fertig lustig, wir sind noch nicht aus dem Schneider. Die Löwen mögen uns vielleicht verteidigen, aber das Publikum schäumt vor Wut. Wir müssen hier raus!» – «Na dann zurück in den Lift!», schlägt Rudy vor, und Seraina fragt ihn erstaunt: «Ja und wie willst du es anstellen? Der hat keine Knöpfe, der wird von unten bedient.» – Rudy grinst: «Ganz einfach, habe den Mechanismus studiert, bevor sie uns raufgelassen haben. In einem günstigen Moment habe ich ein Seil, das die Plattform oben hält, mit meinem Dolch angeritzt. Zum Glück hat mich niemand dabei beobachtet. Wenn wir genug Gewicht oben draufbringen, reisst das Seil komplett durch, und der Lift fährt in die Tiefe.» – «Wir nehmen die Löwen mit, die sind schwer», schlägt Margarethe vor, ist sich aber noch nicht ganz sicher, ob sie wirklich Lust auf eine Liftfahrt mit Löwen hat. Doch viel Zeit zum Nachdenken bleibt den Teenagern nicht, denn die anderen Gladiatoren werden vom Gebrüll des Publikums angestachelt, dass sie die «Löwenkinder» angreifen sollen. Das Volk will *panem et circenses* – Brot und Spiele. Jetzt umkreisen nicht nur Wölfe und Bären das Löwenrudel, das die Teenager beschützt, sondern auch bestens ausgebildete Gladiatoren. Die Stimmung in der Arena kippt von schäumender Wut zu frenetischem Jubel. «Jetzt!», brüllt Margarethe, und die vier Freunde springen zum Lift, mit dem die Jungs hochgekommen sind. Die Löwen folgen Leon. So landen vier Menschen und sieben Löwen auf der Plattform. Wie von Rudy vorausgesehen – pardon, berechnet – reisst das eine Seil im Mechanismus des Lifts. Zuerst langsam, dann immer schneller senkt sich die Plattform und verschwindet im Arenaboden. Dicht gedrängt stehen Mensch und Tier im Lift. Jede und jeder hat direkten Körperkontakt mit mindestens zwei Löwen. Die Fahrt wird immer schneller, was die Freunde ziemlich beunruhigt. «Springt!», brüllt Rudy. Alle ausser den Löwen tun dies. Als die Plattform unten aufschlägt, sind die Freunde in der Luft und fallen sanft auf bewusstlos gewordene Löwen.

* * *

«Mist, aus der Arena hätten wir's zwar geschafft, aber wir haben den Sieg nicht errungen. Denkt an den Brief beim Notar. Wir brauchen einen Pokal oder sowas...», seufzt Margarethe, als mehrere Bewaffnete auf die Teenager zustürmen, um sie in Ketten zu legen. «Circus Maximus!», ruft einer der Bewaffneten, der wohl ihr Anführer sein muss. – «Circus Maximus? Müssen wir jetzt den Clown spielen oder eine Akrobatiknummer hinlegen?», stöhnt Leon und sträubt sich gegen die Ketten, sodass ihn zwei Männer festhalten müssen, bis er gefesselt ist. Auch Rudy und die Mädchen leisten erbitterten Widerstand, bleiben aber ebenfalls erfolglos. Margarethe seufzt voller Galgenhumor: «A propos Nummer hinlegen: Hinlegen würd ich mich auch gerne, bin sowas von erschöpft!» Doch alles Jammern und Sträuben hilft nichts; gnadenlos werden sie angetrieben, und aneinandergekettet trotten die vier Freunde den Bewaffneten hinterher, hinaus aus dem Kolosseum.

Als sie endlich am Bestimmungsort ankommen, sind die «Roten» ganz aus dem Häuschen – das sind die Rennstallbesitzer des roten Teams. Es gibt noch drei weitere Teams, die unter anderen Farben Rennen fahren. Seraina versteht ein paar Fetzen des Gesprochenen und erklärt den anderen: «Ich glaube, die Roten wollen, dass Rudy und Leon einspringen für ein Rennen. Ihre beiden Fahrer sind ausgefallen, der eine tot, der andere verletzt.» – «Was für ein Rennen?… Was für Rote?… Müssen wir jetzt für Ferrari… die Formel 1 gewinnen?», stammelt Rudy und ächzt. In dem Moment werden die Freunde überraschenderweise losgekettet und dann in einen Stall bugsiert, wo Pferde und Wagen bereitstehen. «Ich glaube, mehr als vier PS kriegen wir nicht, Ru!», wendet Leon ein und besieht sich einen der Wagen: Es ist ein Einachser mit zwei grossen Rädern, die ihm bis zum Nabel reichen. Der Wagen selber ist bloss eine Art Korb, wobei dieser Korb nur vorne einen Abschluss aufweist. Seitlich kann man sich nur an einem geschwungenen Geländer festhalten, nach hinten ist der Wagen komplett offen. Die Plattform selber bietet kaum Möglichkeiten, die Füsse irgendwo sicher zu platzieren. «Der reinste Seelenverkäufer!», ruft Rudy aus und merkt, wie Panik in ihm hochsteigt. Doch aller Protest hilft nichts. An Seraina gewandt, erklärt der Rennstallbesitzer, dass die Mädchen als Rundenzählerinnen agieren müssten. Einerseits sei dieser Rennstall an der Reihe, die Rundenzähler aufzubieten, andererseits seien heute schon drei Zähler unter den Pferdehufen ums Leben gekommen. Margarethe und Seraina erbleichen. Sie erhalten die Anweisung, dass bei jeder vollen Runde eines der sieben Marmor-Eier verschoben werden muss. – «Na super, wie chauvinistisch, wir Frauen sind echt nur dazu da, die Eier zu manipulieren…», grunzt Margarethe indigniert, als Seraina ihr den Job erklärt. Bei allem Galgenhumor ist ihnen nicht wirklich zum Lachen zumute.

Die Jungs erhalten lederne Obergewänder, die besonders die Schultern schützen sollen, dann je zwei pulswärmerartige Schoner für die Handgelenke und je einen Helm. Und zum Schluss binden Sklaven den Rennfahrern Ledersandalen an die Füsse. Die kunstvollen Lederriemen, die die Sandalen am Bestimmungsort halten, werden bis zu den Kniekehlen hinauf geschnürt. Die Mädchen machen grosse Augen, denn das «Kunstwerk» ziert die beiden Jungs vortrefflich und bringt die Beinmuskulatur – besonders die von Leon – so richtig zur Geltung. Aber auch Rudy, mit seinen gut trainierten Reiterbeinen, wirkt in diesem Outfit viel reifer, attraktiver und männlicher. Überhaupt stellt Seraina erfreut fest, dass Rudy auf dem besten Weg ist, sich im Schnellzugstempo von einem kleinen, zerbrechlichen Jungen zu einem sehr anziehend wirkenden Mann zu wandeln.

Doch Margarethe und Seraina werden aus den Stallungen in ein Nebenzimmer gebracht. Deshalb bekommen sie nicht mit, wie die Fahrer instruiert werden. Vor lauter Ungewissheit wird es Margarethe schwarz vor Augen. Sie bekommt nur mit, dass Seraina sich um sie kümmert. Als sie wieder ganz zu sich kommt, wird sie von ihrer Freundin gestützt zum Rundenzähler gebracht, der in der Mitte des sechshundert Meter langen und zweihundert Meter breiten Circus Maximus steht, auf einer Art Wall, der die Fahrbahnen so teilt, dass keine Frontalkollisionen möglich sind.

Margarethe wird wieder hellwach und schaut sich erstaunt um: «Das ist ja ein Rundkurs! Und sieh, Raina, dort am ovalen Ende ist eine Tribüne. Ich glaub, da hockt der Imperator und glotzt zu!» – «Uns wird er kaum wahrnehmen, aber Leo und Rudy könnten den Pokal gewinnen und ihn aus seinen Händen erhalten!», sinniert Seraina und bugsiert Margarethe auf den Wall in der Mitte des Circus Maximus. «Verlass dieses Treppchen nicht, es ist unser einziger Schutz gegen die heransausenden Pferde und Wagen!», ermahnt Seraina ihre Freundin. Margarethe kontert: «Hab ich nicht vor. Aber was müssen wir jetzt schon wieder mit den verf…luchten Eiern machen?» – «Sobald der führende Wagen an uns vorbeirauscht, müssen wir eines der Marmor-Eier von links nach rechts verschieben.» – «Gut verstehst du die Leute so gut, Rai!»

Riesig ist diese Arena; die Enden sind von blossem Auge fast nicht scharf zu sehen, wenn man – wie die Mädchen – genau in der Mitte steht. Wobei stehen das falsche Wort ist: Die beiden können sich fast nicht auf den Beinen halten, denn es ist eng dort, wo sie stehen. Margarethe hält sich an der untersten Stange des Rundenzählers fest, legt ihren Kopf in den Nacken und sieht eine riesige Statue auf einer Säule über sich aufragen. Weitere Statuen sind auf dem ganzen Mittelwall aufgereiht. Sie dreht ihren Kopf zu Seraina, soweit ihr das möglich ist, und bemerkt, dass ihre Freundin ganz ungewohnt gekleidet ist: Sie trägt eine Art dünne Tunika aus einem fast durchsichtigen, türkisfarbenen Stoff. «Wieso siehst du aus wie eine Tempeltänzerin? Und wann hast du dieses Gewand bekommen?», fragt Margarethe verwundert. – «Mäggy, erinnerst du dich nicht? Bevor wir hierhergebracht worden sind, haben wir uns umziehen müssen. Nun ja, du warst fast ohnmächtig, ich habe dir in die Tunika hineinhelfen müssen. Du wärst fast ganz weggetreten, vermutlich dein Blutdruck. Darum hast du eine Gedächtnislücke. Aber nimm dich bloss zusammen, hier die Löffel lang zu machen ist des Hasen Tod…» Die Genannte sieht an sich herunter und stellt fest, dass auch sie in ein luftiges, allerdings braunes Gewand gehüllt ist – wobei «gehüllt» wohl das falsche Wort ist, da das Kleid wenig Hülle bietet und mehr enthüllt, als dem sonst eher zurückhaltend gekleideten Mädchen lieb ist. Wenigstens decken ihre langen, offenen Haare ihre Blösse etwas. «Wieso habe ich ein so grosses Decolleté?», fragt sie beunruhigt. «Sind wir immer noch Gefangene?» Seraina antwortet wenig ermutigend: «Sieht ganz so aus. Du siehst übrigens sehr hübsch aus, irgendwie so wie eine Tänzerin, die sie auf dem Sklavenmarkt verkaufen.» – «Danke, du machst mir Mut!», knurrt ihre Freundin. «Ich frage mich, wo unsere Männer sind!» Furcht beschleicht beide angesichts ihrer bedrohlichen Lage. Soeben waren sie doch noch im Kolosseum, wo Leon sie alle gerettet hat – dank seiner Fähigkeit, mit Tieren zu «sprechen». So gelang es ihm, die Raubtiere zu besänftigen. War das nicht die Aufgabe, die sie laut Anweisungen des Notars zu lösen hatten, um an den Pokal zu kommen? Und was sollte das jetzt hier? Missmutig kommentiert die kämpferische Margarethe diese Situation: «Wieso können WIR nicht kämpfen oder irgendwas machen?» – «Sag mal, spinnst du?», reagiert Seraina darauf. «Ich will doch nicht Kopf und Kragen riskieren! Du warst grad noch so gut wie bewusstlos, und jetzt schwafelst du von kämpfen!» – «Dann möchtest du lieber hier rumhängen?», gibt sie aggressiv zurück. «Und von den Rennwagen überrollt werden?» – «Immerhin können wir mit etwas Glück nach dem Rennen die Fliege machen. Fragt sich nur, ob unsere beiden Helden dann noch leben…» Seraina kullert eine Träne die linke Wange runter. Doch sie haben keine Zeit mehr, an die Gefahren zu denken, denn es erschallt eine sehr laute Trompete. Die Mädchen sehen, wie sich acht Renngespanne bereit machen – jeweils zwei Gespanne tragen dieselbe Farbe seitlich am Wagen: rot, blau, grün und weiss. Rudy hat vier lupenreine Schimmel vor seinen Wagen gespannt, die Zügel hat er sich um den Körper gebunden, um nicht vom Wagen zu fallen. Das haben auch die andern Fahrer gemacht. Leons Wagen wird von vier Rappen gezogen, die sehr unruhig schnauben. Der Tierflüsterer beginnt deshalb, mit seinen lebendigen Pferdestärken zu kommunizieren. Und siehe da, die Tiere beruhigen sich, wirken plötzlich extrem fokussiert.

In diesem Moment lässt der Spielgeber ein weisses Tuch fallen. Als es den Boden erreicht, ist es das gespannt erwartete Startsignal. Das Publikum brüllt los, feuert die Teams an. Einer der Blauen erwischt den besten Start, dicht gefolgt von einem Weissen. Leon liegt schon nach ein paar Metern auf Platz drei. Die Mädchen stehen mit dem Rücken gegen den Mittelwall gelehnt und halten den Atem an, als der erste Wagen von rechts an ihnen vorbeidonnert. Frenetischer Jubel begleitet die wilde Fahrt. Viel Staub wird aufgewirbelt. Das Hufgetrappel tönt wie Gewitterdonner, die sich drehenden Räder ächzen wie Windräder im Sturm. Margarethe folgt mit dem Blick dem ersten Gefährt, da braust bereits das zweite an ihnen vorbei. «Meine Güte, die haben ein Tempo drauf. Da ist Leon! Er ist Dritter!» Und als der sechste Fahrer an ihnen vorbeisaust, ruft Seraina voller Furcht: «Und hier Rudy!» Die Fahrer der letzten beiden Wagen, ein grüner und ein weisser, sehen wohl vor lauter aufgewirbeltem Staub gar nichts. Im Gegenuhrzeigersinn rasen die Wagen auf der ovalen Rennbahn. Leon konzentriert sich nur darauf, den Kontakt zu seinen Tieren aufrecht zu halten. Deshalb merkt er nicht, dass der Viertplatzierte ihm von hinten einen Stein an den Kopf wirft. Überrascht von diesem fiesen Angriff, droht Leon nach vorne zu fallen und kann sich nur mit Mühe am Wagengeländer festhalten. Die Pferde geraten aus dem Tritt, so dass Leons Gegner rechts an ihm vorbeizuziehen droht. Glücklicherweise bleibt Leon unverletzt. Als sich die beiden Wagen auf gleicher Höhe befinden, prügelt der Kontrahent mit der Peitsche auf Leon ein. Dieser versucht, sich so gut wie möglich vor den Hieben zu schützen, was aber ein ziemlicher Balanceakt ist. Im Gerangel kommen sich die Wagen so nahe, dass sich die drehenden Achsen gegenseitig die Speichen aufscheuern. Ein übles Geräusch ermahnt beide, etwas mehr Abstand zu gewinnen. Zudem kommt jetzt die erste Kurve. Leon ist auf der Innenbahn, ist aber viel zu schnell unterwegs. Er reisst an den Zügeln, um die Tiere abzubremsen. Die Pferde aber halten die Geschwindigkeit. Sie schaffen es deshalb nicht, einzulenken. Eigentlich sein Glück, denn so driftet sein Gefährt von links voll in seinen Gegner rein, der schon fast an ihm vorbei ist. Der vordere Teil von Leons Wagen kracht mit Wucht ins linke Rad des Gegners. Der grüne Wagen raspelt zwar die Vorderseite von Leons rotem Wagen auf, bäumt sich aber dadurch auf und kippt nach rechts weg. Der Fahrer landet unsanft im Sand. Seine Pferde schleifen ihn mit, weil er ja die Zügel um den Bauch gebunden hat. Geistesgegenwärtig zückt er sein Messer und trennt die Stricke durch. Mit letzter Kraft rettet er sich in eine Nische, bevor der Wagen hinter Leon über ihn hinwegzufahren droht. – «Wo bleibt der Safety-Car?», schreit Margarethe entsetzt, die nur noch sieht, wie Leon seinen Wagen mit Ach und Krach um die erste Kurve kriegt und dann auf der anderen Seite des Mittelwalls verschwindet.

Rudy hat dank dieses Unfalls einen Platz wettgemacht. Das grüne Team ist nur noch mit einem Fahrer im Rennen. Jetzt donnert auch der Hinterste zur Kurve hin, während der Erstplatzierte bereits die zweite Kurve bei den Ställen nimmt. Die Mädchen drehen sich zum Startplatz um und sehen, wie der Führende schon aus der Kurve hinaus beschleunigt, dicht gefolgt vom Zweitplatzierten. Leon hat Zeit verloren und biegt mit deutlichem Abstand in die zweite Runde ein. Als der Führende an den Mädchen vorbei ist, gilt es, das erste Ei nach rechts zu bugsieren. «Mist, die Dinger sind massiv!», beschwert sich Seraina. Aber zu zweit schaffen sie es, während Leon an ihnen vorbeidonnert, ohne sie anzusehen, denn er ist komplett mit den Pferden beschäftigt. Auch als Rudy an den Mädchen vorbeifährt, würdigt er sie keines Blickes, denn er ist voll auf seine Tiere fokussiert. Aber anders als Leon, führt er seine Tiere mit leichten Klapps von der Peitsche – immer dann, wenn eines der Tiere etwas langsamer ist als die andern. So tariert er das Viergespann mit Gefühl ein – seine Pferde laufen wie ein gut geölter Motor. Aber die Tiere haben – im Gegensatz zu Leons Pferden – keine Ambitionen, für ihren Fahrer zu siegen. Leons Pferde haben ihren Fahrer schon am Start ins Herz geschlossen und sind bereit, mit ihm durch die Hölle zu gehen. Auf der Geraden beschleunigen sie, als hätten sie Flügel bekommen. – «Dein Lover fährt nicht für Ferrari, sondern für Red Bull», kommentiert Seraina das Geschehen. Doch Margarethe ist zu angespannt, als dass sie die Feinheit dieses Seitenhiebs zu würdigen weiss.

Die zweite Runde geht ohne Kämpfe aus, doch als die dritte Runde beginnt, liefern sich Erst- und Zweitplatzierter ein erbittertes Duell. Es kommen Peitsche, Faustschläge und Rempeleien zum Zug. Das Gerangel um Platz eins bremst die beiden Wagen, so dass Leon aufholen kann. Rudy bleibt brav auf Platz fünf. Der Wagen vor ihm, ein blauer, wäre zwar erreichbar, doch Rudy traut sich nicht, ein Überholmanöver zu starten. Blöd nur, dass sich der Fahrer des Wagens hinter ihm so etwas durchaus zutraut. Der letzte verbliebene grüne Fahrer setzt zum Überholen an. Genau in diesem Moment bricht die Achse des Blaufahrers vor Rudy, der gerade an den Mädchen vorbeigefahren ist. – «Materialdefekt! Ausweichen, Rudolfino!», schreit Seraina, und der Angesprochene schafft es gerade noch, an den Trümmern vorbeizufahren. Sein grüner Verfolger aber rattert ungebremst hinein. Er fliegt hoch. Als der Wagen wieder auf den Boden gelangt, fällt der Fahrer aus dem Cockpit. Herumfliegende Holzsplitter sausen den Mädchen um die Ohren, aber glücklicherweise, ohne sie zu verletzen. – «Rennabbruch! Verdammt! Auf was warten die noch, das Rennen abzubrechen!», kreischt Seraina, um Rudy besorgt, und sieht gerade noch, dass ihr Liebster unversehrt aus dem Schlamassel rauskommt und die Kurve bei der Tribüne des Imperators gut erwischt. Sie atmet erleichtert auf – das Rennen geht mit unverminderter Härte weiter.

Von acht Fahrern sind noch fünf auf der Strecke. Zwischenstand am «Romaring»: Team Blau mit einem Wagen im Rennen auf Platz eins, Team Weiss auf den Plätzen zwei und fünf, Team Rot auf drei und vier, Team Grün out. Die Unterstützer von Team Grün auf den Rängen verwerfen die Hände und wenden sich enttäuscht vom Rennen ab. Die Supporter von Team Weiss und Blau feuern die beiden an der Spitze frenetisch an. Selbst auf den Tribünen entstehen kleine Prügeleien unter rivalisierenden Fans. Die Arena gleicht einem Pulverfass.

Vierte Runde, die Mädchen haben schon Muskelkater von der Herumschieberei der Eier. – «Ostern gefällt mir besser, jene Eier kann man essen», witzelt Margarethe, um sich abzulenken, und Seraina kann es nicht lassen, im Hinblick auf die Rennfahrer zu bemerken: «Also, ich meinerseits bevorzuge Jungs mit Eiern und diesen geilen Sandalen!»

Da wird es an der Spitze wieder richtig spannend, denn Leon hat die Streithähne eingeholt und stürzt sich ins Gerangel. Jetzt ist er vorgewarnt, was kommen könnte. Geschickt hält er seinen Wagen immer schön im Abstand zu den Achsen der andern. Er hat vor, unter den Augen des Imperators, bei der nächsten Kurve an den beiden Kontrahenten innen vorbeizuzirkeln, dann am Ausgang der Kurve Vollgas zu geben und an beiden vorbeizurauschen. Doch haben seine Pferdestärken genügend Power? Jetzt kommt es auf die Abstimmung des «Motors» an. Das Pferd innen muss bremsen, was das Zeug hält, das Pferd aussen soll weitergaloppieren, aber trotzdem dicht an den andern dran bleiben. Leon muss husten, weil ihm Sand in die Lungen gerät, und wohl auch ins «Getriebe», denn sein Wagen macht seltsame Geräusche. Doch er achtet weder auf das eine, noch das andere. Er schiebt sich so sachte wie möglich innen an den andern vorbei und übernimmt tatsächlich die Führung. Die Roten auf den Tribünen bersten in episches Freudengeschrei. Die Schmach des letzten Rennens mit Totalausfall ist vergessen! Leon ist ihr Held!

Fünfte Runde! Den Mädchen kommt es wie eine Ewigkeit vor, für die Jungs vergeht die Zeit fast wie im Flug. Rudy kann sich auf seinem vierten Platz gut behaupten, denn sein Verfolger hat einen zu schwachen Antrieb. Und auf das Gerangel für die Podestplätze hat er null Bock. Leon hingegen treibt seine Pferde an, mental versteht sich. Sie geben ihr Bestes für ihren Freund und Fahrer. Er muss noch zweieinhalb Runden überstehen, dann ist's geschafft. Er fragt sich jede Sekunde, ob sein ramponierter Wagen das schafft. Seinen Pferden jedenfalls traut er den Sieg zu.

Und dann geschieht es: Der Blaufahrer attackiert ihn von hinten. Er lässt die Pferde in Leons Rücken hineinfahren. Leon bekommt einen Schubs von einem der Pferdeköpfe und fällt auf die Knie. Panik erfasst Margarethe, denn sie kann kaum erkennen, was passiert, weil es sich auf der anderen Wallseite abspielt.

Der Blaufahrer nutzt die Chance, schert aus und überholt Leons Wagen, dessen Pferde aus dem Takt geraten sind, weil der Fahrer kurz den Halt verloren hat. Der Blaue drischt wie ein Irrer auf seine Tiere ein. In einem grossen Bogen donnert er bei den Stallungen um die Kurve und peitscht die Tiere voran, weil er fürchtet, dass Leon auf der Innenbahn weniger Weg zurücklegt und somit einen Vorteil hat. Doch Leon braucht etwas Zeit, um sich zu fangen. Die Mädchen vergessen beinahe, ein weiteres Ei zu bewegen, weil sie entsetzt darüber sind, dass der unfaire Blaue wieder vorne ist. Auch die Zuschauer quittieren das Geschehen: die Roten mit Flüchen, die Blauen mit Jubel und vorzeitigem Siegesgeheul. Doch sie haben – frei nach einem alten Sprichwort – das Fell des Bären verkauft, bevor das Tier geschossen wurde. Die Pferde des blauen Wagens haben Schaum vor dem Mund, und das rechte Tier kollabiert kurz vor der Tribüne des Imperators. – «Motorschaden! Geschieht ihm recht, diesem Tammihueregopfertellipfiffesagg!», sprudelt es einfach so aus Margarethe heraus. Auf der Tribüne fluchen jetzt die Blauen, während die Roten wieder jubeln dürfen. Leon ist erneut Leader und nimmt die zweitletzte Runde unter die Hufe. Doch gewonnen ist noch nichts – jetzt heisst es: Team Rot gegen Team Weiss. Beide Teams haben noch beide Fahrer im Rennen, die andern beiden Teams sind ausgeschieden.

Der Zweitplatzierte rückt Leon auf die Pelle. Der weisse Fahrer hat mehr Erfahrung als Leon, kein Wunder, setzt er alle Tricks ein. Er überholt Leon in der Kurve innen und drängt ihn an die Aussenwand, ohne eine Berührung der Gespanne. Leons rechtes Wagenrad zerbirst an der Abschrankung, er fliegt kopfüber in den Sand und kann einer schweren Verletzung nur durch geschicktes Abrollen entgehen. Margarethe und Seraina schreien im Chor voller Entsetzen. Leons Pferde sind sehr achtsam und stoppen sofort den Galopp, um ihren Lenker zu schonen. So wird er nicht mitgeschleift. Schnell durchschneidet Leon die Zügel und bringt sich in Sicherheit, doch das sehen die entsetzten Mädchen von ihrer Warte aus nicht.

Leon hat gerade rechtzeitig eine Schutznische in der Wand erreicht, denn Rudy kommt angebraust. Erschrocken stellt dieser fest, dass es jetzt an ihm liegt, den Pokal für ihre Mission zu ergattern. Doch wie soll er das bloss hinkriegen? Der Abstand zum Vordermann ist zwar nicht besonders gross, aber Rudy hat keine Ahnung, wie er überholen soll.

Noch eine Runde; der Weissfahrer prescht an den Eier-Mädchen vorbei, dicht gefolgt von Rudy, der von seinem ebenfalls weissen Verfolger nichts zu befürchten hat. Deshalb macht er eine Handbewegung zu den Mädchen – ein L mit Daumen und Zeigefinger, dann ein Daumen hoch für: Leon ist ok.

Noch zwei Kurven und eine volle Gerade – Rudy muss handeln, irgendwie. In diesem Moment schliesst er die Augen und denkt an Merry Cherry, und da macht es klick: «Klar, sie liebt es, wenn ich sie einfach rennen lasse.» Er lockert die Zügel und geht in die Hocke, um den Luftwiderstand zu senken. «Fliegt, meine Schönen! Fliegt wie Pegasus!» Tatsächlich gewinnt er an Boden und kann bei der Imperatorkurve sogar innen mit dem Führenden gleichziehen. Doch am Ausgang der Kurve haben die Pferde des Weissfahrers mehr Beschleunigung als seine Tiere. Es sieht schlecht aus.

Leon steht noch in der Nische in der Mauer und wiehert erbärmlich. Die Pferde des Führenden scheuen kurz, Rudys Pferde aber bleiben unbeeindruckt – und Rudy geht problemlos in Führung. Als er bei der Stallkurve zu den Mädchen auf die Zieleinfahrt einbiegt, fallen die beiden fast vom Mäuerchen vor Begeisterung und feuern ihn an: «Hopp, Rudy!» Auf den Tribünen bersten ebenfalls die Dämme, die Fans brüllen ihre Freude heraus, als ginge es um ihr Leben, als Rudy als Sieger über die Ziellinie schiesst. Frenetischer Jubel umtost ihn, der sein Glück kaum fassen kann.

Jetzt ist der grosse Moment da: Siegerehrung und Pokalübergabe nahen. Zuerst aber muss Rudy eine Ehrenrunde drehen und sich von den Fans feiern lassen. Dabei nimmt er Leon auf seinen Wagen rauf, schliesslich ist er sein Teamkollege. Zu zweit winken sie ihren Supportern zu, Leon nicht ganz ohne ein dumpfes Gefühl von Missgunst im Bauch – jetzt stiehlt ihm doch ein Computernerd die Show bei einem Analog-Rennen!

Schliesslich treten beide unter die Tribüne des Imperators. Margarethe und Seraina kommen dort auch gerade ausser Atem an und stehen ihren Helden bei. Ein edler Herr an der Seite des Imperators spricht: «Imperator Caesar Flavius Honorius pius felix inclitus victor ac – perpetuus – triumfator – gentium barbarum – semper Augustus!» – Der so Vorgestellte erhebt sich aus seinem bequemen Sessel, streckt die Hand auf Schulterhöhe aus und lässt eine handtellergrosse Goldmünze zu Rudy herabfallen. Dieser fängt sie auf, und weil sein Latein gut ist, erkennt er darauf die Inschrift: Ruhm und Ehre im Circus Maximus. Das Konterfei des Imperators grinst im Zentrum der Münze. Da drängt sich

Margarethe vor und bittet Rudy: «Dreh sie um, bitte.» – Er tut es, da sieht man für drei Sekunden die Inschrift: «mons diaboli» – Im nächsten Moment ist nichts mehr als eine schematische Abbildung des Circus Maximus auf der Rückseite der Medaille zu sehen, und die Luft beginnt zu vibrieren, den vier Teenagern schwinden die Sinne.

8
Wohin des Berges?

«Autsch ist das unbequem», beschwert sich Margarethe, als sie auf der Brücke vor der Engelsburg erwacht, ihre drei Freunde neben sich. Alle stöhnen und sind ganz verdattert. «Wo sind wir?» – «Keine Ahnung!» – «Bei dem Engelsding», reden sie durcheinander. Ein paar Touristen in Kleidern aus dem 21. Jahrhundert glotzen sie blöd an. «Was heisst *mons diaboli*?», fragt Margarethe und reibt sich die Augen. – «Berg des Teufels», röchelt Rudy. – «Engelsburg? Teufelsberg?… Wir sind so schlau wie vorher», seufzt Seraina. – «Aber wir sind zurück in unserer Zeit! Wann waren wir eigentlich bei den alten Römern?», grübelt Margarethe. Rudy tippt gerade etwas in sein geliebtes Smartiefon. «…sagen wir mal ungefähr 400 nach Christus. Meine App sagt, dass der Imperator Caesar Flavius Honorius *pius felix inclitoris fictus*… äh… wie auch immer… von 395 bis 423 nach Christus seines Amtes gewaltet hat», doziert Rudy noch etwas benommen. Leon, der es immer noch nicht ganz weggesteckt hat, dass Rudy den Sieg davongetragen hat, bleibt stumm.

Ziemlich verwirrt von der wilden Zeitreise und ihren Erlebnissen im antiken Rom, kommen sie langsam auf die Beine und helfen einander hoch. Trotz Müdigkeit kann es sich Seraina nicht verkneifen, auf das Erlebte hinzuweisen und das verdiente Lob denen auszusprechen, die sich wacker geschlagen haben: «Rudolfino, mein Held! Das war ein atemberaubendes Rennen, und du hast dich heldenmutig geschlagen!» Sie fällt ihm um den Hals und wendet sich dann über Rudys Schulter an Leon: «Leo, und du warst auch ein tapferer Wagenlenker und einfach genial, wie du die Löwen gezähmt hast!» Jetzt wird Leons Gesichtsausdruck wieder weicher, und er deutet ein Lächeln an, als er bemerkt:

«Ihr Frauen habt aber auch umwerfend ausgesehen, in euren Gewändern; ein Jammer, dass ihr die nicht anbehalten habt!» Margarethe japst: «Das fehlte grad noch! Jetzt noch halbnackt in Rom herumzuirren!» Und sie vergewissert sich mit einem Blick an sich hinunter, dass sie wieder Jeans und T-Shirt trägt. «Und à propos halbnackt: Ihr Männer habt vielleicht geil ausgesehen in euren Outfits und mit euren Sandalen; Raina ist ja fast ausgeflippt!» Die Jungs wissen nicht so recht, wie sie auf diese Bemerkung reagieren sollen. Während sie sich auf den Weg zurück in Richtung Hotel machen, lassen sie die Geschehnisse nochmals Revue passieren, zumindest Rudy, der wissen möchte, was die Mädchen mitten auf der Rennbahn zu suchen hatten, worauf Seraina entgegnet: «Wir mussten eure Eier zählen!» Der Spruch erntet nicht die erwartete Wirkung, weil alle schlicht und einfach zu müde sind.

Sie beschliessen, etwas zu essen und dann direkt ins Hotel zu gehen, denn alle sind total erschöpft. Dort schlafen alle fest wie Steine, und niemand denkt daran, die letzte Nacht in Rom mit Liebesspielen zu verbringen – Brot und Spiele hatten sie genug.

Am nächsten Morgen besichtigen sie nach dem Kofferpacken und einem späten Frühstück noch das Pantheon: ein Bauwerk, das fast zwei Jahrtausende überdauert hat, nach Margarethes Reiseführer «das am besten erhaltene Zeugnis antiker Baukunst, ehemals ein antiker Tempel, in dem man den römischen Göttern huldigte, vor allem Mars und Venus, den Schutzgöttern des julisch-claudischen Geschlechts». Ein Abbild des Himmels sei die grösste Kuppel, die je gemauert wurde. «Wunderschön, und sie ist grösser als die des Petersdoms!», staunt Margarethe, worauf Leon flachst, die Schmach des Rennausfalls mittlerweile ad acta gelegt: «Was, der Papst hat den Kleineren? Geht das?» Seraina kichert, Rudy geht nicht darauf ein und liest von seiner App: «Das Loch in der Kuppel hat neun Meter Durchmesser. Das Pantheon diente als astronomisches Instrument. In der Antike waren die zwei Tagundnachtgleichen, die *Equinoxe*, extrem wichtig: der 21. März und der 22. September. Ebenso wichtig waren die Sommer- und Wintersonnenwende, die *Solstice*: 21. Juni und 21./22. Dezember. So wussten sie haargenau, wann sie säen und ernten mussten. Das Kuppelloch diente sozusagen zur Bestimmung des Kalenders.»

Beeindruckt richten die vier Jugendlichen ihre Blicke hinauf zu dem Loch im Dach, durch welches das Tageslicht hereinströmt: Es ist die einzige Lichtquelle im Raum. Alle vier spüren die monumentale Schönheit und Harmonie, die unter dieser Kuppel herrscht, und schweigen voller Ehrfurcht.

In diesem Moment geschieht etwas Magisches – ein glitzernder Lichtstrahl dringt durchs Kuppelloch direkt auf Margarethes Haupt. Ihr wird ganz komisch im Kopf und sie merkt, dass sie wieder in eine Art Trance verfällt. Ihre drei Freunde erschrecken zuerst, kennen diesen Zustand bei ihr aber bereits. Margarethe flüstert mit einem geheimnisvollen Unterton: «Von der Engelsburg zum Teufelsberg. Ein Stein fehlt noch, dann wissen wir, wohin des Weges.» Margarethe schreckt auf. Leon nimmt sie fürsorglich in die Arme. Seraina kommentiert das Geschehen: «Also ist es so: Nur zusammen werden wir das Rätsel lösen. Und in Amsterdam finden wir den fehlenden Stein!»

* * *

Nach ihrem verrückten Abenteuer steigen sie am Sonntagnachmittag ins Flugzeug, so, als wäre nichts Aussergewöhnliches passiert an dem langen Wochenende in Rom.

Wieder zuhause angelangt, bleibt den Mädchen noch eine ganze Ferienwoche, während ihre Freunde bereits am Montag wieder in ihren Vorlesungen sitzen. Am Dienstag trifft sich die Gruppe in der Stadt, und weil die Studenten tagsüber zu wenig Bewegung haben, bestehen sie darauf, wenigstens einen Spaziergang am See zu machen, bevor sie in die Sushi-Bar gehen. Unterwegs sind die vier ziemlich schweigsam, immer noch verblüfft und auch erschöpft von ihren verrückten Erlebnissen. Sie flanieren paarweise, Hand in Hand.

Da dieser Oktobertag aussergewöhnlich mild ist, sind viele Passanten unterwegs. Es wird langsam dunkel, und so erkennen sie die drei jungen Männer zuerst nicht, die sich scheinbar zufällig auf sie zu bewegen. Plötzlich äussert einer von ihnen einen Laut der Überraschung und nähert sich dann lachend: «Na so was, Mäggy... und nicht nur Mäggy, das sind ja die drei Unzertrennlichen!» Gerry tritt näher und stutzt: «Aber ich muss mich doch sehr wundern!» Er mustert Leon, welcher seine Freundin an der Hand hält, dann wandert sein Blick von Margarethe zu Rudy, der mit Seraina Händchen hält. Gerrys Kumpane, oft spasseshalber als seine Bodyguards bezeichnet, glotzen mit leerem Blick aus der Wäsche wie Schafe. Fragend sind die Blicke von Leon und Seraina, während Margarethe und Rudy schuldbewusst erröten, wohlwissend, worauf Gerry anspielt. «Ts, ts, ihr seid mir Schlawiner, ihr zwei!», grinst Gerry, und eine Spur von Neid schwingt mit in seiner Stimme. Jetzt gelten die fragenden Blicke den beiden Errötenden.

Um aus dieser peinlichen Situation zu entkommen, prescht Margarethe vor: «Hey, Gerry, was geht ab?» – «Das frage ich dich, liebste Mäggy!», erwidert er charmant. «Du hast es ja faustdick hinter den Ohren, du Femme Fatale!» Sein dreckiges Lachen provoziert Seraina: «Was lachst du Ochse eigentlich so blöd?» – «Na, na, schöne Seraina, nicht so vorwurfsvoll! Hat dir dein... äh, muss wohl annehmen, heissblütiger Lover, nichts gestanden?», flachst er mit Seitenblick zu Rudy. – «Was denn gestanden?», fragt sie verwundert und schickt Rudy einen fragenden Blick, überrascht über seine rötliche Färbung. Gerry fährt fort:

«Wo ich ihn doch in Flagranti erwischt habe mit der schönen Mäggy, und das erst grad vor einer Woche!» – «WAAAS???», rufen Seraina und Leon im Chor und nehmen ihre Partner visuell in die Zange. Rudy schnappt nach Luft, und Margarethe räuspert sich, um Zeit zu gewinnen. Jetzt bloss nicht die Nerven verlieren – denn das tut bereits Rudy –, sondern schlagfertig sein! Diese peinliche Szene, beziehungsweise Begegnung, in der sie aus lauter Fürsorge Rudy eine Peinlichkeit ersparen wollte, hatte sie doch in der ganzen Reiseaufregung völlig vergessen! Dabei hatte sie eigentlich Leon und Seraina davon erzählen wollen – genau, um eine solche Situation zu vermeiden! «Los, Mäggy, denk dir was aus!», setzt sie sich unter Druck, doch zu ihrem Erstaunen ist es Rudy, der das Wort ergreift: «Hey, Macker, zisch ab! Meine Sache, mit wem ich herumschmuse!» Besitzergreifend legt er Seraina einen Arm um die Taille. Total verblüfft starren jetzt alle Augen Rudy an, der ganz souverän wirkt, und Margarethe ist hin- und hergerissen zwischen Überraschung und einem aufwallenden nervösen Lachen. Gerry hebt seine Handflächen hoch wie ein Friedensangebot und winkt ab: «Okay, okay, das ist deine Sache, man fragt ja nur!» Dann grüsst er und geht weiter mit seinen zwei Kumpanen, welche schweigend neben ihm gehen.

Als die drei ausser Hörweite sind, baut sich Seraina mit in die Seite gestützten Armen vor Rudy auf: «So, und was ist jetzt da genau passiert?» Margarethe prustet los und kann nicht mehr aufhören. Jetzt ist auch Leon erstaunt bis alarmiert: «Was geht ab, ihr zwei?» Rudy setzt zu einer Erklärung an, da unterbricht ihn Margarethe: «Ich habe Rudy nur etwas gezeigt… erklärt. Ganz harmlos, nichts von Bedeutung.» Leon tritt ganz nah an seine Liebste heran und sieht ihr vorwurfsvoll in die Augen: «Und WAS hast du ihm gezeigt?» – «Tja… ähm…» Jetzt ist es Rudy, der ihr ins Wort fällt: «Sie hat mir gezeigt, wie ich Seraina umarmen soll!» Perplex starren ihn die Genannte und Leon an. Margarethe befürchtet schon einen Entrüstungssturm, dann aber brechen die beiden in Gelächter aus. Das Lachen ist ansteckend, bis alle vier sich vor Lachen schütteln. Mit Tränen in den Augen gluckst Leon: «Ich kann es mir vorstellen!» Seraina legt Margarethe einen Arm um ihre Schulter und flüstert: «Danke, Mäggy!»

* * *

Rom liegt erst wenige Tage zurück, aber die Worte des Notars bleiben unvergessen. Spätestens, als die Rabenmutter ihren Plonk in seinem Revier aufsucht und dieser auf ihrer Schulter landet und krächzt: «Grrita! Arram!» – «Hallo Plonk, mein lieber Rabe! Wir waren in Rom, ja, und wir haben eine Zeitreise gemacht!» Sie erzählt ihm von dem Abenteuer, als wäre er ein Mensch, und er lauscht aufmerksam. Dabei kommt es ihr vor, als verstehe er alles, oder als wisse er bereits von allem – kann der Rabe Gedanken lesen, oder war er auch dabei, irgendwie? Es tut gut, ihm das Erlebte zu erzählen, und es hilft ihr, ihre Gedanken zu ordnen. Erneut ruft Plonk: «Arram!» Margarethe stutzt: «Was meinst du damit? Wir waren in Rom, ja.» – «Arram!», insistiert der grosse Vogel und reibt sein Köpfchen an Margarthes Wange, und sie krault ihn zärtlich. Hat er versucht, «Amsterdam» zu sagen? Auf dem Rückweg nimmt sie ihr Handy hervor und ruft Seraina an. Die beiden Freundinnen beraten sich am Telefon, wie sie weiter vorgehen sollen. «Wahrscheinlich müssten wir schon nach A'dam», vermutet Margarethe, doch Seraina lehnt vehement ab: «Bitte nicht, das gibt nur wieder Ärger! Und davon hatten wir schon reichlich in Rom!» – «Ja, aber wir müssen doch den zweiten Hinweis finden! Das siehst du doch auch ein, oder?» – «Mir sitzt Rom noch in den Knochen. Und dann katapultiert es uns wieder in eine andere Zeit, und wir stehen halbnackt mitten auf einer Rennbahn und werden fast über den Haufen gefahren von unseren Herzbuben! Nein danke!» – «Aber...» – «Nein, nein, nein!», beharrt Seraina auf ihrer Ablehnung. Margarethe wendet sich nach dem Anruf an Rudy, und dieser findet auch, dass diese Spur weiterverfolgt werden sollte. «Ich habe Leon heute Mittag in der Mensa getroffen, und wir haben auch darüber gesprochen, dass wir bald nach Amsterdam sollten.» – «Ihr trefft euch zum Mittagessen?», fragt Leons Freundin angenehm überrascht. – «Ja, das ergibt sich an manchen Tagen so, weil wir zur gleichen Zeit Mittagspause haben.» Margarethe beschliesst, Leon zu fragen und sich dann wieder bei Seraina und Rudy zu melden, darum verabschiedet sie sich und legt den Hörer auf.

Am Abend ist Margarethe bei Leon zuhause, und in seinem Zimmer sprechen sie über die Sache. Er willigt ein, möglichst bald diese Reise anzutreten, und sie hat nichts dagegen einzuwenden. Während er sie umarmt, beugt er sich über sie und küsst sie auf den Hals: «Das wäre wieder eine Gelegenheit, ein Hotelzimmer für uns allein zu haben!», flüstert er ihr zärtlich ins Ohr.

Margarethe weiss, dass Seraina bei Rudy ist, daher ruft sie ihn an, und sie beraten sich, das Telefon auf Lautsprecher gestellt, damit alle mitreden können. Schliesslich lässt sich Seraina überreden, vor allem wegen der Aussicht, nochmals zwei – hoffentlich ungestörte – Nächte mit Rudy zu haben, wie sie unverblümt zugibt. Leon spricht das Offensichtliche aus: «Wir sind Lustige; statt Neugier treibt uns nur die reine Fleischeslust an!» Die Jungs rechnen aus, dass sie das letzte Oktoberwochenende verlängern können, das heisst, den Freitag wieder Vorlesungen schwänzen, während die Mädchen auf jeden Fall am Montag wieder zur Schule müssen. Margarethe rechnet aus: «Das wäre eine Woche nach den Herbstferien, dann ist es zwar schon etwas kühl in Amsterdam, aber länger warten wäre unklug.»

9

Im Zeichen eines neuen Auftrags

Amsterdam – ein Name, der verschiedene Emotionen weckt. Einerseits sind die vier Freunde auf dem Flug viel entspannter, weil die Aufregung, die sie auf der Reise nach Rom verspürten, sich aus naheliegenden Gründen gelegt hat. Andererseits sorgt die Aussicht, einen weiteren obskuren Hinweis von einem Notar zu erhalten und danach wieder in einer unangenehmen und gefährlichen Lage zu landen, für wenig Begeisterung. Die vier gehen unterschiedlich mit der Situation um. Margarethe, die immer neugierig auf neue Orte mit einer interessanten Vergangenheit ist, sieht der Reise alles in allem mit positiven Gefühlen entgegen. Die Jungfrau in ihr – ihr ordnungsliebendes Sternzeichen – sehnt sich zwar nach Häuslichkeit und Geborgenheit, fühlt sich aber unsicher, wenn sie die Fäden nicht in der Hand hat und nicht alles seine Ordnung hat. Einen Hinweis zu ignorieren, der an ihre Vergangenheit anknüpft, kommt für sie nicht in Frage. Auch spielt ihr Pflichtbewusstsein eine wichtige Rolle: Sie hat einen Auftrag, und diesen will sie erfüllen, und wenn sie zur Anführerin ernannt wurde, muss sie ihr Team auch motivieren und mit gutem Beispiel vorangehen. Ihre – wie sich in Rom bekanntlich herausgestellt hat – Verwandte Seraina tickt als Skorpion da ganz anders. Lieber fährt sie ihren Stachel aus, als ein Risiko einzugehen. Sie ist empfindlich, und dies zeigt sie einerseits, indem sie schnell eingeschnappt und verletzt ist, andererseits, indem sie sehr sinnlich ist und ihre Emotionen überaus stark empfindet. Um sich zu schützen, verkriecht sie sich oft hinter einer dicken Schale. Seit sie aber mit Rudy so eng verbunden ist, lässt die junge Skorpionin ihre sensible Seite stärker zu, was sie wiederum verletzlicher macht. Diese Entwicklung hat bereits angefangen, als sie der faszinierenden Mystikerin Hildegard von

Bingen begegnet war, auf der Suche nach einem Heilmittel während der Pandemie. Seraina ist grundsätzlich misstrauisch gegenüber dem Unbekannten, und wenn sie einmal eine Meinung gefasst hat, ist sie schwer davon abzubringen. Im Fall Amsterdam war sie äusserst störrisch, und Rudy musste ihr lange zureden. Der Schütze ist auch zielstrebig und ordentlich, und wenn ihn eine Aufgabe fasziniert, dann setzt er alles daran, sie voranzutreiben. Wenn dabei technisches Wissen gefragt ist – umso besser. In diesem Fall sieht Rudy zwar nicht, wie er seine Stärken ausspielen kann, aber ein Faktor spielt für ihn gewiss eine Rolle: dass er in Rom seine Scheu gegenüber körperlicher Nähe abgelegt hat. Die erste Liebesnacht war für den kopflastigen Nerd buchstäblich eine Revolution. Und die Aussicht auf zwei weitere Nächte in einem Hotelzimmer allein mit seiner Seraina lockt ihn sogar auf unbekanntes Terrain. Immerhin ist er als Computerfreak auch mit allen Arten von Computerspielen bekannt und daher nicht abgeneigt, andere Welten zu erkunden und sich mit deren Spielregeln rasch vertraut zu machen, dabei auch Risiken einzugehen, wohl wissend, dass nach «Game Over» stets ein neues Spiel möglich ist: «Replay». Das ist für ihn auch in der Liebe so: Jetzt, wo er weiss, wie der Hase läuft, schreckt ihn ein Doppelzimmer nicht mehr, und er ist für eine Wiederholung gern zu haben: «Reload». Leon, der Löwe, tritt meist souverän auf und hat eine positive Einstellung zum Leben und zu den Abenteuern, die es mit sich bringt. Allerdings steht er nicht ungern im Mittelpunkt, und als Freund der treibenden Kraft Margarethe nimmt er eine wichtige Rolle ein, da er sie unterstützen und sich nach Kräften einsetzen kann. Und er schätzt es natürlich, wenn sein Einsatz anerkannt wird. Die vier sind auch dank ihrer in den Sternen angelegten Eigenschaften ein unschlagbares Team, wie sie nun erneut bewiesen haben in Rom. Leon freut sich auf neue Erlebnisse an der Seite seiner Mäg, und zugegebenermassen lockt auch ihn die Aussicht auf die Hotelnächte.

Bei der Landung sind alle gut gelaunt und nehmen den Bus in die Innenstadt. Den Kanälen entlang schlendern sie mit ihren Rollkoffern und Rucksäcken zum Hotel. Diesmal finden sie es auf Anhieb, da Rudy gut recherchiert hat. Das Hotel direkt am Kanal sieht hübsch aus: ein altes Grachtenhaus mit der unverwechselbaren Backsteinfassade und den weiss umrahmten Fenstern, die oben einen Bogen bilden. Der Concierge allerdings scheint schon einen Joint zu viel genossen zu haben, denn er wirkt etwas weggetreten. «Was hat der wohl schon alles geraucht?», flüstert Seraina amüsiert, und Leon flachst: «Vergiss nicht, der ist hier in A'dam an der Quelle!» Sie erinnern sich an Schulkameraden, welche mit Vorliebe nach Amsterdam reisten wegen einem Flair für gewisse Grassorten – oder einfach, weil es hier legal und billig zu erstehen ist. Margarethe rümpft die Nase: «Man riecht es im Fall!» Seraina verzieht angewidert das Gesicht: «Ist mir draussen schon aufgefallen! Die ganze Stadt stinkt nach Hasch! Hoffentlich stinkt das Zimmer nicht!» – «Und hier an der Rezeption verteilen sie noch Werbe-Feuerzeuge, damit man den Joint auch sicher anzünden kann...», grummelt Margarethe, nimmt eines aus der Schale, in denen sie liegen, und schaut sich das Emblem an. Weil ein Rabe drauf ist, steckt sie es ein.

Als der verschlafene junge Hotelangestellte ihnen die Schlüssel überreicht und den Weg zum Zimmer erklärt, stutzen die vier, denn eine steile Treppe führt hinauf, und kein Aufzug ist in Sicht. Seraina möchte schon protestieren, da erinnert sie Rudy an den klapprigen Lift in Rom: «Möchtest du wirklich wieder in so einem haarsträubenden Vehikel fahren, das einem alten James-Bond-Film alle Ehre machen würde?» Sie schüttelt den Kopf, aber die Aussicht, mit dem Gepäck eine steile Treppe hinaufzuklettern, behagt weder ihr noch den drei anderen. Leon möchte zwei Koffer gleichzeitig tragen, aber die Treppenflucht ist dermassen schmal, dass er fast steckenbleibt. Keuchend kommen sie einen Stock weiter oben an, um festzustellen, dass ihr Zimmer noch höher liegt. Drei lange und steile Treppenfluchten mit ungleich hohen Stufen müsse sie insgesamt überwinden, bis sie endlich bei ihren Gemächern angelangt sind. «Immerhin sind wir auf der gleichen Etage», bemerkt Margarethe, was jedoch nicht von allen mit Begeisterung quittiert wird. Leon grinst: «Dann müssen wir uns ein bisschen zusammennehmen heut Nacht und hoffen, dass R&R nicht zu viel Geschrei machen!» Die Gemeinten erröten, und Margarethe lenkt schnell ab: «Lasst uns doch unser Gepäck abladen und die Stadt erkunden!» Bevor Rudy seufzend protestieren kann, beim Gedanken, die Treppen erneut unter die Füsse zu nehmen, schlägt Leon vor: «Und dann gönnen Ru und ich uns ein richtiges Bier! Amsterdam ist genau der richtige Ort dafür!»

Als es bereits dunkel ist, schlendern sie durch die malerische Umgebung am Wasser und suchen sich dann ein nettes kleines Restaurant, eigentlich eher eine Bar, wo alle auf ihre Kosten kommen. Die Jungs gönnen sich ein Bier – «Wahnsinn, diese Auswahl!», freut sich Leon, und sogar die Mädchen beschliessen, angesichts der originellen Sorten mit Zusätzen wie Ingwer, Zitrone, Himbeere, auch ein Bier zu bestellen. «Ich mochte das Zeug bis jetzt überhaupt nicht», gesteht Margarethe, und Seraina pflichtet ihr bei: «Ist nicht mein Bier, das Gesöff! Aber mit Ingwer könnte es mir vielleicht munden.» Dazu gönnen sie sich kleine Häppchen: Fleischklösschen, die allerdings nicht auf allgemeine Zustimmung stossen, belegte Brötchen und Flammkuchen. Alle probieren von allem; Seraina füttert ihren Rudolfino mit einem Fleischklops, während Leon seiner Mäg ein Stück Flammkuchen hinhält zum Abbeissen.

Rudy findet sein Bier fein, Leon ist begeistert und bestellt gleich noch mehr, und die beiden stossen mehrmals an «auf Freundschaft und Abenteuer». Seraina wackelt warnend mit ihrem Zeigefinger hin und her und zieht ihre Augenbrauen hoch: «Aber keine amourösen Abenteuer!» Rudy legt ihr einen Arm um die

Taille und zieht sie an sich: «Nur mit dir, mein Schatz!» Margarethe beobachtet das Paar und freut sich, dass Rudy offenbar seine Berührungsängste abgelegt hat. Dass das bei Leon nie ein Thema war, beweist er sogleich, als er seine Freundin stürmisch umarmt und küsst. «Igitt, du hast eine Bierfahne!», weicht sie angeekelt zurück. Konsterniert und mit schiefem Grinsen wendet er sich an Rudy: «Hatte doch gesagt, in A'dam w-wird das schw-w-wieriger mit der Liebesnacht!» Sie brechen langsam auf, und auf dem Heimweg sind die Jungs ziemlich heiter, was die Mädchen zuerst amüsiert, dann zunehmend nervt. «Was sie in Venedig nicht geschafft haben, kriegen die hier noch zustande», brummt Seraina und fährt auf den fragenden Blick ihrer Freundin fort: «Einer fällt sicher noch ins Wasser, so, wie die rumtorkeln!» Margarethe kennt ihren Leon bereits in angetrunkenem Zustand, damals in London im Jahr 990, aber Rudy hat sie noch nie angeheitert erlebt und findet ihn ziemlich lustig. Sein Getorkel findet dafür Seraina überhaupt nicht amüsant. Angewidert verzieht sie das Gesicht: «Besoffene sind doch einfach bescheuert!» – «Lass sie doch, die dürfen das auch mal!» – «Ja aber die sind doch nicht mehr zu gebrauchen jetzt!» Die Mädchen tauschen Blicke aus und prusten los, und Margarethe schlägt vor: «Dann sollen Rudy und Leon doch das eine Doppelzimmer nehmen, und wir haben unsere Ruhe!» Protestgeheul schlägt ihnen entgegen seitens der männlichen Fraktion.

Wie sie die Treppen hochgekommen sind, daran erinnern sie sich nachher nur noch vage, denn auch die Mädchen sind beschwipst. Ein Wunder, stürzt niemand die steilen Stufen hinunter! Irgendwie schaffen sie es hinauf in ihre Zimmer, ohne sich den Hals zu brechen, zanken sich noch einen Augenblick, weil Seraina und Margarethe ernsthaft in Erwägung ziehen, ihre ziemlich angeheiterten Partner zusammen in ein Bett zu stecken, was diese jedoch mit lautstarkem Protest quittieren, bis sich eine Türe auf der gleichen Etage öffnet und ein kräftiger, glatzköpfiger Kerl mit nacktem Oberkörper und mit Pyjamahose bekleidet heraustritt und sie grimmig anfunkelt. «Uups, gegen diesen Muskelprotz kann auch Leon nichts ausrichten!», flüstert Margarethe und hält ihren Freund am Arm fest, damit er keine Dummheiten macht. Der Fremde bellt barsch ein paar Worte, möglicherweise auf Holländisch, die sie zwar nicht verstehen, die aber klar signalisieren, dass er seine Nachtruhe wünscht. Kichernd wünschen sich die Mädchen eine gute Nacht und ziehen ihren jeweiligen Kavalier mit sich ins Zimmer.

Am nächsten Morgen fühlen sich alle wie gerädert. Sie haben schlecht geschlafen. Das Frühstück wird überschattet von dauerndem Gemotze. Die schlechte Laune wird auch dadurch nicht besser, dass draussen die Sonne scheint. Fast hätten sie sogar den Notartermin verpasst, der eigens für sie an einem Samstag angesetzt wurde, weil sie aus dem Ausland anreisen und ihre Schulen nicht mitten in der Woche verlassen konnten. Als sie mit Verspätung in die Kanzlei eintreten, erwartet sie schon ein mürrischer Notar, ein hagerer Hüne mit grosser Nase. – «Der ist auch nicht besser aufgelegt», bemerkt Margarethe und seufzt, «dabei müsste die ganze Stadt wegen des Hanfgeruchs, der Tag und Nacht in der Luft liegt, doch in einer Art Dauerflashzustand versetzt sein.» Gerade, als Leon etwas dazu sagen will, winkt der genervte Notar die vier Freunde in sein Büro. «Chuten Thach, machen wir khurz. Wer von Ihnen ist Frau Capaul?» – Seraina tritt vor und erwidert: «Das bin ich. Meine Grossmutter war eine nach Holland ausgewanderte Italienerin. Ihre Tochter, also meine Mutter, hat in den Campingferien im Bündnerland meinen Vater kennengelernt und ist dort geblieben. Leider ist sie verstorben.» – «Hmm, traurig, mein Beileid», erwidert der Notar nun schon etwas besänftigter und kramt einen Briefumschlag hervor. Margarethe drängt sich vor, um das Rabensiegel wenigstens noch ein Mal zu sehen. Des Notars Blick verfinstert sich wieder, denn es befinden sich zu viele Leute in dem kleinen Büro für seinen Geschmack, und das stresst ihn. «Darf ich öffnen, Frau Capaul?» Seraina nickt.

Der Notar reisst den Brief unsanft auf und entnimmt ihm ein Pergament, das er Seraina überreicht, denn es ist auf Italienisch verfasst, was er nicht beherrscht. Seraina ist es, die den Inhalt auf Deutsch übersetzt: «Bla… bla… kennen wir schon alles – Ah, hier, unser zweiter Hinweis ist: Semper Augustus, wertvoll wie Gold, Mord und Totschlag für sie geschieht. Wer sie hat, ist reich, wer sie verliert, verliert sie für immer. Wer die letzte ihrer Art blühen sieht, kennt die Herkunft des Besitzers und weiss um die Zukunft Bescheid.»

Seraina schaut auf, nimmt vom Notar eine Rechnung entgegen und bedankt sich, obwohl sie findet, dass sich eigentlich der Notar bedanken sollte; denn wenn die Rechnung genau so gesalzen ist wie jene in Rom, dann hat er einen saftigen Anteil von seinem Monatseinkommen am Samstagmorgen generiert. Die vier Freunde verabschieden sich von dem Rechtsgelehrten und drängen ins Freie, denn alle vermuten, dass sich ihre Laune definitiv nicht bessert, wenn sie noch länger in der engen Kanzlei mit dem missgelaunten Herrn zusammenhocken.

Seraina grummelt etwas von «unverschämten Ansätzen», und Margarethe fragt: «Nimmt er's auch von den Lebenden? Na, egal, wir haben's ja, dank des Nobelpreises.» – «Schon, aber Geld aus dem Fenster knallen tu ich nicht gerne… na ja, du hast ja Recht. Aber wirklich schlau bin ich nicht aus dem Hinweis geworden…» – «Unser Schlaukopf fummelt schon wieder an seinem Ding rum», bemerkt Leon und zeigt mit seinem Daumen über seine Schulter zu Rudy, welcher wieder auf seinem Smartiefon herumfingert. Gespannt warten alle darauf, dass er etwas herausfindet – und siehe da: «Ha! Semper Augustus waren ja auch die letzten Worte im ellenlangen Ehrentitel des Imperators, wisst ihr noch… das kann kein Zufall sein! Nun ja, in Holland gab es im 17. Jahrhundert eine Tulpensorte dieses Namens. Sie ist ausgestorben. Aussehen tut sie so!» Und er streckt allen sein Smartiefon unter die Nase, um die Zeichnung einer weiss-rot gestreiften Tulpe mit spitz zulaufenden Blütenblättern zu zeigen. – «Und wie kommen wir zu dieser Tulpe, also ich meine, wer schleudert uns diesmal ein Schwert entgegen? Der Tulpenheilige persönlich?», fragt Margarethe seufzend. Die Freunde machen lange Gesichter. – «Vorschlag meinerseits: Lasst uns mal was erleben, dann kommt der Moment schon noch…», schlägt Leon vor, und mangels Alternativen finden das alle angebracht.

10
Stadtrundfahrt mit allen Schikanen

Was macht man in Amsterdam, wenn man nur knapp zwei Tage zur Verfügung hat? «Eine Grachtenfahrt!», schlägt Margarethe strahlend vor, denn sie liebt es, auf dem Wasser unterwegs zu sein. – «Meinetwegen», stimmt ihr Rudy schulterzuckend zu. «Nix dagegen.» Seraina schmiegt sich an ihren Rudolfino: «Das ist so romantisch.» Einzig Leon bleibt skeptisch: «Sind die Dinger nicht etwas zu langsam unterwegs?»

Sie gehen zum Bootsanleger und können eine Fahrt auf einem Boot buchen, welches eine Stunde später ablegt samt Reiseführung. «Was machen wir bis dann?», fragt Seraina, und Margarethe deutet auf ein wohlbekanntes Signet: «Da drüben gäbe es Musik und Drinks, aber vielleicht ist das noch die falsche Tageszeit?» Leon grinst und ist sofort Feuer und Flamme: «Rockmusik ist genau mein Ding!» Skeptisch folgt Rudy den beiden, gezogen von Seraina, welche immer gerne tanzt. Im Lokal ist es schummrig und laut; an den Wänden hängen goldene Schallplatten, ausrangierte Gitarren, Lederjacken und glitzernde Bühnenkleider berühmter Musikerinnen und Sänger. «Oh je, was ist das denn für ein Ramschladen?», kommentiert Rudy abschätzig, und Leon schickt ihm einen entsetzten Blick: «Mein Lieber, das sind sozusagen Reliquien! Diese Artefakte gehörten einst berühmten Rockstars, die sie dem Rock-Café als Ausstellungsobjekte überlassen haben.» «Du Banause, Rudy!», schilt Seraina ihren Freund. Begeistert machen die Mädchen die Runde und kommentieren. «So ein Bustier wäre doch was für Mäg, da könntest du die Männer gleich aufspiessen!», neckt Seraina ihre Freundin. Die Retourkutsche kommt sofort: «Wie wär's mit diesem Mini-Jupe, Rai, der besteht nur aus Glitzerfransen und zeigt viiiel

Bein!» Leon lechzt: «Ich will euch in diesen Klamotten sehen, Girls, zieht das Zeug bitte an!» – «Wenn du die Vitrinen mit deinem Taschenmesser knackst, kriegst du Ärger!», warnt Rudy grinsend. – «Das wär's mir wert, wenn unsere Süssen dafür toll aussehen!» – «Wir sehen IMMER toll aus!», erwidert Seraina mit Schmollmund und wirft ihr Haar schwungvoll zurück. Scherzend warten sie an der Bar und bestellen aus der umfangreichen Getränkekarte, wobei sie sich gegenseitig anstacheln, bis alle einen leuchtendfarbenen Cocktail vor sich haben samt Mini-Sonnenschirm und Cocktailkirsche. Zweifelnd schaut Margarethe ins Glas: «Na, wenn das nur gut geht, wenn wir bereits morgens um elf einen Drink intus haben?» Sie begeben sich auf die Terrasse an der Gracht und lassen sich dort nieder auf bequemen Stühlen. Ein Touristenboot fährt vorbei; zum Spass winken die Mädchen, und die Touristen winken begeistert zurück und knipsen Fotos der Teenager vor dem Rock-Café. «Die denken sicher, wir seien Einheimische!», prustet Margarethe. Die Mädchen lachen, die Jungs prosten einander zu, und nach kurzer Zeit ist die Gruppe sehr heiter. «Das hat sich ja gelohnt, die gute Laune ist zurück», stellt Seraina schmunzelnd fest, als die vier sich zum Anlegestege begeben. «Und die Chancen steigen, dass einer unserer Herzbuben ins Wasser fällt!»

Auf der Fahrt erfahren sie so einiges über Amsterdam, auch, dass viele der malerischen Grachtenhäuser ein bisschen nach vorne geneigt sind und ganz oben unter dem Dachgiebel eine Befestigung für eine Zugvorrichtung haben. Damit wurden früher Waren und heute Möbel hochgezogen, beispielsweise bei einem Umzug. Zuoberst ist ein grösseres Fenster, das weit geöffnet werden kann. Die Häuser sind schmal und hochgebaut, manche braun, andere rötlich oder auch weiss, je nach Farbe der Backsteine oder des Anstrichs, erzählt ihnen der Reiseführer auf dem Boot.

Seraina und Margarethe hören interessiert zu, an ihren jeweiligen Kavalier geschmiegt, doch die Jungs finden die Führung mässig spannend. Sie passieren zahlreiche Brücken, jede wieder anders. «Schaut mal, diese steinernen Brückenpfeiler mit dem Schiffsrumpf und dem Delfin!», ruft Margarethe. Seraina küsst ihren Rudy: «Mein Ru-Dolfino ist mir lieber!» Leon deutet hinauf zu einer Terrasse vor einem Haus, auf welcher sich viel junges Volk drängt: «Das sieht nach einem netten Restaurant aus, wollen wir da hin?» – «Typisch Mann, hat wieder nur Essen im Kopf!», seufzt Seraina, aber Margarethe pflichtet ihrem Freund bei: «Ich bin auch hungrig, und das sieht doch nett aus.» Rudy äussert seine Zweifel: «Total überfüllt sieht das aus – und ob wir das überhaupt noch finden?» Nach der Fahrt, die sie auch an der berühmten Konzerthalle vorbeiführt, gehen sie zu Fuss weiter, kommen an einem asiatischen Tempel vorbei und finden tatsächlich das Lokal, welches hausgemachte Kuchen aller Art anbietet. Trotz des Andrangs finden sie im «Laatse Krumel» ein Plätzchen auf der winzigen Terrasse mit Blick über die Gracht, wo bereits wieder ein Boot mit Touristen vorbeifährt. Natürlich lassen es sich die Mädchen nicht nehmen, wieder fröhlich zu winken. Diesmal trinken alle vier Fruchtsaft und keinen Alkohol. Leon brummt: «Ich bin schon auf Entzug!»

Sie flanieren noch ein Weilchen, zum Bahnhof, der in einem imposanten Gebäude untergebracht ist, das aussieht wie ein Schloss, zur Siegessäule und dann in den Vondelpark, wo die beiden Naturfreunde Margarethe und Leon aufatmen: «Stadtbesichtigung ist zwar interessant, aber im Grünen ist mir wohler», findet sie und bemerkt, wie Leon sehnsüchtig einer Velofahrerin hinterherschaut. «Überall stehen Fahrräder rum», stellt Seraina fest. – «Ja, Amsterdam ist eine Velo-Stadt», erklärt Margarethe. «Wäre schon reizvoll, eine Runde zu radeln!» – «Vergiss es!», winkt Rudy ab. «Ich kann nicht Fahrrad fahren; ich bin Reiter!» Seraina outet sich auch als nicht besonders begeisterte Radfahrerin: «Mir war noch nie wohl auf zwei Rädern», gesteht sie. Leon wirkt enttäuscht, und seine Freundin überlegt: «Wie wäre es denn, wenn Leon und ich eine Runde drehen, während ihr einen Kaffee trinkt oder ins Hotel zurückgeht?» Mit entgeistertem Blick reagiert Rudy auf ihren zweiten Vorschlag: «Nochmals die Treppen hochkraxeln, freiwillig? Nein danke!» – «Okay, okay, ich dachte nur, ihr wollt vielleicht ins Hotelzimmer», fügt sie mit vielsagendem Blick hinzu, und Seraina lächelt versonnen: «Das wäre in der Tat eine nette Idee!» Rudy will jedoch nichts davon hören: «Ich hab Kopfschmerzen!» Seine Freundin verdreht ihre Augen, und Leon tritt ungeduldig von einem Fuss auf den anderen. Margarethe spricht ein Machtwort: «Also, Leon und ich würden wirklich gerne radfahren! Gehen wir doch mal zu einer Vermietung, und ihr entscheidet unterdessen, was ihr machen wollt!» Unterwegs fährt ein Vehikel an ihnen vorbei, das gleich ihre Aufmerksamkeit ergattert: ein Fahrrad mit einer Art Wanne vor dem Vorderrad, in welchem ein Erwachsener sitzt. «Hey, das wäre doch was für R&R, die könnten in der Badewanne sitzen!», flachst Leon, und Rudy winkt ab: «Ohne mich!» Seraina findet die Idee lustig, und als sie bei einer Velovermietung angekommen sind, fragt Margarethe nach einem solchen Wannen-Fahrrad: «Das wäre doch ein Spass, meint ihr nicht?», stachelt sie ihre Freunde an, und Leon schlägt vor: «Rai könnte doch bei mir mitfahren, und Mäg fährt Ru, die ist nicht so ein Rowdy wie ich!» Rudy wehrt sich erst mit Händen und Füssen: «Das ist mir echt peinlich! Ich lasse mich doch nicht in der Badewanne rum-kutschieren!» – «Wieso peinlich? Du musst dich ja nicht ausziehen!», grölt Leon.

Nach einiger Diskutiererei versprechen die beiden Fahrer, dass sie ganz manierlich fahren werden, damit die beiden Fahrgäste in ihrer jeweiligen Wanne nicht durchgeschüttelt werden. «Mäggy traue ich eher als Leon. Aber wehe, wenn ich seekrank werde!», droht Rudy, und Margarethe beruhigt ihn: «Keine Sorge, Ru, ich fahre ganz zivilisiert!» Seraina quietscht vor Vergnügen, als Leon mit ihr losfährt. «Ich hätte dich ehrlich gesagt lieber auf dem

Gepäckträger», gesteht er charmant, und Margarethe schimpft: «Damit sie sich an dir festklammern muss, wenn du wie ein Verrückter fährst! Das könnte dir so passen!» Scheinheilig erwidert er: «Jaa, wenn meine Liebste schon unbedingt selber am Lenker sitzen will...» – «Konzentriert euch gefälligst; ich will keinen Unfall!», warnt Rudy, dem in seiner Wanne nicht besonders wohl ist. Aber er will kein Spielverderber sein und verspürt auch wenig Lust, allein umherzuziehen, also macht er gute Miene zum bösen Spiel.

Als sie so langsam dahintrudeln, unschlüssig, welche Route sie einschlagen sollen, hören sie plötzlich grosses Geschrei. Jemand brüllt etwas auf Holländisch und dann auf Englisch «Thief!» – «Was geht ab?», wundert sich Rudy, und Leon versteht: «Dieb oder Räuber ruft da einer!» – «Haltet den Dieb!», schreit eine Frau auf Deutsch, und ein Gerangel ist im Gange, aus welchem die Teenager nicht schlau werden. Aus dem Tumult löst sich eine Gestalt mit einem langen Gegenstand in der Hand. Menschen weichen zurück, als der offensichtliche Dieb, der eine Kapuze trägt, mit einem Schwert um sich schlägt. Er verletzt zwar niemanden, aber die Umstehenden nehmen Sicherheitsabstand, ratlos, wie sie ihn einfangen sollen. Der Kerl rennt los, packt sich ein Fahrrad, das an ein Brückengeländer gelehnt und nicht angekettet ist, schwingt sich darauf und radelt los, das Schwert immer noch in seiner Hand. Als er einen Abstand zu seinen Verfolgern hat, steckt er es in den Korb auf dem Gepäckträger, welcher Zwischenräume hat, wo er es gut einklemmen kann. Dann radelt er wie ein Wilder davon, dem Kanal entlang.

Leon und Margarethe haben ihn genau beobachtet, und instinktiv tritt der Junge in die Pedale und radelt dem Dieb hinterher. Seraina brüllt: «Haltet den Dieb! Ihm nach, Leon!» Margarethe zögert einen Augenblick, unsicher, ob sie jetzt samt Rudy in der Wanne losradeln soll. Ihr Fahrgast folgt mit seinen Augen seiner Freundin, welche von Leon davongefahren wird und sich unaufhaltsam von ihnen entfernt, und ruft: «Fahr ihnen hinterher!» Derart ermuntert, legt sich auch Margarethe ins Zeug, und die wilde Verfolgungsjagd beginnt.

Als Nicht-Ortskundige haben die beiden Zürcher Velofahrer keine Ahnung, wo sie durchfahren; sie sind lediglich darauf bedacht, den Dieb mit dem Schwert einzuholen. Einerseits, weil so ein Diebstahl nicht ungeahndet werden kann, findet Margarethe mit ihrem Sinn für Gerechtigkeit und Ordnung. Andererseits handelt es sich bei dem Diebesgut um ein Schwert, und bekanntermassen ist das Schicksal von Rabenherz untrennbar mit einem Schwert verbunden. Warum sollte es nicht genau dieses sein, das sie brauchen?

Sie fahren im Fluss der vielen Velofahrer, die in Amsterdam unterwegs sind, reihen sich ein in das Heer auf zwei Rädern, schwimmen mit im Strom, immer den Kapuzenträger mit Schwert im Visier. Margarethe fällt es nicht schwer, das Tempo zu halten, denn sie ist eine geübte Fahrradfahrerin, Leon ebenso, aber beide sind natürlich behindert in ihrem Tempo durch ihre Fahrgäste in der Wanne. Der Beifahrer des Mädchens ist nicht besonders glücklich in seiner Situation und hält sich krampfhaft am Wannenrand fest, während er tüchtig durchgeschüttelt wird. «Sorry, Rudy, ich versuche ja, den Schlaglöchern auszuweichen!», entschuldigt sich Margarethe und tritt fester in die Pedale. Ihr Passagier murmelt etwas Unverständliches und duckt sich tiefer in die Wanne, als die Radlerin beinahe in einen Pulk von anderen Fahrradfahrern hineinfährt, welche aus unerfindlichen Gründen ihr Tempo drosseln. «Sonntagsfahrer!», schimpft Rudy. «Wusste nicht, dass auch Velofahrer einen Stau anzetteln können!» Margarethe fährt einen Bogen um das Verkehrshindernis und hat Leon für einen Moment aus den Augen verloren. Dann sieht sie ihn weiter vorne und versucht, sich an seine Fersen zu heften. Jetzt wird er behindert von langsamen Touristen, die gemütlich auf ihren Drahteseln umhertrudeln, und Margarethe kann mit Rudy aufholen und fährt jetzt parallel zu Leon und Seraina. «Hallo, ich bin hier, wo ist der Dieb?», fragt sie, und Leon schnaubt: «Der W…achskopf ist dort vorne, und mit diesen Deppen vor der Nase kann ich ihn nicht einholen!» Er ist furchtbar verärgert, und auch seine Passagierin regt sich auf: «Der macht die Fliege; tu etwas, Leon!» Sie sieht ganz munter aus, ist voll angespannt, auf den Flüchtenden fixiert, und erteilt Leon Anweisungen, während Rudy weniger zufrieden wirkt. Wie ein Häufchen Elend kauert er in seiner Fahrwanne und klammert sich krampfhaft am Rand fest. Seine Fahrerin ist nicht sicher, ob es mit ihrem Fahrstil zu tun hat oder ob er besorgt ist um Seraina – oder auch beleidigt, dass sie ihn keines Blickes gewürdigt hat. Sie selber hat jedoch auch keine Zeit, darüber nachzudenken, denn Leon hat eine Lücke gefunden und prescht los, und sie muss sich ranhalten, um nicht den Anschluss zu verlieren. Halsbrecherisch ist das Tempo, jetzt, wo sie sich aus der Meute freigekämpft haben, aber da sie auf unbekanntem Terrain sind, ist es der versierten Velofahrerin nicht hundertprozentig wohl dabei, in einem Affenzahn durch Amsterdam zu brausen. Sie heftet sich an Leons Fersen und driftet mit in seinem Fahrtwind, in der Hoffnung, dass er nicht plötzlich bremsen muss und eine Kollision verursacht. Wie weit sie schon geradelt sind, lässt sich schwer feststellen; prachtvolle Gebäude und Kirchen säumen ihren Weg, und die Kulturinteressierte nimmt sich vor, später in ihrem Reiseführer nachzulesen, an welchen Sehenswürdigkeiten sie vorbeigerast sind. «Das Schiff dort vorne würde ich zu gern mal besichtigen!», murmelt sie halblaut, und Rudy hört es und reagiert: «Bloss nicht, ich bin jetzt schon seekrank!»

Grosses Protestgeheul schlägt den beiden entgegen, und sie sehen, wie eine Gestalt mit einer Waffe in der Hand vom Fahrrad steigt, dieses achtlos auf den Boden wirft und über das Geländer springt. «Ist der jetzt ins Wasser gesprungen?», wundert sich Margarethe, hält selber abrupt an, worauf Rudy fast aus der Wanne geschleudert wird und einen undefinierbaren Laut von sich gibt. «Sorry, Rudy!», ruft sie geistesabwesend und kann ihr Fahrrad gerade noch an einem Geländerpfosten anlehnen, bevor es kippt mitsamt Passagier. Leon hat auch bereits über das Geländer gesetzt und blickt dem Dieb hinterher, welcher in ein Boot gesprungen ist und den Motor anlässt. Impulsiv springt Leon in ein anderes Gefährt nebenan, verliert beinahe das Gleichgewicht, und Margarethe befürchtet schon, er bringe das Boot zum Kentern. Allein, es schwankt heftig, und Leon findet das Gleichgewicht wieder. Seraina ist auch aus ihrer Wanne gestiegen und ans Geländer getreten, und Margarethe ist unschlüssig, ob sie Leon nachspringen soll. Er versucht, den Motor anzulassen, aber es scheint ihm nicht zu gelingen. «Mist, wie startet man ohne Zündschlüssel?» Konsterniert rüttelt er am Steuer und drückt Knöpfe, blickt hastig um sich, ob er irgendwo einen Schlüssel sieht, aber der Dieb hat bereits zu viel Vorsprung, und Leon muss sich geschlagen geben. Das stinkt ihm offensichtlich fürchterlich. Sein Wutgeheul schlägt seinen drei Begleitern entgegen und mischt sich mit dem Stöhnen von Rudy, dem übel geworden ist. Wie beim Fussballspiel drehen die Mädchen ihre Köpfe hin und her und seufzen im Duett. Margarethe bemerkt düster: «Ich fürchte, auch dieser Abend ist gelaufen!» Statt einer Antwort muss Seraina heftig niesen. «Hatschi!» – «Was ist denn mit dir los?» – «Ich hab Heuschnupfen!» – «Wie das denn, um diese Jahreszeit?» – «Ich bin allergisch auf das Gras, nach dem es hier überall stinkt!»

* * *

Wider Erwarten wird der Abend doch noch nett, trotz der Enttäuschung über die misslungene Verfolgungsjagd. Sie trudeln gemütlich mit den Fahrrädern zurück, obwohl Rudy geschworen hatte, keinen Fuss mehr in die Wanne zu setzen. Leon hatte die

Idee, dass sich Seraina mit ihrem Freund in dieselbe Wanne setzt, und da diese gross genug für zwei ist, schiebt der starke Leon das Paar, während Margarethe unbeschwert vorausradelt, da sie dank ihrem Stadtplan die Route im Griff hat.

Natürlich lässt die Sache mit dem entflohenen Schwertdieb allen vieren keine Ruhe, aber Margarethes Idee, nochmals eine Bierdegustation zu machen, stösst auf Anklang bei den anderen. Sie selber steht zwar nicht auf das Gebräu, aber sie möchte, dass die Jungs auf andere Gedanken kommen, bevor es Streit gibt. Da alle Nichtraucher sind, fällt die Spezialität von Amsterdam nicht in Betracht, trotz der faulen Sprüche Leons. Die Naturfreundin ist froh, dass niemand in ihrem engsten Umfeld die Gegend vollqualmt, aber in den Bars herrscht leider kein Rauchverbot. Als sie wieder im gleichen Lokal wie am Vorabend die Getränkekarte studieren und Häppchen bestellen möchten, warnt Seraina, die sich auf der Rückfahrt von ihrer Heuschnupfenattacke erholt hat: «Jetzt füllt ihr euch aber nicht wieder die Lampe, Männer!» Und sie fügt mit einer hochgezogenen Augenbraue hinzu: «Sonst seid ihr nachher wieder nicht zu gebrauchen!» – «Und dann brennen unsere Herzkäfer durch mit einem feschen Holländer – der so abgehärtet ist, dass er trotz Gras einen hochkriegt!», reagiert Leon mit gespieltem Entsetzen und stupst Rudy mit dem Ellenbogen an: «So einer wie gestern auf unserer Etage!» Alle vier brechen in Gelächter aus. Niemand möchte an den Misserfolg erinnern, aber Rudy kann es nicht lassen, einen Seitenhieb zu platzieren: «Meine liebe Mäggy, ich muss dich übrigens rügen, weil du dein Versprechen nicht gehalten hast!» Auf ihren fragenden Blick erklärt er: «Du hattest hoch und heilig versprochen, nicht zu rasen, und bist dann wie ein Berserker gefahren!» Gespielt zerknirscht führt die Angesprochene eine Hand vor ihren Mund: «Das tut mir so leid, liebster Rudy!» Seraina umarmt ihren Freund: «Mein Rudolfino ist eben ein Finöggeli!» Daraufhin prusten Leon und Margarethe los, und Rudy wundert sich und ist ein bisschen beleidigt. Als Seraina mit ihren Italienischkenntnissen klar wird, was die beiden verstanden haben müssen, muss sie selber lachen: «Nix Fenchel, ich meinte, du bist halt ein Sensibelchen.» Das macht die Sache nicht besser für den armen Rudy, und Margarethe kommt ihm zu Hilfe: «Ich gestehe alles und bekenne mich schuldig! Ich bin in der Tat gerast.» Sie deutet auf Leon: «Aber der da ist schuld, der hat mich angestachelt!» – «Waaas?» reagiert dieser mit teils gespielter, teils echter Entrüstung. «Ich musste am Ball bleiben, dem Schwertdieb auf den Fersen!» – «Und was hat es genützt?», fordert ihn Rudy heraus. «Er ist dir entwischt – wusch, und weg!» Sein süffisantes Grinsen provoziert Leon zu einer Retourkutsche: «Ich habe immerhin mit vollem Körpereinsatz die Verfolgung aufgenommen, während du bloss in der Badewanne rumgeplantscht hast – und trotzdem seekrank geworden bist!» Beide Mädchen sind alarmiert und versuchen, den sich anbahnenden Streit zu verhindern. «Bitte, wir haben es bis jetzt geschafft, einander nicht die Köpfe abzureissen», greift Seraina schlichtend ein, und Margarethe schlägt vor: «Wollt ihr nicht noch ein Bier bestellen, und dann stossen wir an auf besseres Gelingen in der Zukunft?» Sie schaffen es gerade noch mit vereinten Kräften, das Unheil abzuwenden. Die Jungs beruhigen sich wieder, schicken einander jedoch finstere und vorwurfsvolle Blicke.

Also die Gruppe zurückkehrt ins Hotel, sind sie alle beschwipst und zu müde, um sich über die steile Treppe zu beschweren. Die beiden Paare verabschieden sich voneinander und suchen ihre Zimmer auf.

* * *

Am nächsten Morgen sind alle vier müde, sehen aber zufriedener aus als am Abend zuvor. Als die Jungs zum zweiten Mal ans Buffet gehen, tauschen die Mädchen sich kurz aus: «Wider Erwarten war mein Lover doch noch zu gebrauchen», kichert Seraina hinter vorgehaltener Hand, und Margarethe nickt zustimmend: «Weil sie wussten, dass das unsere letzte ungestörte Nacht für längere Zeit sein wird, kamen unsere Herzbuben doch noch auf Touren!» Sie blicken sich um, ob sie nicht belauscht werden, aber Leon und Rudy sind mit der Kaffeemaschine beschäftigt, welche viel Dampf und Lärm produziert. Margarethe, die sonst nicht ins Detail geht, wenn es sich ums Liebesspiel dreht, flüstert: «Leon war ganz Raubtier, viel wilder als in Rom!» Seraina grinst: «Rudy stand auch unter Dampf.» – «Muss wohl an der anderen Energie liegen; in Rom war er zahm wie ein Kätzchen.» – «Machst du Witze?», stutzt Seraina für einen Augenblick belustigt und mustert den Löwen interessiert. «Kaum zu glauben… Wie auch immer, die Frustration hat sich wohl Bahn gebrochen – wegen erfolgloser Verfolgung.» – «Und Rudy war es nicht mehr schlecht?», erkundigt sich Margarethe besorgt. Ihre Freundin lächelt versonnen: «Ganz im Gegenteil, so charismatisch habe ich ihn noch nie erlebt!»

Als die Jungs mit ihren Cappuccinos zurückkommen und auch an ihre Herzdamen gedacht haben, kriegen beide einen Kuss auf den Mund. «Was heckt ihr wieder aus?», fragt Rudy misstrauisch. – «Wir?», reagiert Seraina betont unschuldig, und Leo grinst: «Die tratschen sicher über uns, den scheinheiligen Blicken nach zu urteilen.» Das beredte Schweigen spricht Bände. «Und, habt ihr schon Punkte verteilt für letzte Nacht?» – Um abzulenken, fragt Margarethe: «Und was machen wir heute Schönes? Wollen wir ins Shipvaartmuseum oder zu van Gogh?» Protestgeheul schlägt ihr entgegen und sie beschwichtigt: «Okay, okay, trinken wir mal unsere Cappuccinos, und dann sehen wir weiter, wie wir die Welt retten.»

11

Die Letzte ihrer Art

Die vier Freunde sind ernüchtert – kein Zeitsprung bis jetzt. Einfach nichts. Und es ist ihr letzter Tag in Amsterdam, in ein paar Stunden schon fliegen sie wieder heim. Rein zufällig laufen die Teenager an der Prinsengracht am Tulpenmuseum vorbei. «Hey, wir können doch Amsterdam nicht verlassen, ohne das Tulpenmuseum gesehen zu haben», findet Margarethe. Die Jungs stöhnen auf und wollen die Mädchen wegzerren, doch auch Seraina macht sich stark für einen Museumsbesuch. Nun betreten die vier Freunde das Tulpenmuseum, nicht ohne Murren der männlichen Hälfte. Das Museum ist klein und überschaubar und erklärt die Geschichte der Tulpe in Holland, wie man sie züchtet und welche Sorten es gibt. Leon und Rudy sind alles andere als begeistert, doch dann steht vor den beiden die künstliche Nachbildung der Semper Augustus. Leon ruft die Mädchen herbei.

Margarethe und Seraina stürzen herbei, so bestaunen nun alle vier die Semper Augustus. «Wo bleiben Rabe und Schwert?», frotzelt Rudy. Doch nichts tut sich. Nach ein paar Sekunden betretenem Schweigen hören sie Flüche von draussen. Sie schauen hinaus durch das einzige Fenster, das nicht mit einer Folie überklebt ist. Ein schlaksiger Kerl, der sich die Kapuze seiner Jacke über den Kopf gestülpt hat, fuchtelt mit einem Samurai-Schwert herum und brüllt, als stecke er mitten im einem Kampf. «Hey Leute, das ist doch der Dieb von gestern! Der hat wohl etwas viel Halluzinogene intus, wo bleibt die Polizei?», fragt Rudy, und Margarethe zeigt mit der rechten Hand zum anderen Grachtenufer, wo ein Streifenwagen mit Blaulicht naht. Nach einer Weile haben etliche schwer bewaffnete Polizisten den Durchgeknallten umzingelt. Die vier Freunde schauen durchs Fenster des Museums nach draussen und fragen sich, was jetzt wohl passiert. – «Wir sollten uns verkrümeln, denn falls die Bullen losballern, stehen wir in the line of fire – und diese Scheibe ist nicht aus Panzerglas!», ermahnt Leon die andern. So gehen sie etwas zurück in den hinteren Teil des Raumes. Margarethe hört ein seltsames Geräusch aus den Toiletten, da öffnet sie, ohne allzu viel darüber nachzudenken, die Tür zu den WCs – und herausgeflogen kommt ein Rabe, der vermutlich im Innenhof durch ein offenes Fenster hereingeflogen ist. In diesem Moment dreht sich der Schwertträger draussen wie ein Derwisch und lässt sein Schwert genau so los, dass es durch das Museumsfenster Richtung Teenager fliegt. Die Klinge köpft die künstliche Semper Augustus, und die Freunde fallen in Ohnmacht.

«Also Leute, so bescheuert habe ich noch nie eine Zeitreise begonnen! Welch ein Kontrast zum Erzengel Michael – ein zugedröhnter Spinner schmeisst uns ein Samurai-Schwert fast an den Kopf und ein Rabe kommt durchs Klofenster rein…», seufzt Margarethe, als sie versucht, aufzustehen. Sie sieht nur ein Meer aus Tulpen. Sie sitzt inmitten eines Tulpenackers. «Hallo? Leon? Ru, Rai?» – «Wir sind hier!», hört sie eine Stimme von rechts und geht auf sie zu, sobald sie auf den Beinen ist. Rudy und Seraina öffnen die Tür eines Gewächshauses und kommen Margarethe entgegen. «Wir waren etwas früher wach und dachten, wir schauen uns schon mal um. Leon ist schon fleissig auf der Suche nach der verschollenen Tulpe. Ich glaub, der will endlich mal Gewissheit wegen des Teufelsberges.» – «Und da lässt ihr mich einfach draussen liegen?» – «Quatsch, wir hatten dich immer im Blick, komm jetzt rein», beruhigt Rudy sie. Margarethe folgt ihren Freunden ins Gewächshaus, da kommt Leon ihnen entgegen. Er verwirft die Hände: «Nichts! Überall sind Tulpen, aber Semper Augustus – Fehlanzeige!» – «Also ich glaube kaum, dass jemand eine Semper Augustus einfach so im Gewächshaus stehen lässt, hey, so eine Blume hat damals im 17. Jahrhundert ganze 10'000 Gulden und vielleicht noch viel mehr gekostet, ein

Jahres-Durchschnittslohn lag bei mickrigen 250 Gulden!», bringt es Rudy auf den Punkt, weil er sich noch gut an die Informationen aus dem Internet erinnert, die er nach dem Notarbesuch auf seinem Smartiefon abgerufen hat. – «Ausser, du warst ein so guter Geschäftsmann wie unsere beiden Notare, da hast du die Ahnen genauso melken können wie die Nachkommen... und das ganz tulpenfrei», fügt Seraina grummelnd hinzu, immer noch etwas sauer wegen der Rechnung.

«Und was ist mit dieser Tür da? Die sieht massiv aus», grübelt Margarethe und zeigt auf einen abgesperrten Raum mitten im Gewächshaus. Die Teenager gehen näher ran – und tatsächlich, die Wände und die Tür bestehen aus massiven Eichenbrettern. «Da kommt man nicht rein, ist abgesperrt, Mist», flucht Leon und rüttelt wie ein Wilder an der Klinke. Rudy kratzt sich am Kopf und flüstert: «Müsste doch zu knacken sein, dieses alte Schloss!» – «Seit wann gehörst du zu den Safeknackern?», flachst Leon, tritt einen Schritt zurück und zeigt mit einer einladenden Handbewegung, dass sich Rudy doch gerne an dem Schloss zu schaffen machen möge. Jetzt steht Rudy unter Zugzwang. Jetzt muss ihm was einfallen!

Rudy schaut sich um, findet aber kein passendes Metallteil, um das Schloss mechanisch zu bezwingen, doch dann hat er einen Geistesblitz: Dünger! Er schnippt mit den Fingern und ruft: «Das ist es, wir basteln uns Sprengstoff!» – «Wie bitte?», erschrickt Margarethe, und Seraina doppelt nach: «Aber sonst geht's dir gut, Rudolfino?» – «Hey, mit Dünger kann man Sprengstoff herstellen, das ist bekannt. Die Polizei überwacht sogar den Düngermarkt deswegen. Wer kein Landwirt ist und zu viel Dünger einkauft, muss sich auf unangenehme Fragen und eine Hausdurchsuchung gefasst machen», weiss Rudy, und er verliert keine Zeit. Schnell hat er alles beisammen, weil Dünger in einem Gewächshaus zur Grundausstattung gehört, und füllt das grob gefertigte Schloss der Eichentür mit seinem selbstgemixten

101

Sprengstoff. «Jetzt müsste mir jemand Feuer geben. Hmm, es ist das erste Mal, dass es mir leid tut, dass niemand raucht...» – «Gut hab ich das Werbe-Feuerzeug im Hotel eingesteckt», meldet sich Margarethe. Ihre Freunde jubeln frenetisch. – «Hey, wir sind nicht in der Arena! Und sei froh, habe ich keine Joints angefasst, sonst hätt ich vielleicht noch Gefallen daran gefunden und den Inhalt des Feuerzeugs verbraten», flachst sie und reicht Rudy das Feuerzeug. Er blickt auf das hübsche Rabenemblem und die Firmenbezeichnung: De Raaf – Joint Venture. Rudy kann ein Grinsen nicht unterdrücken, besinnt sich dann aber seines Vorhabens. Alle gehen in Deckung, während Rudy versucht, seinen Sprengstoff anzuzünden. Er hat einen kleinen Fetzen eines Papier-Taschentuchs zu einer Lunte umfunktioniert. Sobald die Lunte brennt, rennt auch er in Deckung. Es vergeht keine Minute, und das Schloss explodiert, und die schwere Eichentür öffnet sich durch die Wucht.

Jetzt treten die Teenager ein und staunen Bauklötze: Mitten im Raum, der nur von oben erhellt wird, steht eine Semper Augustus. Schnell geht Margarethe zur Pflanze hin und sucht nach einem Hinweis, doch Fehlanzeige! Langsam steigt Panik in ihr auf, doch dann ruft jemand hinter ihr aus: «Na det Geschäft is jut! Pass ma uff, Keule!» In diesem Moment werden alle vier ohnmächtig.

Als sie wieder erwachen, liegen sie an der Prinsengracht auf den Pflastersteinen. Alles um sie herum ist friedlich. Langsam erkennen die vier Freunde, dass sie wieder in ihrer Zeit in Amsterdam sind. – «Oh Mann, und der Hinweis? Mäg? Hast du ihn gesehen?», will Leon wissen und ist noch grantiger als im Museum, denn er fürchtet, dass sie nichts gefunden hat. – Betretenes Schweigen, doch in Serainas Hirn fängt es an zu rumoren: «Der hat Berliner Dialekt gesprochen. Wieso zum Geier spricht ein Holländer Berliner Dialekt?» – «Na klar, der Besitzer! Im Hinweis beim Notar hiess es, die Herkunft des Besitzers sei der

102

Schlüssel!», jauchzt Margarethe, und Rudy und Leon brüllen beide: «Jibbiiiii!» – Die Aufmerksamkeit der Passanten haben sie nun gewiss. Aber das ist den Teenagern gerade egal. Rudy gibt auf seinem Smartiefon Teufelsberg und Berlin ein, und erklärt dann: «Zu DDR-Zeiten gab es in Westberlin auf dem Teufelsberg eine Abhöranlage der Amerikaner… Ich fürchte, wir müssen Spione spielen beim nächsten Trip, um definitiv herauszufinden, was uns nächsten Sommer erwartet.» – «Na, für einen nächsten Trip könnten wir auch gleich hier bleiben und uns durch die Coffeeshops rauchen!», spottet Leon, doch das Protestgeheul der Mädchen ist eindeutig.

* * *

Nun sitzen sie wieder im Flugzeug und landen nach knapp einer Stunde in ihrer Heimatstadt Zürich. Margarethe freut sich, Plonk wiederzusehen. Einerseits ist ihr mulmig zumute wegen des bevorstehenden Spionage-Abenteuers zu DDR-Zeiten im Kalten Krieg. Andererseits fände sie es noch ganz spannend, sozusagen als Posthum-Doppelgängerin der Margaretha Geertruida Zelle, besser bekannt als Mata Hari, Furore zu machen – diese Frau arbeitete während des Ersten Weltkriegs für den deutschen Geheimdienst und wurde 1917 von einem französischen Militärgericht zum Tode verurteilt. Nun ja, dieses Ende schwebt Margarethe natürlich nicht vor. – Und ihre Freunde? Leon wäre dann sowas wie ein James Bond, obwohl dies nur eine Roman- und Filmfigur ist. Und Rudy könnte als kleiner Bruder des echten KGB-Agenten Wladimir Pugin durchgehen. Und Seraina? Da fällt ihr die Mossad-Agentin Ziva David aus der amerikanischen Krimireihe NavyCIS ein. Diese sieht Seraina äusserst ähnlich und befreit sich stets mit Köpfchen aus einer misslichen Lage.

12

Die dunkle Seite des Berges

«Was tun wir hier, mitten im Winter im Horgenberg-Wald? Mir ist saukalt, ich frier mir einen ab», beschwert sich Rudy und reibt sich mit den Händen die jeweils gegenüberliegenden Oberarme. Leon grinst, schweigt aber, weil Margarethe ihm per Zeigefinger vor dem Mund zu verstehen gibt, dass er still sein soll. Gerade, als auch Seraina zu murren anfangen will, krächzt ein Rabe…

Die beschaulichen Tage zwischen Weihnachten und Neujahr hat sich Rudy wohl anders vorgestellt: mit seinen Eltern, Seraina zu Besuch, ein warmes Feuer im Kamin, ein gutes Essen im Bauch, interessante Gespräche, ein Gesellschaftsspiel zur Unterhaltung. Seit Amsterdam sind einige Wochen vergangen; den anstehenden Berlin-Trip wollten sie sich für den Frühling aufsparen, doch heute Morgen hat Margarethe ihren drei Mit-Zeitenwandlern eine unmissverständliche Textnachricht geschickt: «Plonk hat mich geweckt. Er krächzte: Be Lin jetz! Bin im Horgenberg-Wald, kommt her, so schnell ihr könnt. Treffpunkt Krötenteich.»

* * *

Da stehen sie nun am Krötenteich und lauschen – Plonk scheint verstummt zu sein. Margarethe steckt ihre Hände in die Jackentasche, da bemerkt sie eine Karte, die in der rechten Tasche liegt – ihre Identitätskarte, wie sich herausstellt, als sie sie hervorkramt. Da verliere ich sie, denkt sie, und sie überlegt krampfhaft, wo ihre ID am Sichersten ist. Sie entscheidet sich, die Karte rechts in ihren Slip zu schieben. Dort, angeschmiegt an ihre Hüfte, ist sie sicher verstaut und stört sie auch nicht.

Da ruft Plonk ein zweites Mal: «Kra, Kra!» Die vier Teenager wenden sich zur Geräuschquelle und entfernen sich vom Teich. Sie stolpern mehr schlecht als recht durchs Unterholz. Rudy flucht, weil er ständig das Gleichgewicht zu verlieren droht. Der Boden ist uneben und voller Totholz. «Beschwer dich nicht, Ru! Das Chaos im Wald ist gut für die Artenvielfalt», weiss Leon, «besonders Kleintiere wie Igel, Vögel, Frösche und Insekten überleben nur dank Totholz, weil sie sonst weder Versteckmöglichkeiten noch genügend Nahrungsquellen finden – da drin hausen Larven und so, gute Proteinquellen. Auch viele nützliche Mikroorganismen sind auf Totholz angewiesen, denn sie leben davon, es zu zersetzen. Ohne diese Armada an nützlichen Pilzen und Bakterien würde der Wald eingehen, würde an Krankheiten und Nährstoffmangel sterben.» – «Mann, Leo, du bist ja noch schlimmer als mein Rudolfino, wenn du zu dozieren anfängst», keucht Seraina und wäre fast der Länge nach hingefallen, hätte sie sich nicht noch im letzten Moment an einer jungen Eiche festhalten können. «Passt auf! Es ist unwegsam und steil hier», ermahnt Margarethe ihre Freunde, «wer hinfällt, kann sich leicht üble Blessuren holen. Wenigstens seid ihr vernünftig angezogen; seit wann hast du diese Outdoor-Klamotten, Rai?» Die Angesprochene erwidert mit einem Lächeln: «Seit ich Reitstunden nehme. Habe zu Weihnachten von Rudy einen hübschen jungen Freiberger Wallach geschenkt bekommen.» Leon hebt eine Augenbraue: «Wallach, so sooo! Ru duldet wohl keinen potenten Nebenbuhler, was?» – «Leon!», tadelt ihn Margarethe halb genervt, halb amüsiert. Halblaut fügt Leon hinzu: «Die Kapaun, äh Capaul, auf'm Wallach.» – «Was? Was schwafelst du da?», grunzt Rudy indigniert, und Margarethe lacht: «Kapaun ist ein kastrierter männlicher Truthahn…» Leon läuft knallrot an, denn eigentlich war der Spruch nicht für fremde Ohren gedacht. Er war sich nicht bewusst, dass er laut gedacht hat. Doch gerade in diesem Moment lenkt Plonk die volle Aufmerksamkeit der vier Freunde auf sich: Er steht auf einer kleinen Lichtung und hämmert wie ein Specht auf einen runden Metalldeckel, der wie ein tischgrosser Pilz im Wald steht.

«Was zum Teufel ist das?», ruft Leon laut, ganz froh, von seinem letzten Fauxpas ablenken zu können. – «Der Eingang zu einem alten Militärbunker der Schweizer Armee aus dem Zweiten Weltkrieg vermutlich. Die ganzen Alpen sind voll von solchen Anlagen. Sie sind durchlöchert... wie... na ja... eben... ein Schweizer Käse. So wollten sie damals Hitler trotzen, falls die Deutschen einmarschiert wären», weiss Rudy und versucht, den schweren Deckel zu heben, was erstaunlicherweise gelingt. «Der ist ja nicht mal gesichert», stellt Rudy entsetzt fest, «was, wenn Kinder da reinklettern und nicht mehr rausfinden!» – «Stimmt», pflichtet ihm Margarethe bei. «Schwe in!», krächzt Plonk und plustert sich auf, denn auch ihm ist kalt, und er will sich so besser vor der Kälte schützen.

Unschlüssig stehen die vier Teenager um den Eingang in eine unbekannte Welt herum. Es wirkt so, als spielten sie das Spiel «Wer sich zuerst bewegt, hat verloren». Doch Plonk waltet als Spielverderber, hüpft in den offenen Schlund hinein und lässt sich fallen. Margarethe stockt fast der Atem, und sie ruft hinein: «Plonk, bist du ok?» Ein leises Gurren dringt herauf, was ihr klar anzeigt, dass es ihrem Raben gut geht. Jetzt fasst sich Margarethe ein Herz und steigt als Erste hinab. Glücklicherweise ist eine Metallleiter drinnen montiert, so muss sie sich nicht wie Plonk wagemutig in die Finsternis plumpsen lassen. Dennoch sind es Tritte ins Ungewisse und ins Dunkle. Leon wie Rudy haben geistesgegenwärtig ihre Smartiefons auf Taschenlampe gestellt und leuchten Margarethe den Weg.

«Vorsicht Mäg, die unterste Stufe scheint mir etwas weit weg vom Boden!», ruft Leon Margarethe hinterher. Die Angesprochene schaut nach unten und merkt es mittlerweile auch daran, dass ihr rechter Fuss keine weitere Querstange mehr findet. So springt sie den letzten halben Meter hinunter. Leon klettert seiner

Liebsten hinterher. Seraina ist die Nächste, Leon hilft ihr von der Leiter auf den Boden. Sie quittiert es mit einem vielsagenden Lächeln. Als Letzter findet Rudy den Weg in den Stollen. Jetzt leuchtet ihm Seraina den Weg mit dem Smartiefon, weil Rudy ja beide Hände braucht, um sich an der Leiter festzuhalten.

Als alle unten sind im Schein der Smartiefons, finden sie einen nervösen Plonk vor, der wie ein zweibeiniges Kaninchen auf dem Boden hoppelt und zu einem Schutthaufen springt. Darin glänzt etwas, doch Margarethe kann nicht genau erkennen, was es ist. Deshalb geht sie näher heran und staunt nicht schlecht: «Ein Schwert!» – «Nur ein Bajonett», meint Rudy, «Das haben die Soldaten vorne an den Karabiner montiert. Übrigens, à propos Karabiner, warum bist du nicht längst in der Rekrutenschule, Leo! Du als Sportskanone müsstest ja schon den Marschbefehl gekriegt haben, nicht?» Leon wird etwas verlegen und druckst herum, da antwortet Margarethe für ihn: «Er hat den Militärdienst verweigert, weil es nicht mit seinem Glauben vereinbar ist, Krieg zu führen. Und ich finde, das war richtig! Wenn alle auf dieser Welt die Waffen niederlegen würden, gäbe es weltweit keine Gemetzel mehr!» – «Glauben? Bist du so ein Zeuge Jasowas oder so?», fragt Seraina mit einem Nasenrümpfen, da sie von Religionen nicht sehr viel hält – und das ist noch diplomatisch formuliert. – «Quatsch, ich bin Buddhist», winkt Leon ab und fügt mit ernster Miene hinzu: «Ich habe euch damals in Bingen keinen Bären aufgebunden, als ich von früheren Leben geschwafelt habe. Jede Seele, gefangen in Samsara, dem Hamsterrad der Wiedergeburten, kann nur im Nirwana ihr glückseliges Ende finden.» In diesem Moment wirkt Leon völlig anders als sonst, viel erwachsener und ernster. Doch für eine vertiefte Diskussion über buddhistische Weisheiten fehlt schlicht die Zeit. Rudy hört zudem überhaupt nicht hin, sondern holt das Bajonett aus dem Schutt heraus, um es Margarethe zu übergeben. Genau in diesem Moment krächzt Plonk dermassen mystisch, dass sich sein Ruf fast schon physisch im Raum manifestiert wie eine

Energiewolke. Doch es ist nur die Magie des bevorstehenden Zeitsprungs, der seine volle Kraft entfaltet und die vier Teenager mitsamt dem Raben in einen anderen Raum und in eine andere Zeit versetzt.

* * *

«Ich habe ein Signal», keucht Rudy, keine zwei Minuten, nachdem er das Bewusstsein wiedererlangt hat, «hier auf meinem Smartiefon. Meine Sendefrequenz-App zeigt sie an. Aber das ist ja kommunikationstechnisch finsteres Mittelalter! Sowas haben sie im Kalten Krieg benutzt!» – «Hast du Internet?», wundert sich Leon, doch Rudy winkt ab: «Diese App läuft auch offline, das ist ja der Sinn der Sache: Sie sucht selber nach Signalen.» – «Wo sind wir eigentlich?», fragt Seraina fröstelnd und schaut sich um, indem sie mit ihrem leuchtenden Smartiefon jene Bereiche des Raums erhellt, die sie genauer betrachten will. Margarethe erwidert lapidar: «Schon wieder in einem Bunker.» – «Aber der hier ist viel grösser, dafür in einem schlechteren Zustand, als hätten sie den Bunker als Schutthalde missbraucht», konstatiert Leon mit einem ganz miesen Gefühl im Bauch. Und als er im Schein seines Smartiefons in einer Ecke eine zerschlissene Nazi-Uniform entdeckt, dreht er sich, kreidebleich im Gesicht, zu den anderen um und stottert: «Wir… wir… sind in einem Nazi-Bunker!» – «Aber er ist nicht mehr in Betrieb, Leo», erwidert Rudy und folgert mit scharfer Logik: «Hier sind keine Nazis mehr am Werk, jemand hat sie rausgebombt. Diese Anlage mag mal von Nazis gebaut worden sein, aber sie ist definitiv den Alliierten in die Hände gefallen; so ein Chaos hätte der Ordnungsfanatiker Hitler nie geduldet.» – «Fanatiker ist der richtige Ausdruck. Aber wo genau sind wir?», doppelt Seraina nach, diesmal mit einem sehr viel gestressteren Unterton. Rudy kratzt sich am Kopf und mutmasst schliesslich im Schein seines Smartiefons: «Vermutlich sind wir in den Ruinen der Wehrtechnischen Fakultät des Dritten Reichs gelandet. Ich habe vor Weihnachten kurz die Geschichte des Teufelsbergs studiert. Er liegt in Grunewald an der Havel zwischen Berlin und Potsdam. Im Zweiten Weltkrieg haben die Nazis eine Art Ausbildungszentrum im Teufelsberg drin angelegt, doch es ist nie richtig in Betrieb genommen worden. Nach Kriegsende haben die Amerikaner das Ganze zugeschüttet und obendrauf eine Abhöranlage installiert, um die Sowjets auszuspionieren. Das ist somit… äh… die dunkle Seite des Teufelsbergs… obwohl… was die Amis da oben gemacht haben, ist ja auch nicht so koscher. Zumindest aber haben sie Europa schützen wollen…» – «Oder sie tun es gerade», bringt sich Margarethe mit geheimnisvoller Stimme ein und fügt hinzu: «Du sagtest, du empfängst ein Signal, das früher im Kalten Krieg verwendet wurde, um Nachrichten zu senden? Dann SIND wir im Kalten Krieg!» – «Kalt ist es jedenfalls hier unten», schlottert Seraina, und Rudy nimmt sie in den Arm, um sie etwas zu wärmen, obwohl er selber auch jämmerlich friert. Leon nickt: «Vorschlag meinerseits: Lasst uns dieses kalte Loch verlassen. Raus müssen wir so oder so, ob wir nun draussen von Nazis, Sowjets, Amis oder sonstwas erwartet werden, es hilft nix, hier den Kältetod zu sterben. Wir wussten seit Rom und Amsterdam, dass uns der Zeitsprung nach Berlin blüht, also lasst uns diese verflixte Nachricht aufschnappen und dann nach Hause sausen für eine fetzige Silvesterparty!» Leon stapft los im Schein seines Smartiefons. Die andern drei folgen stöhnend, und Rudy stolpert dauernd über irgendwelche Trümmer, denn er versucht beim Gehen, sich in eines der empfangenen Signale reinzuhäcken – bislang erfolglos.

Plonk hockt auf Margarethes rechter Schulter und gurrt leise. Die Rabenmutter schweigt und folgt ihrem Leon, der nach einem Ausgang aus dem Nazi-Labyrinth sucht. – «So wird das nie was», meldet sich Rudy, «wir müssen systematisch vorgehen…»

– «Und was meinst du, was ich hier mache?», gibt ein sichtlich genervter Leon zurück. Rudy doppelt nach: «Du läufst einfach drauflos! Du musst dich für eine Seite entscheiden und dann immer der rechten oder linken Wand folgen. Im dümmsten Fall rennen wir durch die ganze Anlage, bis der Ausgang vor uns erscheint, im besten Fall haben wir ihn nach ein paar hundert Metern erreicht – aber was wir damit verhindern können: dass wir dauernd an Orten vorbeikommen, wo wir schon vorbeigelaufen sind!» Leon seufzt und lässt Rudy vor, nicht, ohne einen Seitenhieb zu platzieren: «Hättest du nicht die ganze Zeit an deinem Cybertool rumgefummelt, wärst du uns eine grössere Stütze gewesen!» – «ICH versuche hier wenigstens alles, um uns Vorteile zu verschaffen!» – «Hey Jungs! Stopp, wir sollten uns vertragen. Wenn wir einander jetzt schon gegenseitig fast auffressen, dann gerät unsere Mission da draussen, wenn wir tatsächlich auf Soldaten oder sowas treffen, erst recht zum Desaster!», spricht Margarethe ein Machtwort, als Seraina zuerst ganz leise, dann immer lauter das Wort «Licht» ausspricht. Und tatsächlich schimmert es in einer Ecke der unterirdischen Ruinen hell. Plonk fliegt auf und landet in der besagten Ecke. Er krächzt: «Tü Tü!» – «Schon wieder eine Eisenbahnanlage? Oder tanzt eine Frau im Tütü dort herum?», flachst Leon, dem gleich wieder wohler zumute ist beim Anblick von Tageslicht. – «Er meint eine Tür», erklärt Margarethe und wundert sich, dass Mister Tierflüsterer das nicht begriffen hat. Leon lacht laut und erwidert: «Klar, hab doch nur rumgeblödelt! Das ist meine Art, innere Spannung abzubauen!»

«Aber wie kriegen wir diese verbogene, eingeklemmte Metalltür bloss auf?», seufzt Margarethe mutlos. Nachdem sich Leon eine Viertelstunde erfolglos mit einer Metallstange als Hebel an der Tür zu schaffen gemacht hat, sinkt er erschöpft zu Boden. Rudy seinerseits ist ratlos, was bei ihm eher selten vorkommt. Dafür hat er weiter versucht, irgendein Signal mit seiner «Spionage»-App aufzufangen, die auch ohne Internetzugang funktioniert.

Schliesslich ist es Plonk, der sich den nächsten Schritt zutraut. Er kratzt am Boden Schutt zur Seite, um zu versuchen, unter der Tür durchzukriechen. «Hey, Plonk ist nah dran!», konstatiert Margarethe nicht ohne Mutterstolz. Und im nächsten Moment zwängt sich der Rabe tatsächlich durch den selbstgegrabenen Spalt. Doch Rudy wie Leon stöhnen im Duett: «Na und, wenn er draussen ist, nützt uns das überhaupt nix!» – «Aber er ist – im Gegensatz zu euch Jungs – wenigstens erfolgreich», grunzt eine mittlerweile übel gelaunte Seraina. Margarethe umarmt ihre Freundin und raunt: «Plonk findet auch einen Weg für uns. Und unser Ur-Ahne hätte uns bestimmt nicht hierhergeschickt, wenn es nicht absolut wichtig wäre, dass wir erfahren, was uns im nächsten Sommer droht.» – «Nächster Sommer, nächster Sommer, …da droht uns doch nichts, da haben wir doch schon Ferien gebucht», stöhnt Seraina, «ein total einsam gelegenes Haus in der unberührtesten Ecke von Norwegen haben wir gebucht für ganze fünf Wochen, meine Tante und ich. Rudy kommt für zwei Wochen rauf. Das Haus ist so gross, wir können auch weitere Gäste empfangen. Ich wollte dich eh schon lange fragen, ob du mit Leon vorbeikommst, am Besten, wenn Rudy auch da ist, dann kann meine Tante mit ihrer Partnerin auch mal alleine los, eine kleine Rundreise im Camper machen, und wir vier haben dann sturmfrei, das wäre doch toll.» Margarethe stutzt: «Ihr habt schon gebucht, BEVOR der Notar angerufen hat. Rai! Begreifst du denn, was das heisst?» Seraina schaut Margarethe verblüfft an. «Das heisst, das Unglück wird uns in Norwegen treffen! Es ist doch sonnenklar: In den Briefen des Ur-Ahnen stand, dass im Sommer 2022 ein Unglück geschehen wird. UND Norwegen stand zu jenem Zeitpunkt schon fest. Das wird also DER Ort sein, wo wir uns alle vier befinden im nächsten Sommer. Nur wissen wir nicht, WAS uns dort blüht…», folgert Margarethe.

Nach einer kurzen Pause meint Seraina: «Wenn wir die Buchung stornieren, dann kann uns nichts passieren…» – «Könntest du deine Tante dazu bewegen?», fragt Margarethe, und Seraina seufzt: «Nicht wirklich, sie wird so oder so hingehen, sie glaubt nicht an Vorahnungen. Und ich habe ihr hoch und heilig versprechen müssen, dass ich mitgehe. Sie will ja unbedingt ein paar Tage mit dem Camper los, der zum Haus gehört. Auf diesen Kurztrips will sie ihren Hund Baffi nicht mitnehmen. Ich soll auf ihn aufpassen.» – «Na, da wird Rudy aber begeistert sein, mit dir den Babysitter für den Kläffer zu spielen…» Seraina grinst und nickt: «Aber sowas von!» Und in Margarethes Ohr flüstert sie: «Der weiss noch nix von seinem Glück, er freut sich lediglich auf Norwegen und den menschenleeren Fjord, an dem das Haus idyllisch liegt.» Die Jungs sind immer noch mit der Tür beschäftigt und zischen ihren Freundinnen zu, sie sollen ruhig sein. Von ihrem Gespräch bekommen beide nichts mit. Margarethe grinst, saugt zischend Luft durch ihre Zähne ein und schüttelt ihre rechte Hand heftig. «Oh je…, aber andererseits», grübelt Margarethe weiter, «du könntest in Zürich bleiben und dort auf den Kläffer aufpassen…» – «Spinnst du, das Viech dreht komplett durch, wenn Tante Mirjam länger als drei Tage weg ist! Der würde mir aus dem sechsten Stock springen!» – Margarethe muss ein Grinsen unterdrücken, als sie sich vorstellt, wie ein Jack-Daniel-Terrier wie Superman aus einem Zürcher Hochhaus segelt…

Nach einer gefühlten Ewigkeit hören sie Plonk von draussen rufen. Und er bugsiert unter grösster Kraftanstrengung zwei Pickel nacheinander unter der Türe durch. Die Jungs greifen nach den Werkzeugen, sobald sie sie unter der Tür zu fassen kriegen, um Plonk zu helfen. Leon motiviert Rudy mit stolz geschwellter Brust: «So, lass uns den Ladies zeigen, dass wir auch was draufhaben, nicht nur die Intelligenzbestie da draussen.» Und er zwinkert Margarethe zu, dass sie begreift, dass er Plonk weder beleidigen noch herabsetzen will, sondern ein echtes Kompliment gemacht hat – denn klug ist der Rabe in der Tat.

Nun pickeln die Jungs wie die Weltmeister den zerbröselnden Betonboden auf, da, wo Plonk bereits sich selber durchgezwängt hat. Rudy kommt stark ins Schwitzen und muss daher seine Jacke ausziehen und die Ärmel seines Hemdes hochkrempeln. Leon hat Jacke und Pullover schon ganz am Anfang ausgezogen und beackert den Boden noch in alter Frische. Margarethe staunt wieder über seine muskulösen Arme und kriegt weiche Knie. Um ihre Bewunderung etwas zu dämpfen, flüstert sie Seraina zu: «Ich dachte immer, der Pickel sei der pubertierenden Kerle Feind…». Seraina fängt an zu kichern. Da horcht Leon auf und grunzt halb genervt, halb amüsiert: «Ja ja, macht euch nur lustig über uns! Und übrigens, ICH bin kein Pubertier mehr, dann eher schon Lord Silicon hier, der hätte das Anfang Jahr bei den Venezianern und den Londonern keine dreissig Sekunden durchgehalten…» Rudy wirft ihm einen genervten Blick zu und setzt grad schnaubend zu einer Replik an, da fährt Leon fort: «Und seht ihn jetzt an; er schwitzt zwar wie ein Esel, aber Hut ab, Ru, du hast echt Muckis gekriegt seither!» Der Angesprochene hält inne, und sein Gesicht hellt sich kurz auf, dann pickelt er eifrig weiter. Serainas Augen kullern ihr schon fast aus dem Schädel, denn es ist wahr: Rudy macht eine gute Figur, seine Arme haben an Kraft und Umfang gewonnen.

Endlich ist der Spalt unter der Tür so gross, dass auch die Teenager durchpassen. «Gut, haben wir nicht zu viel Holz vor der Hütte», flachst Margarethe und zwinkert Seraina zu, die sich als Erste ins Freie zwängt. Dann folgen Margarethe, dann Rudy, als Letzter geht Leon. Nun ja, «draussen» sind sie nur bedingt, denn jetzt stehen sie in einem noch nicht so stark in Mitleidenschaft gezogenen Anlagenteil – vermutlich ist es die Zufahrt, welche die Amerikaner für sich umfunktioniert haben. Die Teenager vermuten das, weil die technischen Anlagen in diesem Bereich funktionieren; es hat eingeschaltete Lampen an der Decke, saubere Schutzhelme an Haken und Telefone an den Wänden, die einen Summton abgeben, wenn man den Hörer ans Ohr hält… und es hat Offiziere, die aus Nebenräumen auftauchen…

13
Reden Sie endlich!

Den vier Teenagern gefriert das Blut in den Adern. Plonk hat sich geistesgegenwärtig im Innenteil eines aufgehängten Helms versteckt. Der Offizier ist ebenso sprachlos, doch rasch begreift er die Situation und zückt seine Pistole. «Hey, you are under arrest, guys!»

* * *

«Immerhin Amerikaner, die halten die Menschenrechte ein», seufzt Margarethe, während sie sich im Zimmer umschaut, in dem sie gefangen gehalten werden. – «Und was ist mit Guantanamo? Voll eingehalten, gell!», grunzt Rudy und verdreht die Augen. – «Na ja, ich meine doch nur, …die würden doch keine Teenager foltern, so wie es die Nazis oder die Sowjets getan hätten, ohne mit der Wimper zu zucken», kontert Margarethe, und Seraina unterstützt sie: «Zumindest können wir uns mit ihnen unterhalten und uns erklären. Und der Knast hier ist ganz ok, wir haben ein WC, frisches Wasser und akzeptables Essen sowie saubere Kajütenbetten. Und wir sind zusammen…» – «Aber sie haben uns alles abgenommen: Smartiefon, Portemonnaie, Schlüssel…, und wir sind eingesperrt!», stellt Leon das Negative dem Positiven gegenüber, doch Margarethe grinst: «Meine ID im Höschen haben sie nicht gefunden.» – «Was schleppst du deine ID am Allerwertesten mit dir rum? Mir kann die Karte am Arsch vorbei, wenn ich nur mein Smartiefon hätte», jammert Rudy.

Margarethe erschrickt plötzlich: «Plonk! Wir haben Plonk vergessen!» – «Ach was, der Rabe ist draussen im grossen Gang viel besser aufgehoben, zudem kann er selber auf sich aufpassen und uns vielleicht sogar rausholen», macht Leon Margarethe Mut, doch sie bleibt untröstlich und fürchtet, dass ihr Rabe dort verdurstet oder verhungert.

* * *

Als sie endlich dem Kommandanten der Anlage vorgeführt werden, sitzen sie wie Erstklässler auf einer Bank aufgereiht. Auf Englisch fragt der Hochdekorierte, der ziemlich alkoholisiert wirkt: «Wie... wie heissen Sie... und was suchen Sie... suchen Sie hier?» Leon fasst sich ein Herz und steht auf. In fliessendem Englisch erklärt er dem Kommandanten: «Wir sind Schweizer, das sind Margarethe Gygax, Seraina Capaul und Rudolf von Arx. Mein Name ist Inderbitzin, Leon Inderbitzin.» Margarethe muss ein Kichern unterdrücken, es erinnert sie an «Bond, James Bond». Unbeirrt fährt Leon fort: «Wir sind in einen Schacht gestiegen und haben uns dann verirrt. Sorry, wir wollten nicht eindringen...» Der Kommandant mit seinem bulligen Haupt kneift die Augenlider zusammen und brüllt: «Lügner!» Leon zuckt zusammen und setzt sich wie ein geschlagener Hund.

«Sie haben moderne Spionage-Geräte bei sich gehabt, alle vier! Was ist das? Was ist dieses angebissene Obst als Logo hinten drauf? Sie sind allesamt Spione! Reden Sie endlich! Sonst schalten wir in Ihrem Raum die Dauerwelle ein! Danach hat bisher jeder geredet!», schreit er die Teenager wie ein brünstiger Büffel an, ohne auch nur ein Mal zu lallen oder zu stottern – trotz seines offensichtlich zünftigen Alkoholpegels im Blut. Die Angebrüllten schlucken leer und befürchten zu Recht, dass Dauerwelle wohl keine neue Frisur bedeutet, sondern eine sehr brutale, kontaktlose Foltermethode ist, bei der nicht hörbare, aber spürbare Frequenzen gesendet werden.

Als der Kommandant endlich ruhig ist, steht Margarethe mutig auf und spricht stoisch und in einem umständlichen Gymi-Englisch: «Ok, Sie haben gewonnen. Wir sind Spione, ja! Ich bin Mata Hari vom deutschen Geheimdienst, das ist Ziva David vom Mossad, hier sitzt Wladimir Pugin vom KGB, und der Vorlaute da ist James Bond vom MI6. Unsere Geräte sind tatsächlich hochpräzise Spionagetools. Wir testen sie, um den Weltfrieden zu sichern, wir sind alle Doppelagenten und wollten Ihnen die Geräte sowieso vorführen. Aber zuerst wollten wir den Beweis erbringen, dass sie auch was taugen. Sie hätten uns ja nicht geglaubt, wenn wir Ihnen nicht zeigen könnten, wozu diese kleinen Geräte fähig sind. Sie können nämlich zeitnah aufzeigen, wann wo Truppenverschiebungen geschehen. Zeig es ihm, Wladi!» – Ihre Freunde starren sie entgeistert an. Rudy erbleicht und fängt an zu stottern. Margarethe zischt halblaut auf Schweizerdeutsch: «Das doofe Kriegsspiel, das du mir mal gezeigt hast, los, ist ja runtergeladen, das geht auch ohne modernes Internet. Der Füdli-bürger da frisst dir dann aus der Hand.» – «Englishshshsh», zischt der Kommandant, «no secret language!» Rudy hat es kapiert und startet das Game, das er nur kurz gespielt hat, weil es ihm zu wenig strategisch war. Jetzt sieht man auf seinem Smartiefon-Display die Erdkugel, und überall, wo es rot blinkt, kann Rudy dem Kommandanten angebliche Truppenverschiebungen vorführen. Diesem kullern fast die Augäpfel aus dem Schädel, er röchelt: «That's miraculous, Mr. Pugin!»

Schon haben die Teenager die Hoffnung, dass sie nun freigelassen werden, doch der Kommandant grinst nur heimtückisch. Er befiehlt einen seiner Offiziere herbei und brüllt dann: «Erschiesst sie alle! Und mir den Präsidenten der Vereinigten Staaten an den Apparat! Ich will ihm meine neuste Entwicklung vorführen!» – Der Offizier druckst etwas herum, doch dann weist er seinen Vorgesetzten sachte auf die Einhaltung der Menschenrechte hin – dass es eine Verhandlung vor einem ordentlichen Militärgericht brauche. Doch der Kommandant ist zu betrunken oder zu ehrgeizig – oder beides zusammen –, um darauf einzugehen. Er brüllt seinen Offizier nur an und droht ihm mit Degradierung.

* * *

Sprachlos vor Entsetzen werden die vier Freunde nicht mehr in ihre Zelle zurückgebracht, sondern auf der Stelle gefesselt, mit den Händen auf dem Rücken, und in einen anderen Raum geführt, welcher nicht viel mehr als eine Besenkammer ist. Sie müssen stehen, an die Wand gelehnt. Margarethe stottert nervös: «Ich will… nicht… sterben! Wir müssen… raus hier!» Leon seufzt: «Ich will auch nicht sterben.» – «Dachte, als Buddhist sei dir das egal?», erkundigt sich Rudy interessiert. – «Nein, denn dieses Leben ist gut, war es zumindest noch bis heute Mittag, und ich würde es gern noch ein bisschen geniessen... mit meiner Mäg», fügt er sehnsüchtig seufzend hinzu und blickt mit einem traurigen Ausdruck zu Margarethe. «Wenn ich dich nur nochmals umarmen könnte!», schluchzt sie. Sein Blick ist umwölkt; er scheint den Tränen nahe, und auch Margarethe fühlt Tränen in ihren Augen aufsteigen. Jetzt ist es Rudy, der mit beissendem Galgenhumor reagiert: «Immerhin gehen wir nicht jungfräulich unter wie das komische Schiff in Stockholm!» Seraina verdreht die Augen und seufzt: «Ich wäre auch gerne sarkastisch, so kurz vor dem Schafott.» – «Nun ja, das ist halt meine Art, innere Spannung abzubauen», erwidert Rudy mit Seitenhieb auf Leons Äusserung, dass jener zu diesem Zweck gerne herumalbert.

Als die Türe energisch aufgerissen wird, kommt es den Freunden vor, als wären Stunden vergangen, doch es waren nur wenige Minuten. «Abmarsch!», brüllt ein Offizier barsch, der wohl mit der Exekution beauftragt worden ist. Die vier folgen seinem Befehl angstvoll. Margarethe spürt, wie ihr Blutdruck in den Keller saust, und knickt ein, wird aber unsanft am Arm hochgerissen und mitgezogen.

Das Erschiessungskommando steht schon bereit, draussen unter freiem Himmel. Der Offizier fragt die Teenager, die mit den Händen auf dem Rücken gebunden an einer Aussenwand stehen, nach ihrem letzten Wunsch. Da meint Rudy: «Ich will erleben, wie ein Farbiger Präsident der USA wird!» – Der Offizier lacht herzhaft und erstickt dabei fast. Als er sich wieder beruhigt hat, meint er: «Da können Sie lange warten, Pugin! Eher wird ein Golfspieler Präsident!» – Rudy kontert: «Das auch, aber vorher schafft es wirklich ein Farbiger! Und den will ich erleben, ich habe keine Eile, ich kann warten…» – «Nice try, Pugin! What about you, Bond?» – Leon schluckt leer und antwortet: «Ich will einen Raben sehen!» – Der Offizier krümmt sich erneut vor Lachen: «These guys are crazy!» Schliesslich schickt er einen Korporal los, um – wie er sagt – des Kommandanten Raben herbeibringen zu lassen. Als der Korporal zurück ist, hält er einen Käfig hoch, in welchem ein alter Bekannter hockt. «Plonk!», schreit Margarethe und rüttelt an ihren Handschellen. «Shut up, Hari! No dirty words!» Zu Seraina gewandt fragt er: «So, what's your last wish, David» – «Ich will den Raben fliegen sehen!», antwortet Seraina und erntet ein «Geil» von Margarethe. – «Are you deaf? Shut up, Hari!»

Der Amerikaner ist sichtlich genervt und zögert, wie er auf diesen Wunsch reagieren soll, denn der Kommandant hat an diesem Vogel einen Narren gefressen. Ob er den Raben einfach so fliegen lassen darf? Soll er seinen Vorgesetzten sicherheitshalber fragen gehen? Man kann in seinem fast kahlrasierten Schädel beinahe die Zahnrädchen sich drehen sehen, bevor er sich zu einer Entscheidung durchringt. «Das kann Ärger geben…», brummt er und kratzt sich am Kopf. Die zum Tode Verurteilten erleben bange Sekunden. Was, wenn Serainas Wunsch ihr nicht gewährt würde? Margarethe überlegt sich schon, wie sie ihren letzten Wunsch so formulieren könnte, dass Plonks Freilassung unausweichlich würde, denn sie erkennt die einzigartige Flucht-möglichkeit, die sich ihnen bietet.

Bei den Amerikanern ist so ein letzter Wunsch fast schon heilig, Kalter Krieg hin oder her! Deshalb befiehlt der Offizier schliess-lich dem Korporal, die Käfigtür zu öffnen. Plonk springt zur grossen Erleichterung der Gefangenen aus dem Käfig und fliegt hoch. Der Rabe dreht ein paar Runden in der Luft und startet dann wie ein Abfangjäger gezielte Angriffe auf die Soldaten, die mit den Gewehren bereitstehen, um die Teenager zu exekutieren. Das ausbrechende Chaos lockt den Kommandanten heraus, der mit hochrotem Kopf den Offizier zur Schnecke macht und be-fiehlt, die Teenager wieder in die Zelle zu sperren. Er habe gera-de erfahren, dass ein wichtiger CIA-Mann in Moskau verhaftet wurde. Er wolle ihn gegen Wladimir Pugin austauschen…

* * *

Nun sitzen sie wieder in ihrer Zelle. Leon kaut an einer Salami und ist ganz still, Rudy hat den Kopf in beide Hände gestützt und wirkt völlig deprimiert. Seraina tigert wie ein wildes Tier in ei-nem Käfig hin und her und macht sich enorme Sorgen wegen des Gefangenenaustauschs. Margarethe liegt der Umstand, dass Rudy im Austausch für einen CIA-Mann an die Sowjets überge-ben werden soll, ebenfalls schwer auf dem Magen. Denn: Sie werden den Schwindel entdecken und Rudy wohl erschiessen oder nach Sibirien ins Straflager verbannen. Zudem fühlt sie sich mitschuldig, denn sie hat Rudy mit den Personalien eines real existierenden KGB-Manns versehen. Darum legt sie sich einen Fluchtplan zurecht, denn es scheint, dass sie im Moment die Ein-zige ist, die noch normal denken kann.

«Hey Leute», beginnt sie, «Plonk ist frei, der kommt bestimmt zurück und holt uns raus. Um ihm die Arbeit zu erleichtern, sollten wir wenigstens mal die Knasttür aufkriegen. Wenn der Wärter das Abendessen bringt, dann muss jemand von uns den sterbenden Schwan mimen, am besten Rudy, er ist ja im Moment unser «Joker» im Kartenspiel. Die Amerikaner würden ganz bestimmt alles tun, um Rudy am Leben zu halten – denn ohne Wladimir Pugin kein Austausch. Wenn der Wärter also sieht, dass Rudy zusammenbricht, dann kommt Leben in die Bude – und da kratzen wir die Kurve!» Leon schielt zu Margarethe und hört mit dem Kauen auf wie ein Stier, der beim Wiederkäuen gestört worden ist. Doch er sagt kein Wort. Rudy stöhnt nur, als wäre er jetzt schon am Zusammenklappen, aber im vollen Ernst. Und Seraina verwirft die Hände, die im nächsten Moment mit einem lauten Klatschen auf ihre Oberschenkel niedergehen. – «Ok, nicht gut. Aber verdammt, sagt doch was!», will Margarethe ihre Freunde aus der Lethargie herausholen, da grummelt Leon: «Die fangen uns eh wieder; wir sollten besser warten, bis der Gefangenenaustausch beginnt, dann holen sie uns raus, vermutlich alle vier, zur Sicherheit, damit sie Rudy jederzeit unter Kontrolle halten können. Vergesst nicht, die Amis denken, wir seien alles professionelle Spione. In ihren Augen sind wir im Austausch gegen eigene Leute viel wert. In dieser Anlage drin stehen unsere Chancen schlecht, aber draussen unter freiem Himmel, da haben wir Plonk als Luftwaffe und die Natur als Unterschlupf. Denkt daran, der Teufelsberg liegt im Grunewald – ein Wald!» – «Der ist abgeholzt, …stand im Bericht, den ich gelesen habe», grunzt Rudy und stellt sich schon in Sibirien vor – die Kälte, die Qualen, die abgefrorenen Extremitäten…

Margarethe seufzt: «Aber irgendwas muss da draussen sein, was uns bei der Flucht hilft. Bisher haben wir es immer geschafft, nicht wahr?» – «Ja», meint Seraina, «aber diesmal sind wir ein Mal zu viel in der Zeit gereist, haben uns mit einem zu mächtigen Gegner eingelassen…» – «Zu mächtig? Rudy und ich haben

Ökoterroristen dingfest gemacht, zu dritt haben wir keltische Prüfungen zu Lande, zu Wasser und in der Luft bestanden. Dann haben wir Helleborus zu dritt und Pandemios zu viert bezwungen, zwei Hexer der Spitzenklasse, was schwarze Magie betrifft. Klar, immer mit tatkräftiger Unterstützung von Plonk, doch ihn haben wir jetzt auch dabei. Und dann im alten Rom, die beiden Arenen, da waren wir ohne Plonk siegreich. DA waren mächtige Gegner am Werk! Aber die kleinen NSA-Spitzel, die nur blöd rumbrüllen, Smartiefons klauen und mit Dauerwellen drohen können, die tricksen wir doch mit Links aus! Hey Leute, kommt schon!», stachelt Margarethe ihre Freunde an. Doch es scheint, als hätte sie ihre Magie verloren, ihren Freunden Mut zuzureden.

«Mäggy, wie kamst du eigentlich auf die total bescheuerte Idee, uns als Spione vorzustellen? Und dann ausgerechnet mit diesen Namen?», fragt Seraina grübelnd, weil sie findet, dass dies der Auslöser für den Schlamassel gewesen ist, in den sie geraten sind. Kleinlaut entgegnet Margarethe: «Ich wollte uns doch nur raushauen. Es tut mir so leid, dass der Schuss nach hinten losging. Ich hatte mir das eben früher schon mal überlegt, was wäre wenn... wir Agenten spielen müssten? Wer gleicht wem? Und da fielen mir spontan eben genau diese vier ein.» – «Ja, bei Bond und Pugin ist es klar, die sind auch in unserer Zeit ein Begriff – einer im Kino, der andere im realen Leben. Aber was ist der Mossad, für den ich arbeiten soll, und was ist das für eine asiatische Agentin da, deren Identität du angenommen hast, diese… Mata Harekrishna oder so?» – «Im Moment sieht es eher aus nach Mata Harakiri!», flachst Leon, der sich sichtlich geschmeichelt fühlt, dass seine Freundin ihn als «James Bond» vorgestellt hat. Margarethe grinst zurück: «Passt, gell. Mata Hari war im Ersten Weltkrieg eine deutsche Spionin. Und Rai, der Mossad ist der israelische Geheimdienst – die sind sehr tüchtig. Ziva David ist eine Heldin aus einer amerikanischen Krimireihe, die ich amigs mit meinem Vater schaue. Sie ist eine Verbindungsoffizierin zwischen Israel und den USA. Sie sieht dir eben ziemlich ähnlich und ist immer voller Energie, wie du.»

«Hey, à propos Energie», beginnt Rudy und wird langsam munter, «wenn nun an unseren Smartiefons die Batterien leer sind, dann werden sie uns brauchen, um sie aufzuladen, denn sie begreifen doch nicht, wo man das Ladekabel, das in meiner Jackentasche verstaut war, hineinstecken muss. Die Steckdosen sind zum Glück kompatibel. Dann bekommen wir vielleicht eine Chance auf einen Fluchtversuch.» – «Ja, das wird lustig. Wenn ich mein Smartiefon endlich wieder mal anfassen kann, um es aufzuladen, dann stell ich grad das Alarmschaf an, dann haben wir ein paar Schrecksekunden Zeit, um abzuhauen!», meint Leon und beginnt zu grinsen. – «Alarmschaf? Hast du sie noch alle?», fragen die Mädchen wie aus einem Mund. – «Habt ihr das nie mitbekommen? Es gibt doch immer all paar Monate diese Probealarme, mittwochs über Mittag. Um sie anzukündigen hat der Bund einen Videoclip veröffentlich, wo ein Schaf so zu blöken beginnt wie einer dieser Alarmsirenen. Das ist ziemlich witzig gemacht. Wenn das Schaf losgeht, springen auch die korpulentesten Amis aus dem Stand zwei Meter hoch, wetten! Dann rennen wir los. Falls wir uns verlieren sollten. Treffpunkt ist der Checkpoint Charlie.» Die Mädchen grinsen, nur Rudy röchelt: «Wehe, dein Scheissschaf versagt!»

* * *

Endlich ist es soweit, der Tag des Austauschs ist gekommen. Diesmal haben sie die Hände wenigstens vorne in Handschellen gelegt bekommen – es sitzt sich so besser im Wagen, der sie vom Teufelsberg an die Glienicker Brücke bringen soll, wo der Austausch stattfinden soll. Denn mitten auf der Brücke verläuft die

Grenze zwischen Westberlin und DDR-Gebiet. Doch leider sind weit und breit keine Smartiefons in Sicht.

Der Wagen hat hinten zwei Sitzreihen, die Mädchen sitzen in der mittleren, die Jungs in der hinteren Reihe. Bevor der Transport losgehen soll, tritt der Kommandant zu Rudy ans Autofenster und grinst ihn an: «Netter Versuch mit dem Spiel, Pugin. Aber ich habe es glücklicherweise begriffen, dass es ein Trick war, bevor ich den Präsidenten am Draht hatte.» Leon wagt den Versuch und lehnt sich hinüber zu Rudy, bis er den Kopf des Kommandanten sieht: «Sie glauben, es sei ein Spiel, weil wir Ihnen keine Beweise liefern konnten. Können Sie dieses Risiko wirklich eingehen? Ich beweise Ihnen, dass es kein Spiel ist! Geben Sie mir mein Dings äh… Smartie äh… mein Spionagewerkzeug!» – Der Kommandant zögert, dann lässt er es aber tatsächlich zu, dass man Leon sein Smartiefon gibt.

Die Autotüren werden entriegelt, er darf aussteigen und sein Tool an sich nehmen, doch die Batterie ist leer. «Tammihuerescheiss!», brüllt Leon verzweifelt, doch in dieser verfahrenen Situation naht die Rettung trotzdem: Eine Raben-Armada attackiert die anwesenden Amerikaner. «Plonk hat Verstärkung geholt!», jubelt Margarethe im Auto. – «Shut up, Hari!», brüllt der Kommandant und fuchtelt herum, um die Angreifer in Schach zu halten, doch es sind sehr viele Raben.

In diesem Moment des Durcheinanders schaffen es die Gefangenen, die Autotüren zu öffnen und in diverse Richtungen loszurennen. Die Amerikaner sind so mit den Raben beschäftigt, dass sie nicht sofort bemerken, wie ihre Gefangenen türmen. Leon und Margarethe verschwinden rasch in der Vegetation. Seraina prescht los, in ein Trümmerfeld hinein. Und Rudy stolpert über ein Gewehr, das einem der Soldaten aus der Hand gefallen ist. Er wird sofort wieder aufgegriffen…

14

In Handschellen zum
Checkpoint Charlie

Rudy steht am gemauerten Westberliner Kopfende der Glienicker Brücke, die über die Havel nach Potsdam in die DDR führt. Steinerne Kentauren zieren beidseitig den Brückenkopf. Nun blickt Rudy geradeaus zur Brückenmitte. Das Tragwerk aus Stahl wirkt zerfressen und schlecht gewartet. Seitlich sieht es aus, als wäre die Brücke eine Art langgezogene Krone, denn die gebogenen Stahlelemente gehen hoch, um danach wieder elegant ein U zu bilden bis zum nächsten Zacken in der «Krone». Quer zur Gehrichtung sind arkadenähnliche Gebilde eingebaut, um die Stabilität zu gewährleisten. Die mittlere Arkade trägt eine riesige Münze wie ein Diadem. Dort, hat man ihm gesagt, werde er am CIA-Mann vorbeigehen. Der Übergang ist natürlich Normalsterblichen untersagt, aber es ist eine der wenigen Möglichkeiten, wo sich West und Ost treffen können, ohne viel Aufsehen zu erregen. Daher bietet sich die Brücke geradezu als Agentenaustausch-Ort an – das hat ihr den bis heute verwendeten Übernahmen «Agentenbrücke» eingehandelt.

Rudy werden die Handschellen abgenommen. Er reibt sich erleichtert die Gelenke. «Go, Pugin», befiehlt ihm ein Offizier, den Rudy bisher noch nicht gesehen hat. Vermutlich ist er der Chefunterhändler beim Austausch. Während Rudy langsam Richtung Brückenmitte geht, sieht er, wie eine andere Person auf ihn zusteuert – es muss der ominöse CIA-Agent sein, dem er dieses Spiel hier verdankt – und sein Leben, denn wäre jener nicht gefasst worden, wären die vier Teenager wohl exekutiert worden.

Rudy wagt ein paar verstohlene Blicke links und rechts, obwohl ihm eingebläut wurde, nur geradeaus zu schauen. Serainas «Ru-Dolfino» blitzt in seinem Gehirn auf. Er mustert die Havel, die hier allerdings nicht sehr tief sein kann. Doch einen Versuch ist es wert, zumindest besser, in der Havel einen schnellen Tod finden, als in Sibirien qualvoll verrecken, denkt sich Rudy. Schon erkennt er das Gesicht des CIA-Manns, der ihm entgegenkommt: Ein bleicher Kerl, der auch sonst ziemlich russisch aussieht – der perfekte Agent, oder fast; geschnappt haben sie ihn ja trotzdem.

Jetzt treffen sich ihre Blicke. Der Amerikaner lächelt leicht, Rudy verzieht keine Miene. Als der Computerfreak am echten Agenten vorbei ist, saust er mit einem wuchtigen Sprung mitten durch eine Lücke im Fachwerk der Brücke und macht einen Kopfsprung in die Havel. Die erbosten Sowjets eröffnen das Feuer, doch Rudy wird nie erfahren, ob der CIA-Mann erschossen worden ist oder es auf die Westberliner Seite geschafft hat…

* * *

Margarethe versucht, ihre linke Hand aus den Handschellen zu zwängen. Da sie Rechtshänderin ist, hat ihre linke Hand nicht so starke Muskeln und ist daher etwas schlanker – nicht viel, aber es reicht, dass es ihr gelingt, sich zu befreien. Sie atmet erleichtert auf. Wenigstens kann ich mich frei bewegen, denkt sie bei sich und schaut sich um. Weit und breit ist keine Menschenseele. Sie weiss nicht einmal, wie weit sie gerannt ist. Der ganze Teufelsberg ist von lauter Büschen und jungen Bäumen bedeckt. Wie Rudy es gesagt hat: kein Hochwald. Doch eigentlich findet sie diese Situation sehr viel besser, denn in den Büschen kann man sich leichter verstecken als zwischen hohen Stämmen mächtiger Eichen. Doch sie wäre jetzt gerne mit ihren Freunden vereint – so ganz alleine im Grunewald behagt ihr nicht.

Ganz alleine? Ein wohlgekanntes Gurren dringt an ihre Ohrmuscheln. «Plonk!», ruft sie erfreut aus, hebt aber sogleich erschrocken eine Hand vor den Mund, denn sie fürchtet, dass sie sich gerade verraten hat. Doch nichts geschieht; es sind ihr anscheinend keine Soldaten auf den Fersen. Sie sieht, dass Plonk auf einer jungen Erle hockt – auf einer Erle mit Blättern… «Müsste es jetzt nicht Winter sein? Als wir in den Schweizer Bunker hinabgestiegen sind, war Winter», überlegt sie. Kann sie sich mittlerweile bei selbst ausgelösten Zeitreisen schon die Jahreszeit am Zielort aussuchen? Sie zuckt mit den Achseln und findet, dass sich ein Grübeln nicht lohnt. Deshalb blickt sie wieder zu Plonk. Dieser dreht den Kopf von ihr weg.

Der Rabe krächzt plötzlich: «Be Lin. Da!» Und Margarethe schaut in Plonks Blickrichtung. – «Ja Plonk, ich sehe den Berliner Fernsehturm, aber hey, der ist ja noch im Bau! Wann wurde er schon wieder fertiggestellt? Das haben sie doch erklärt, als ich mit meinem Papi die Führung da oben hatte. Ich glaube, 1969. Gut, habe ich ein fotografisches Gedächtnis. Also sind wir vorher in Berlin gelandet, bloss: in welchem Jahr? So, wie der Turm aussieht, könnte es 1966, 67 oder 68 sein», sinniert Margarethe und folgt Plonk Richtung Stadt. «Wir müssen Richtung Berlin Mitte. Sorry Plonk, für dich vielleicht einfacher: Wir müssen Richtung Spree, das ist ein Fluss. In dieser Richtung ist der Checkpoint Charlie. Keine Sorge, da ist eine Mauer, wenn du mich falsch lotst, laufe ich einfach der Mauer entlang bis zum richtigen Checkpoint. Wir befinden uns ja im Westteil Berlins, da ist die Mauer zugänglich. Im Osten dagegen wird sie streng bewacht. Du kannst also nix falsch machen, Plonk», erklärt Margarethe dem Raben den Weg, denn sie weiss, ein besseres Navigationssystem als Plonk gibt es nicht, denn er funktioniert ohne Gebrauchsanleitung, ohne Strom, ohne Internet und ohne Karten-Update. Rudy würde jetzt ausrufen, denkt sie belustigt, wird dann aber traurig, denn sie hat Angst um ihre Freunde, von denen sie nicht weiss, ob sie es geschafft haben.

* * *

Seraina trägt keine Handschellen mehr. Mit einer Haarnadel hat sie die Schlösser geknackt. Jetzt kraxelt sie durch den Schutt der Deponie, die auf einem Teil des Teufelsbergs liegt. Auf dem andern steht eine riesige Skisprungschanze, und zuoberst stehen natürlich die Türme der Abhöranlage. Sie schaut hoch zu den Bauten der Amerikaner. Ein rechteckiges Gebäude wird von zwei Türmen flankiert, die je eine runde Kuppel tragen. Sie erinnert sich daran, wie Rudy ihr berichtet hat, er habe gelesen, dass die Amerikaner nach und nach fünf Abhörtürme gebaut hätten – somit muss die Anlage erst gerade gebaut worden sein, wenn aktuell lediglich zwei Türme stehen. Seraina kommt auf das Jahr 1966, weil sie auf Rudys Smartiefon ein Bild aus diesem Jahr vorgeführt bekommen hat, wo genau zwei Türme zu sehen sind.

Es kommt ihr vor wie ein Déjà-vu: Damals in Venedig fand sie sich ebenfalls ganz allein in einer fremden Stadt wieder. Diesmal aber geschieht etwas Seltsames: Seraina fühlt sich heimisch, als wäre sie in einem anderen Leben schon einmal hier gewesen. Als sie die Vororte von Westberlin betritt, ist sie fest davon überzeugt, schon einmal hier gewesen zu sein. Aber sie ist sich sicher: Es war nicht in diesem Leben – ob Leon doch Recht hat mit seinem Kamasu… äh Samsara-Zeugs? Doch weiter kann sie ihre Gedanken nicht spinnen, denn ein paar Kinder mit zerschlissenen Kleidern kommen auf sie zugesprungen. Die zwei Jungs und drei Mädels im Primarschulalter tanzen um Seraina herum und rufen wild durcheinander: «Nen Sechser fürne Pampe!», «Ne schlappe Mark für uns kleene Piepels!», «Nen Pfennich fürne Puffa und ne Pullabrause!», «Zaster fürne volle Wampe! Det wär jut, det wär dufte!», «Nen Groschen fürne Qualmtüte!» – Seraina erbleicht, denn das hat sie sofort verstanden: die Qualmtüte ist eine Zigarettenschachtel. Sie tadelt die Kinder: «Seid ihr nicht viel zu jung, um schon zu rauchen?» – Auf fünf fragende Blicke fügt sie ein «schmauch, schmauch, nich jut» hinzu. – «Is fürn Atze», erklärt einer der Knaben, doch Seraina begreift nicht, dass er damit seinen grossen Bruder meint. Seraina seufzt, denn sie hat gar nichts bei sich, nicht einmal ihr Smartiefon haben ihr die Amerikaner gelassen. Deshalb muss sie sich schweren Herzens aus dem Kinderreigen hinauskämpfen und schimpfende Jungs und Mädels zurücklassen. Diese glauben ihr nicht, dass sie kein Geld besitzt und rufen ihr böse Worte hinterher, wobei «Raffke» und «feiner Pinkel» noch die harmloseren sind. Aber wenigstens verfolgen sie mich nicht, denkt Seraina und seufzt. Gerne hätte sie den Kindern eine Mahlzeit finanziert.

* * *

Leon ist in seinem Element: mitten in freier Wildbahn. Hier ist er zuhause, hier blüht er auf. Seine Sinne wechseln sofort vom Kultur- in den Naturmodus. Einzig seine Handschellen behindern ihn, doch er ignoriert sie einfach und zieht durchs Gebüsch wie ein Rehbock, der sich einer Treibjagd entziehen will. Ein Geräusch! Sofort verharrt Leon in der aktuellen Position und lauscht. Nichts, nur ein Vogel. Er geht weiter, die Sinne voll angespannt – er spürt jede Vibration vom Boden, hört jedes Geräusch im Gebüsch, riecht jeden Duft aus der Umgebung, sieht die kleinste Bewegung. Er ist eins mit dem Grunewald. Jetzt dämmert es ihm, dass der Treffpunkt beim Checkpoint Charlie wohl doch nicht so gut gewählt war, denn er muss ganz Westberlin durchqueren. Das behagt ihm kein bisschen. Zudem steht die Sonne schon tief, das heisst, dass bald die Nacht hereinbricht.

Leon arbeitet sich Schritt für Schritt vor. Erst jetzt wird ihm bewusst, dass etwas mit der Jahreszeit anders ist als sonst auf den Zeitreisen: Sie entspricht nicht der Jahreszeit, die zum Zeitpunkt des Aufbruchs geherrscht hat. In Zürich war es Winter, hier in

Berlin muss es Sommer sein, denn die Pflanzen sind alle sattgrün. Einerseits ist es ein Vorteil, weil er sich so besser in der Vegetation verkrümeln kann, andererseits erübrigt sich die Furcht vor dem Erfrieren.

Leon mustert aus seinem Versteck heraus die Abhöranlage auf dem Teufelsberg. Es reizt ihn, auf eigene Faust hinaufzuklettern und seiner Margarethe mit stolz geschwellter Brust die Informationen, die sie sucht, auf dem Silbertablett zu servieren. Gerne würde er den Helden spielen, wenn er schon als Doppelgänger des Meisteragenten 007 vorgestellt worden war! Doch er hat keinen blassen Schimmer, wie er das anstellen soll. Zudem fürchtet er, dass sein Fernbleiben beim Treffpunkt zu noch mehr Chaos führen könnte. Denn wenn ausgerechnet er, der sich den Treffpunkt ausgedacht hat, dort nicht erscheint, dann würde Margarethe bestimmt grössere Risiken eingehen, um ihn zu finden, als wenn es sich nur um die Informationen dreht. Sein Bauch sagt ihm, er müsse sich an die Abmachung halten. So arbeitet er sich weiter vor bis zu den Vororten von Westberlin.

* * *

Margarethe hat dank Plonkscher Rabennavigation den Checkpoint Charlie an der Friedrichstrasse problemlos gefunden. Sie ist fast ein bisschen enttäuscht, denn der Übergang von Westberlin nach Ostberlin wirkt wie ein kleiner Kiosk und sieht nicht nach schwerbewachtem Grenzposten für Militärangehörige aus. Damit sie nicht allzu sehr auffällt, hat sie ihre rechte Hand mit den Handschellen im Hosensack versteckt und den unteren Rand ihres offenen Mantels über das Handgelenk gelegt. So steht sie nun da und wartet auf ihre Freunde.

Plonk ist gleich nach ihrer Ankunft abgeflogen. Er krächzte noch: «Hol Ra, Ru, Le.» Margarethe verstand es so, dass er nach ihren Freunden Ausschau halten werde, um sie ebenfalls zum Checkpoint zu lotsen. Noch nie war Margarethe so stolz auf ihren Plonk – ein Pfundskerl, dieser Rabe!

Als Erste erscheint Seraina. Sobald sich ihre Blicke treffen, rennen die Mädchen aufeinander zu und umarmen sich erleichtert. «Mann bin ich froh bist du unversehrt aus dem Schlamassel rausgekommen, Rai!» – «Aber wo sind unsere Jungs? Hast du meinen armen Rudy gesehen? Ist er davongekommen?», löchert Seraina ihre Freundin mit Fragen. – «Plonk wird beide finden und hierherlotsen, da bin ich mir sicher», meint Margarethe zuversichtlich und erntet ein Nicken von Seraina, die hinzufügt: «Stimmt, ohne Plonk hätte ich es nicht so schnell geschafft – obwohl, irgendwie kommt mir alles bekannt vor. Aber eben, dein Rabe ist einsame Spitze: Er ist praktischer als jedes Smartiefon – mein Handy würde mich nie aus eigenem Antrieb suchen gehen.» Margarethe wird warm ums Herz, zudem verfliegt ihre Angst, dass sie sich nie mehr finden werden. Und so ist es auch: Keine Stunde nach Serainas Auftauchen ist auch Leon zur Stelle.

Seine Begrüssung fällt etwas komplizierter aus, da er noch seine Handschellen trägt. Er hebt die Arme, so dass Margarethe unten einfädeln kann und den Kopf hochschiebt, bis dieser zwischen Leons Oberarmen liegt und ihr Mund von Leon einen intensiven Kuss abbekommt. Sie umfasst seine Taille und geniesst die Erlösung von der Ungewissheit. Doch irgendetwas gefällt ihr nicht an der aktuellen Situation – Rudy fehlt. Sofort löst sie sich aus Leons Umklammerung und wendet sich an Seraina: «Und? Rudy ante portas? Kommt er?» – Seraina schüttelt den Kopf und beisst sich besorgt auf die Unterlippe. Margarethe versucht, sie zu beruhigen: «Als Plonk weggeflogen ist, hat es eine Stunde gedauert, bis du, Rai, aufgetaucht bist.» – «Ich bin Plonk nachgerannt wie eine Irre, sobald ich ihn gesehen habe!», erwidert die Angesprochene. – «Ich auch!», wendet Leon ein. – «Genau, nach Rai hat es wieder eine Stunde gedauert, bis du, Leon, aufgekreuzt bist – also müssen wir jetzt noch sicher 'ne Stunde auf Rudy warten.»

Während sie warten, knackt Seraina mit ihrer Haarnadel auch Leons Handschellen. Margarethes rechte Hand ist schon während der Wartezeit auf Leon befreit worden. «Ich dachte immer, das funktioniere nur im Film», grinst Leon und bedankt sich bei Seraina, als er endlich wieder die volle Bewegungsfreiheit erlangt hat. Um Seraina nicht zu sehr zu plagen, die sehnlichst und sorgengeplagt auf ihren Rudy wartet, umarmt er Margarethe nicht.

* * *

Nach zwei Stunden vergeblichen Wartens beginnt Seraina zu schluchzen. Margarethe umarmt ihre Freundin und versucht, ihr Mut zu machen. Doch es hilft nicht, Seraina ist untröstlich und weint hemmungslos. Zu allem Übel bricht die Nacht herein. Immerhin ist es nicht kalt, und sie haben ausserdem ihre warmen und weichen Winterjacken dabei. Jetzt stellt sich die Frage, ob sie die Nacht durchwachen oder ob sie ein Plätzchen zum Schlafen suchen sollten. Da Letzteres ein fast aussichtsloses Unterfangen ist, entscheiden sie sich, wach zu bleiben. Genug Schlaf hatten sie ja bei den Amis gehabt, zwar einen eher unruhigen – aber sie hatten während der zwei Tage in dem einen Raum nichts Besseres zu tun als sich hinzulegen und auszuruhen, um alle Sinne beisammen zu haben, wenn sich eine Fluchtmöglichkeit bieten würde.

Zwar sind sie nicht müde, doch langsam meldet sich der Magen – vom Durst gar nicht zu reden. «Ich organisiere uns was, bleibt hier!» – Bevor Margarethe protestieren kann, ist Leon schon weg. Jetzt bangen wieder beide Mädchen um ihren jeweiligen Herzbuben.

* * *

Als der Morgen graut, fühlen sich die Mädchen total gerädert, denn sie haben die Nacht mit Joggen verbracht, um nicht einzuschlafen. Wenigstens ist es eine milde Nacht gewesen. Doch jetzt kennen sie jeden Kiesel und jeden abgebröckelten Verputz rund um den Checkpoint Charlie. In der Nacht war ihr Treiben nicht aufgefallen, was bei Tageslicht sicher verdächtig erschienen wäre, da Joggen damals noch nicht ein Massensport war. Im Kalten Krieg waren rennende Menschen immer verdächtig, denn es konnte sich bei ihnen nur um Flüchtlinge handeln. Die Mädchen joggten daher betont langsam und entfernten sich nicht weit vom Verabredungsort, weil sie die ganze Nacht nach Rudy Ausschau hielten.

Da taucht Leon auf, mit einem Beutel und einer vollen Flasche. Er strahlt über beide Ohren und ruft: «Der Nachtzuschlag ist immer der beste! Das Schlimmste war nicht die Arbeit, sondern der Umstand, dass ich den Lageristen kaum verstanden habe. Na ja, egal, ich habe einfach Kisten geschleppt und das getan, was die andern Arbeiter auch gemacht haben…» Die drei Teenager machen sich hungrig über Speis und Trank her. Nur Seraina mag nicht voll zuschlagen, denn Rudy ist immer noch nicht aufgetaucht. Als fast alles weggeputzt ist, schluchzt Seraina: «Wir müssen was für Rudy behalten…» – «Für ihn habe ich hier extra eine Gammelwurst!», grinst Leon in Anspielung auf London und ihre Auseinandersetzung um die Konsistenz einer Salami. Und er fügt, als Seraina erst recht die Tränen die Wangen hinunterkullern, tröstend hinzu, indem er ihr seine Hand auf den Arm legt:

132

«Der kommt schon noch, da bin ich mir sicher. Plonk ist ja auch noch nicht zurück. Ich mache mir erst Sorgen um Rudy, wenn Plonk allein zurückkommt.» In diesem Moment krächzt es vom Dach des Checkpoints. Die drei Teenager wenden sofort ihre Blicke zum Zollhäuschen. Die Wachposten glotzen ebenfalls hinauf zum Raben, der auf dem Dach hin und her stolziert wie die königliche Garde vor dem Buckingham Palast.

In diesem Moment überquert eine schicke Limousine mit russischem Kennzeichen die Grenze nach Westberlin. Die Wachhabenden auf der Ostseite werfen nur einen kurzen Blick ins Wageninnere und salutieren, dann winken sie den Wagen durch. Auf der Westseite das Gleiche. Plonk krächzt wachsam. Den drei Teenagern stockt der Atem, als der Wagen direkt vor ihnen zu stehen kommt: Drinnen sitzt ein russischer Offizier, und sie weichen instinktiv zurück. Die Fahrertüre öffnet sich, und ein umwerfend gut aussehender Mann in einer prächtigen Uniform steigt aus. Die drei schreien unisono «Rudy» und stürzen sich auf ihn. «Wo zum Teufel hast du die Karre und den Fummel her, sogar mit Orden, Pistole und allen Schikanen. Respekt, Herr Major Fuckoff!», lacht Leon und klopft Rudy hart auf die Schulter. Dieser zuckt zusammen, grinst und erwidert: «Ich heisse jetzt Major Sergej Smirnov. Wie kommst du auf Fuckoff?» – «Ein dummer Scherz: <fuck off> bedeutet doch <Hau ab!>. Und abgehauen, das bist du ja in meisterlicher Art und Weise!» Rudy blickt etwas verlegen auf die Limousine und erklärt: «Eine GAZ-13 Tschaika, sozusagen ein russischer Cadillac, fast 200 PS, ein V8-Motor mit über fünf Litern Hubraum, aber leider nicht die Cabrio-Version.»

Jetzt wollen natürlich alle Rudys Geschichte hören und nicht das technische Handbuch der Limousine erklärt bekommen. Doch dazu wollen sie den Ort wechseln, denn die Wachposten linsen bereits misstrauisch zu ihnen herüber. Plonk krächzt erneut, was wie eine Warnung klingt.

«Los, weg hier, wir fallen langsam auf!», warnt Seraina, und «Offizier» Rudy flüstert: «Steigt ein!» Offenbar sitzt kein Chauffeur am Steuer, wie Rudys Freunde erstaunt feststellen, als sie einsteigen. Sie hoffen, dass sie nicht beobachtet werden. Zur allgemeinen Verblüffung setzt sich Rudy selbst ans Steuer und startet den Motor. Sie fahren weiter in den Westsektor Berlins hinein und halten Ausschau nach einem Ort, wo sie sich vorläufig niederlassen könnten. «Eine kleine Kneipe wäre nett!», bemerkt Leon, und die Mädchen pflichten ihm bei: «Ja, es ist zwar nicht kalt, aber wir waren die ganze Nacht draussen, und ich hätte gern ein richtiges WC», drängt Seraina, und Margarethe nickt. Nach längerer Herumfahrerei durch um diese Uhrzeit fast menschenleere Strassen passieren sie ein Gebäude, das wie ein Wirtshaus aussieht, weil ein Schild an der Fassade aufgehängt ist. «Zum Goldenen Löwen, das passt!», ruft Leon erfreut. – «Hier kann ich doch nicht einfach parkieren, direkt vor der Türe!», gibt Rudy zu bedenken. «Das ist viel zu auffällig. Immerhin ist das Auto gestohlen!»

Die anderen drei werfen dem Fahrer entsetzte Blicke zu, doch bevor jemand sprechen kann, gibt ihnen Rudy Anweisungen, nach einem versteckten Parkplatz Ausschau zu halten. «Wie wär's mit dem Bretterverschlag dort vorne?», schlägt Leon vor. Rudy dreht seinen Kopf nach rechts und nach links: «Werden wir nicht beobachtet? Ich fahre lieber noch eine Runde um den Block.» Als sie es für sicher erachten, stellen sie die auffällige Limousine hinter einer Bruchbude ab, wobei Rudy darauf bedacht ist, den Schlaglöchern auszuweichen: «Wenn wir hier steckenbleiben, haben wir die Karre gesehen! Und die brauchen wir noch!»

Als sie aussteigen, sieht sich Margarethe nach ihrem Raben um. Plonk gibt ein leises Krächzen von sich, um ihr Mut zu machen. Er folgt ihnen wie ein Schatten. Endlich sind sie bei der Kneipe angelangt, wo sie sich einen Tisch in einer Ecke suchen, die Toilette benutzen und das wenige Geld, das Leon verdient hat, in Speis und Trank investieren wollen. Doch da wedelt Rudy mit einer dick gefüllten Brieftasche. Die drei andern staunen Bauklötze. Leon ist fast ein bisschen eingeschnappt – da stibitzt ihm dieser Computernerd schon in Rom den Ruhm, und jetzt in Berlin toppt er das Ganze mit einer fulminanten Rückkehr! Die anderen waren teilweise mit Handschellen sowie vollkommen mittellos und nur dank der Hilfe eines Raben zum Checkpoint Charlie gelangt. Zudem musste sich Leon fürs Frühstück die ganze Nacht abrackern. Nicht aber Rudy, nein, der fährt, in die überaus kleidsame sowjetische Uniform eines Ost-West-Verbindungs-Offiziers gewandet, per Bonzenschlitten vom Ostsektor her seelenruhig durch die als unbezwingbar geltende Berliner Mauer. Es ist so fantastisch, dass es fast nicht zu glauben ist!

«Es war reiner Zufall», beginnt Rudy seinen Bericht, und gespannt hängen seine drei Freunde an seinen Lippen, während sie sich eine warme Gemüsesuppe genussvoll zu Gemüte führen. «Nachdem ich von der Brücke gesprungen bin und mich schwimmend nach Potsdam retten konnte, habe ich mich zuerst im Park von Sanssouci versteckt. Der ist riesig und wunderschön, voller uralter Bäume, kunstvoller Statuen und prunkvoller Gebäude – und nachts auch menschenleer. Und das dachte wohl auch dieser Offizier. Er hielt in einem Pavillon in dieser lauen Sommernacht ein Schäferstündchen mit seiner Geliebten. Da meine Kleider pitschnass waren und ich zu frieren begann, dachte ich mir: So ein Kleidertausch ist was ganz Praktisches. Das Liebespaar war so sehr mit sich selbst beschäftigt, dass es mich nicht bemerkte. Ich hätte zu gern seinen Gesichtsausdruck gesehen, als er bemerkte, dass statt seiner Uniform meine durchweichten Klamotten in der Ecke des Pavillons lagen. Aber das abzuwarten, dafür fehlte mir die Zeit.» Leon lacht auf, die Mädchen kichern. Rudy geniesst die Aufmerksamkeit und erzählt weiter: «Ich schnappte mir seinen Dienstwagen, in dem zum Glück kein Chauffeur sass – vermutlich hatte er dem frei gegeben – und fuhr, so rasch ich konnte, um Westberlin herum. Es war ja klar, dass ich nur durch einen offiziellen Grenzübergang wieder reinkommen konnte nach Westberlin. So habe ich die Nacht damit verbracht, durch die DDR zu fahren.» – «Fahren sagst du? Du besitzt ja keinen Führerschein in deinem Alter und tuckerst nichtsdestotrotz seelenruhig durch das getrennte Berlin!», bemerkt Leon und nervt sich über Rudys süffisantes Grinsen, der kontert: «Hey, ich habe in Rom das Wagenrennen gewonnen, was schreckt mich da eine sowjetische Offizierslimousine!» – Leon grummelt etwas in seinen nicht vorhandenen Bart, doch die überglücklichen Mädchen drängen Rudy, weiterzuerzählen. «Nun ja», fährt Rudy fort, «dann gibt es eigentlich nicht mehr viel zu erzählen, ausser, dass ich besser vorankam, als mich Plonk gefunden und mich zum Checkpoint Charlie gelotst hat.» Margarethe wird erneut warm ums Herz, und sie schickt in Gedanken einen Kuss zu Plonk, der draussen vor der Kneipe auf dem Sims geduldig wartet. Der Rabe ist bisher der wahre Held von Berlin, das schleckt keine Geiss weg.

Seraina ist es, die voller Erleichterung über Rudys Rettung das Ganze zusammenfasst: «Nach dieser Wiedervereinigung sieht es doch ganz gut für uns aus – sorry, ich meine: alles jut! Wir sind motorisiert, geniessen den Schutz eines Verbindungsoffiziers, haben genug Geld und können uns frei bewegen!» – «Zugegeben, es war ein glamouröser Auftritt von unserem Rudy! Nur fehlt uns noch der Hinweis auf das bevorstehende Unglück», wendet Margarethe ein und merkt, dass sie gerade die gute Stimmung verdorben hat. «Und ausserdem haben wir ein Problem: Wir fahren eine gestohlene Offizierslimousine, und erst noch eine von den Sowjets!» Doch Seraina lässt sich nicht mehr so schnell ins Bockshorn jagen, seit ihr Rudy wieder da ist. Sie erwidert darauf gelassen: «Eines nach dem anderen. Zuerst aber habe ich eine persönliche Mission zu erfüllen...» Nachdem sie den anderen von den bettelnden Kindern erzählt hat, denen sie begegnet ist, stimmen alle dafür, zuerst denen eine gute Mahlzeit zu bezahlen und erst danach ihre eigentliche Mission zu erfüllen. – «Da sammeln wir gutes Karma! Und anschliessend gönnen wir uns mindestens eine Nacht in einem Luxushotel, denn ich könnt im Stehen einpennen», fügt Leon hinzu und bläst zum Aufbruch.

15
Westberlin anno 1966

Rudy hatte zwar noch seine Bedenken geäussert, aber tatsächlich findet Seraina den Ort wieder, an welchem die bedauernswerten Kinder sie um Geld angepumpt hatten. Dank ihrer vagen Erinnerungen an ein früheres Leben als Berlinerin findet sie sich gut zurecht, und ihr Orientierungssinn hilft ihren Freunden. Sie bringen den Kindern Brot und Schinken aus der Kneipe mit, und die Kleinen stürzen sich begeistert darauf und eilen aber schnell davon, bevor ihnen jemand die Leckerbissen wieder abjagen könnte. Seraina strahlt erleichtert; ihr ist es warm ums Herz.

Margarethe wird jedoch mit der Zeit unruhig, da ihr nicht wohl dabei ist, in einem gestohlenen Dienstwagen eines Sowjetoffiziers kreuz und quer in Westberlin umherzufahren. «Wir sind viel zu auffällig!», gibt sie zu bedenken. «Wir sollten untertauchen!» Seraina zieht eine Grimasse: «Und wieder im Wald rumrennen oder in einem feuchten Bunker kauern, darauf hab ich echt null Bock!» – «Warum denn so ungemütlich?», fragt Rudy süffisant und klopft auf seine Brusttasche, in der sich die Geldbörse befindet, «Gehen wir doch ins Luxushotel!»

Eine edle Herberge in Berlin im Jahr 1966 zu finden, ist weniger schwierig, als sie sich ausgemalt hatten. Das Klumpinsky-Hotel befindet sich nicht weit vom Checkpoint Charlie und von Brandenburger Tor, und es ist schon von Weitem gut zu erkennen. Wie V.I.P.s fahren sie vor, und da Auto und Uniform von einer hochrangigen Persönlichkeit zeugen, werden sie hochachtungsvoll empfangen. Rudy meistert die Situation brilliant beim Check-In, spricht mit russischem Akzent, und da in dem Geldbeutel auch ein Ausweis ist, kann er sogar unter «richtigem» Namen einchecken. «Ist das nicht etwas riskant?», äussert Seraina ihre Bedenken. «Wenn der Offizier sein Auto als gestohlen meldet, was dann?» – «Wir sind im Jahr 1966, liebste Raina!», muntert sie Leon auf. «Da kann ein Autodiebstahl nicht so schnell gemeldet werden. Es gibt kein Internet, keine Handys…» – «…und ausserdem ist es im Kalten Krieg besonders peinlich, wenn ein Russe Uniform und Auto verliert! Erstens will er das nicht gleich seinen Vorgesetzten melden, und zweitens ruft er sicher nicht die Amis an und fragt, ob sie das Zeug gefunden haben!», grinst Margarethe.

Bereits in der Eingangshalle staunen die vier über den Prunk, den dieses altehrwürdige Hotel verschwenderisch präsentiert. Der Hotelpage in goldknopfbestückter Livrée möchte ihr Gepäck entgegennehmen und wundert sich, dass sie keines besitzen. Rudy erklärt in gebrochenem Deutsch: «Wirr kaufen Kleiderr in Hotel» Denn er hat bereits die Boutiquen bemerkt, die in der grossen Hotelhalle untergebracht sind. Die Mädchen machen bereits grosse Augen angesichts der Pracht: Im Schaufenster sind hübsche, aber in ihren Augen altmodische Sommerkleidchen ausgestellt, die eindeutig für ein zahlungskräftiges Publikum gedacht sind. «Na, seht ihr, die Luxusklamotten findet ihr direkt im Luxushotel», bemerkt Leon, und der Hotelpage erklärt stolz: «Für uns're Jäste bietet das Grand Hotel Klumpinsky nur das Beste! Damit Se sich nisch die Füsse dreckisch mach'n müss'n, krie'nse alles hier drinne!» Er erzählt weiter, dass das Hotel bereits 1891 erbaut wurde von einem wohlhabenden Unternehmer und dass es das älteste Hotel in Westberlin ist. Beeindruckt quittieren die Teenager die Marmorsäulen und die geschwungene Freitreppe, die aus der Eingangshalle hinauf führt in den offenen, zur Halle hin balkongesäumten ersten Stock. Ein riesiger Kristallleuchter im Goldton, der sich nach unten verjüngt, erhellt die Halle, und an den Wänden ziehen sich Goldborten mit vergoldeten Leuchtern durch den ganzen Raum.

Der Page fährt die vier neuen Gäste im Fahrstuhl zu einer Suite, welche Rudy gebucht hat. Der «Offizier» gibt dem Hoteldiener ein fürstliches Trinkgeld, dann schliesst er die Türe. Sie horchen, bis die Schritte verhallt sind, dann entfährt Leon ein Jauchzer: «Yeeehaaa, das ist ja der Wahnsinn!» Mit Schwung hebt er seine Mäggy hoch und lässt sich mit ihr in den Armen auf das grosse, weiche Sofa plumpsen. Sie kreischt vor Schreck und Vergnügen, und Seraina schnalzt mehrmals kopfschüttelnd: «O tempora, o mores!» Ungeachtet ihrer sportlichen Kleidung steht sie aufrecht wie eine Prinzessin und reicht ihrem Offizier elegant ihre Hand zum Handkuss. Rudy stutzt einen Augenblick, dann küsst er Serainas Hand und nimmt ihren Arm, um sie zu einem der Schlafzimmer zu führen. Die Flügeltüre ist riesig und goldbesetzt, und das Paar auf dem Sofa springt auf, um einen Blick ins Schlafgemach Nummer eins zu werfen: «Ist ja irre!», haucht Seraina beeindruckt. Das Himmelbett ist riesig, und die ganze Einrichtung ist wie in einem Königspalast. «Das nenn' ich mal ein Kingsize-Bett!», bemerkt Rudy erfreut und fügt süffisant hinzu: «Im Schlafzimmer Nummer zwei steht dann nur ein Queensize-Bett!» Schlagfertig reagiert Leon: «Umso besser, da können wir uns enger zusammenkuscheln!» Und er zieht seine Freundin fest an sich. Zwar stellt sich heraus, dass auch das zweite Schlafzimmer grosszügig ausgerüstet ist, aber für alle ist klar, dass sich der «Offizier» das grössere verdient hat. «Toll gemacht, Offizier Rudolfsky, du verdienst einen Orden – und das grösste Schlafzimmer!» – «Hm, und ich dachte, du willst immer den grösseren haben!», flachst Rudy freundschaftlich. – «Leon hat dafür die grössere Klappe!», setzt Seraina frech obendrauf. «Das hat er zuletzt im Wald bewiesen; wenn der loslegt, ist mein Rudolfino wirklich ein schweigsamer Heiliger!» Einzig Margarethe beteiligt sich nicht an der Herumalberei. «Was ist denn, Mäg?», erkundigt sich Leon besorgt. – «Wir sollten vorsichtig sein, und wir müssen uns überlegen, wie es weitergehen soll.» Rudy stöhnt: «Lass uns doch mal eine Ruhepause; ich hatte nonstop

Stress, seit sie uns verhaftet haben!» – «Stimmt, wir brauchen mal genug Schlaf», stimmt ihm Seraina zu, «…und ich meine, Schlaf!» – «Schade», findet sogar der müde Rudy.

«Zuerst aber brauchen wir anständige Kleider und sollten uns mal waschen», bemerkt Margarethe nüchtern. «Dann genug Schlaf, und morgen sollten wir hier verduften, bevor das gestohlene Auto bemerkt wird, das jetzt in der Hotelgarage versteckt ist – mit Valet Parking!» Die anderen drei stimmen ihr zu, und vergnügt fahren sie im Lift hinunter in die Hotelhalle, um sich in den Läden umzusehen. Sie haben Rudys Geld gezählt und festgestellt, dass sie noch genug West-Mark haben, dass sich alle vier eine ordentliche Garderobe leisten können. Weil es damals noch keine Kreditkarten gab und Major Smirnov wahrscheinlich einen längeren Aufenthalt in Westberlin geplant hatte, ist sein Portemonnaie dahingehend gut bestückt. Bezüglich Ost-Mark ist Smirnovs Geldbeutel eher knapp bei Kasse – vermutlich hat er es in der DDR krachen lassen.

Die Jungs machen grosse Augen, und Rudy pfeift, als die Mädchen beide kichernd in modischen Minikleidern aus der Garderobe kommen. Margarethe ist es etwas peinlich, da sie sonst nie kurze Röcke trägt, aber Seraina sieht hinreissend aus und bewegt sich selbstbewusst. «Hey, Mäg, das steht dir, so ein kurzes Kleidchen!», staunt Leon, und Rudy nickt bewundernd, ist dann aber hin und weg, als er Seraina genauer betrachtet. Sprachlos starrt er sie an, und Leon küsst seine Mäggy und betrachtet dann Seraina interessiert: «Mäg sieht umwerfend aus, aber Seraina schiesst den Vogel ab! Mit diesem irren Muster bist du optimal für die Flucht gerüstet.» – «Pscht!», herrscht ihn Rudy an, der wieder aus seiner Erstarrung erwacht ist. «Wir wollen doch nicht auffallen!» – «Soll ich was weniger Auffälliges probieren?», schlägt Seraina etwas enttäuscht vor. – «Im Gegenteil, auffällig ist gut, das heisst, wir haben nix zu verbergen!», findet Leon. «Na was jetzt? Auffällig oder nicht?», fragen die Mädchen fast gleichzeitig, und die Jungs zucken mit den Achseln. «Na dann auffällig, aber nicht zu sehr...», bietet Rudy Hand zu einem Kompromiss und fügt hinzu: «Ich selber sollte mir Ersatzkleider besorgen, meine Uniform ist definitiv zu auffällig.»

Die Mädchen drehen sich und betrachten sich im Spiegel, und auch Margarethe gefällt sich ausnehmend gut in dem kurzen Kleidchen, das im Uni-Ton gelb und gerade geschnitten ist. «Bin froh, hat das keinen grossen Ausschnitt, dann zeig ich lieber Bein!» – «Und deine gut trainierten Beine musst du wirklich nicht verstecken, Mäg», findet Leon anerkennend und umarmt seine Liebste. Seraina scharwenzelt derweil um ihren Rudolfino und wackelt kokett mit ihren Hüften: «Und ich, gefalle ich dir nicht?» – «Im Gegenteil – du haust mich um!»

Sie besorgen sich auch Pyjamas, das heisst, die Mädchen lassen sich zu hübschen seidenen Négligées überreden von ihren Lovern. Die Jungs bemühen sich nun auch um Kleider, wobei Rudy darauf besteht, dass die Mädchen sich nicht in die Wahl einmischen: «Das ist Männersache!» Leon pflichtet ihm bei: «Geht ihr einen Tee trinken im Salon! Die Modeschau verschieben wir auf später!»

«Und jetzt ab ins Bad!», drängt Leon, als auch er und Rudy ausgerüstet sind. Für Badehosen beziehungsweise Bikinis hat das Geld gerade noch gereicht, denn das Nobelhotel verfügt natürlich über ein Schwimmbecken, welches grosszügig und edel ist. «Sind das griechische oder römische Säulen?», möchte Seraina wissen. Am Fussende des Beckens ist an der Wand ein Brunnen mit Löwenkopf, welcher für Erheiterung sorgt. Nach langer Anspannung sind die vier Freunde für einen Augenblick unbeschwert und plantschen vergnügt im Becken herum; Leon zieht ein paar Längen, und auch seine Freundin schwimmt mit Begeisterung. Whirlpools waren damals noch kein Thema, aber es gibt ein warmes Thermalbecken, in welchem es sich Seraina und Rudy gemütlich machen. Die Paare geniessen die Zweisamkeit, merken aber alle, wie müde sie sind, und bald zieht es sie in ihr luxuriöses Appartement. Sie beschliessen, per Zimmerservice ihr Abendessen zu bestellen, weil sie einerseits müde sind und andererseits nicht auffallen wollen.

Nach dem Abendessen zwinkert Seraina ihrer Freundin noch vielsagend zu, als Rudy murmelt: «Ich bin müde. Ich will nur noch schlafen.» Sie sieht noch aus dem Augenwinkel, wie Leon nach Margarethes Handgelenk greift und sie zu sich heranzieht, dann schliesst Seraina die Flügeltüren, welche die beiden Zimmer voneinander trennen. Nun richtet sie ihre volle Aufmerksamkeit auf Rudy, der noch in voller Montur in seiner hochdekorierten Uniform dasteht. Er blickt aus dem Fenster und sieht aus, als denke er sehnsüchtig an sein Smartiefon, das ihm die Amerikaner abgenommen haben bei der Festnahme. Offensichtlich ist er mit den Gedanken überall, nur nicht bei seiner Liebsten. Diese nutzt die Gelegenheit, sich schnell und unbemerkt auszuziehen. Dann legt sie das neue Négligée an. Ein Blick in den goldumrandeten Spiegel zeigt ihr, dass es sehr hübsch aussieht. Seraina tänzelt zu ihrem Rudy und umarmt ihn von hinten, legt ihre Hände auf die Epauletten seiner Uniform und säuselt: «Rudolfino mio, willst du dich nicht mit dem anderen Cybertool beschäftigen?» Er dreht seinen Kopf zu ihr und küsst sie zärtlich, dann wendet er sich seiner Liebsten ganz zu, schluckt und blinzelt, als staune er, was für eine Zauberfee da vor ihm steht. «Mein fescher Offizier, mein Held!», schmachtet ihn Seraina an, und Rudi schluckt erneut, Schweissperlen treten auf seine Stirn… «Der Kragen ist doch viel zu eng, möchtest du dich nicht etwas entspannen?» Bei diesen Worten rutscht wie zufällig ein Träger des blauen Négligées von Serainas Schulter…

Währenddessen, auf der anderen Seite der Flügeltüren, schweben Margarethe und Leon eng umschlungen im siebten Himmel und küssen sich intensiv, gedankenverloren und leidenschaftlich. Ohne das feurige Küssen zu unterbrechen, hebt Leon Margarethe sachte vom Boden hoch und trägt sie zum königlichen Bett, wo er sie behutsam auf die weiche Matratze legt. Nun streifen sie ein Kleidungsstück nach dem andern ab, während sich ihre Münder immer noch gierig treffen. Es fällt kein Wort, die beiden sprechen mit ihren Körpern – mit den Lippen und den Händen, die jetzt keinen Stoff mehr zu entfernen haben, sondern die Freiheit ausleben, jeden Zentimeter Haut des Gegenübers zu erkunden. Das Liebespaar vergisst nach und nach alles um sich herum – den Kalten Krieg, das edle Hotel, ihre Mission, die Zeit überhaupt. An eines noch denken die beiden: Beiläufig zupfen sie an den seidenen Schnüren, die die Vorhänge des Himmelbetts offen halten. Ein Vorhang nach dem andern fällt, und das Liebespaar versinkt nun komplett in einer zeitlosen Glückseligkeit.

* * *

Am nächsten Morgen besteht Leon darauf, die prunkvolle Badewanne auszuprobieren und kann auch Margarethe dafür gewinnen, obwohl sie langsam wieder unruhig wird und in Gedanken bereits unterwegs ist. «Wenn wir schon einmal im Leben im Klumpinsky sind, möchte ich wenigstens in dieser goldenen Badewanne gebadet haben mit meiner Liebsten!» Diese weist auf die Löwenfüsse hin, die das Becken tragen, zu Leons grosser Freude. Rudy und Seraina bestellen derweil Frühstück für alle und wälzen im Salon Pläne, wie sie weiter vorgehen sollen. Der falsche Offizier vermutet, dass es in dem Dienstwagen einen Empfänger gibt, der verschlüsselte Nachrichten abfangen kann. Da das Auto in der Hotelgarage steht, kann er das jedoch noch nicht ausprobieren. «Vermutlich haben wir da unten keinen Empfang. Aber ich möchte gern wissen, ob wir etwas in Erfahrung bringen können.» Seraina nickt und ruft in Richtung Badezimmer: «Macht mal vorwärts, ihr Wasserratten, wir haben eine wichtige Mission!»

Bewusst checken sie noch nicht aus, weil sie kein Aufsehen erregen wollen und zudem befürchten, dass das restliche Geld bei weitem nicht ausreicht, um die Suite zu bezahlen. «Zechprellern geht's sicher übel!», vermutet Rudy, der wieder seine Uniform trägt, damit er problemlos seinen Dienstwagen zurückerhält und unterwegs nicht angehalten wird: Vor sowjetischen Offizieren hatten die Leute auch im Westen Respekt. Doch er hat Zivilklamotten unterm Arm, um bei Bedarf die Kleider zu wechseln. Leon trägt eine gut geschnittene Leinenhose und ein sommerliches Hemd mit einem für damalige Zeit modischem Streifenmuster. Die Mädchen mustern ihn belustigt. «Wie ungewohnt!», findet Seraina, und Margarethe geht um ihren Freund herum und kommentiert: «Aber die Hosen sitzen verdammt gut!» Seraina kichert: «Geiler Arsch!» Leon zieht eine Augenbraue hoch: «Willst du mich beleidigen oder mir ein Kompliment machen?» Rudy räuspert sich ungeduldig und besteht darauf, dass Leon fährt: «Du bist alt genug für den Führerschein! Und ich muss mich um den Empfänger kümmern.» Leon nickt: «Null Problem, ich hab zwar meinen Führerschein nicht dabei, aber du haust uns da schon raus, wenn ich eine Geschwindigkeitsbusse einfahre, Major Fuckoff!» Seraina schickt ihm einen fragenden Blick: «Mal im Ernst, hast du den Führerschein, Leo?» – «Ja, klar!», gesteht er freimütig. «Und jetzt schau mich nicht so entsetzt an, Rai! Ich kann Umweltaktivist sein und trotzdem mobil sein, wenn es drauf ankommt, das ist sogar wichtig!» Dann wendet er sich an seine Freundin: «Mäg, lotst du mich bitte? Ich kenne mich in diesen Sektoren nicht so gut aus; ich weiss zwar, wie das auf der Karte aussah im geteilten Berlin, aber wenn man mittendrin ist, fühlt sich das nochmals anders an!» – «Allerdings! Aber eigentlich kennt sich Rai besser aus in Berlin. Ausnahmsweise lass ich sie an deine Seite», meint Margarethe pragmatisch. Und so kommt es, dass Leon und Seraina vorne sitzen, während Rudy

und Margarethe den Spionagejob auf den hinteren Plätzen übernehmen.

Rudy mustert den Innenraum des Wagens sehr genau, da fallen
ihm Rillen auf der inneren Verschalung der Tür auf, durch die er
in den Wagen gestiegen ist. Diese Rillen kommen ihm spanisch
vor – sie sind zu tief geraten, um lediglich der Zierde zu dienen.
Mit den Fingernägeln versucht er, die vermeintliche Abdeckung
wegzuklappen. «Autsch!», flucht Rudy, und sein Zeigefinger
wandert in den Mund – er hat sich einen Nagel eingerissen.
«Lass mich mal», schlägt Margarethe vor und beugt sich über
Rudys Oberschenkel, um an die Türverkleidung neben Rudy
ranzukommen. Der Wagen schaukelt dabei. Leon blickt in den
Rückspiegel und grunzt: «Hey, was macht ihr da auf dem Rück-
sitz? Mäg, wo hast du deinen Kopf?» Als ein Klicken darauf
hinweist, dass das Geheimfach jetzt wohl offen sein muss, richtet
sich Margarethe wieder auf, um etwas atemlos Leon zu antworten: «Es war nicht das, wonach es aussah.» – «Nach was sah es
denn aus?», fragt Rudy mit einer Unschuldsmine, da räuspert
sich Leon absichtlich laut und gespielt verärgert. – «Wir haben
ein Geheimfach geknackt», fügt Margarethe hinzu und grinst in
den Rückspiegel. Leon grunzt zum Spass: «So heisst das also
neuerdings…» – «Hey, Leute, hört auf herumzualbern, da sind
Nachrichten in dem Geheimfach drin», bringt sich Rudy ein und
geht schnell die Papiere durch. «Cool, zeig her! Vielleicht gewinnen wir Zeit, oder wir finden sogar die gesuchte Informati-
on», freut sich Margarethe und will einen Teil der Nachrichten
aus Rudys Hand nehmen. Dieser wehrt ab: «Lass mal! Hör dir
lieber das an! Der gute Smirnov hat von den Franzosen eine Geheimnachricht bekommen, die er netterweise gleich entschlüsselt
und hier unten aufgeschrieben hat. Die russischen Anmerkungen
kann ich leider nicht verstehen, aber auf Französisch steht
Schwarz auf Weiss: *L'ingénieur de l'Adolphe Invisible va fuir le
secteur est la soirée du 30 juin à partir de la place de sport à
Berlin-Neukölln. Le secret sera révélé aux américains.*» – «Fran-

146

zösisch kommt mir erst recht spanisch vor, zeig mir lieber die russischen Anmerkungen!», stöhnt Leon, da meldet sich Seraina: «Hey, das ergibt Sinn!» – «Du verstehst was, Rai?», fragt Margarethe erfreut. – «Ja klar! Wie ist das <Invisible> geschrieben, gross oder klein?» Rudy reicht ihr den Zettel nach vorne, und Seraina jauchzt: «Mir scheint, die Franzosen verraten einen Ost-West-Überläufer an die Russen, weil er ein Geheimnis über ein militärisches Gerät namens <Unsichtbarer Adolf> an die Amerikaner und nicht an die Franzosen verkaufen will. Nette Alliierte – bei solchen Freunden brauchst du keine Feinde!» – «Ist doch überall so, jeder will sich einen Vorteil verschaffen, und wenn er ihn nicht kriegt, bootet er den Konkurrenten aus...», seufzt Margarethe. – «Oder er verpfeift den Überbringer der News... Vielleicht ist aber auch ein weiterer Geheimdienst am Werk, der Ost und West gegeneinander auszuspielen versucht...», fügt Leon hinzu, «Aber wirklich weiter hilft uns diese seltsame Nachricht nicht, oder?» – Seraina setzt ein wissendes Lächeln auf: «Und weiter steht: Der Überläufer startet am Abend des 30. Juni seine Flucht auf einem Sportplatz in Berlin-Neukölln. Zufällig habe ich mich in der Lobby nach dem exakten Datum erkundigt, wir haben heute den 30. Juni.» – «Chapeau, Mademoiselle Capaule», flachst Leon und macht eine Handbewegung, als würde er einen imaginären Hut vom Kopf nehmen. «Hände aufs Lenkrad, du Fahrschüler!», zischt Rudy, weil er bemerkt, dass der Wagen auf die Gegenfahrbahn zu gelangen droht. Mit einem abrupten Schlenker, der die Wageninsassen durchschüttelt, korrigiert Leon sein Malheur. Für ein paar Sekunden sind alle vier still.

Dann meldet sich Rudy zu Wort: «Verstehe ich das richtig: Ihr denkt, wenn wir den Ingenieur retten gehen, verrät er uns zum Dank das Geheimnis. Und dieses Geheimnis könnte die Info sein, die wir suchen?» – «Exactement, Majeur Phouque-ophe!», blödelt Leon weiter. Margarethe und Rudy blicken sich ratlos an, doch Seraina drängt die anderen schon fast, sich in dieses Abenteuer zu stürzen: «Hey, das ist bestimmt für uns gedacht. Warum sonst wäre uns das alles passiert? Wieso stolpern wir über eine Nachricht, die genau jenen Tag erwähnt, an dem wir sie finden? Das ist doch alles kein Zufall!» – «So ist es, im Buddhismus gibt es keine Zufälle. Alles ist Karma...», unterstützt Leon Seraina, doch Rudy grunzt: «Scheisskarma! Begreift ihr eigentlich, was das bedeutet? Wir müssen nach Ostberlin, zu den Russen, denen ich knapp entronnen bin, um einen Sportplatz aufzusuchen, auf dem es sicher von Spitzeln wimmelt, von Stasi-Schergen und russischen Topagenten!» – «Perfekt, dann ist der Meisterspion Wladimir Pugin ja unter seinesgleichen heut Abend!», bringt es Seraina auf den Punkt. Rudy seufzt und gibt nach. Leon wendet den Wagen und fährt zurück zum Hotel, wo sie sich bei einem guten Mittagessen, bei dem alle ihre neu erworbene 1966er-Kleidung tragen, einen Plan zurechtlegen wollen.

16
Das Geheimnis im Moor

«Der Plan ist einfach», flüstert Leon und wischt sich mit einer edlen Serviette geziert den Mund ab, «Zum Sportplatz, Ingenieur packen, in den Kofferraum sperren und zurückfahren.» – «Of course, Mister Bond!», kontert Rudy und verdreht die Augen, «Sicher ist uns nur ein One-Way-Ticket für ein lebenslängliches Bed-and-Breakfast in Sibirien, wenn wir das durchziehen…» Weil gerade der Hauptgang serviert wird, verstummen die vier Teenager. Margarethe nutzt die Ruhepause, um nach Plonk Ausschau zu halten. Er tut sich etwas abseits der Tische am Hundefutter gütlich, das auf der Hotelterrasse in einem silbernen Fressnapf dargeboten wird und eigentlich für einen kleinen Schosshund gedacht ist. Dieser aber hockt eingeschüchtert unter dem Stuhl seines Frauchens und blickt Plonk entsetzt und erschreckt zugleich an.

«Was ist dein Plan, Wladi?», wendet sich Margarethe an Rudy, der einmal tief einatmet und dann erklärt: «Ok, bin dabei, aber dann müsst ihr mir vertrauen. Wir fahren zu diesem Sportplatz. Berlin-Neukölln ist zum Glück nicht weit vom Checkpoint Charlie. Wir parken den Wagen etwas abseits und schlendern in Zivilkleidung kurz vor Sonnenuntergang am Sportplatz vorbei – zwei unauffällige Paare, die einen Abendspaziergang machen. So können wir uns ein Bild machen, woher der Überläufer kommt. Ich gehe davon aus, dass er ein selbstgebautes Leichtflugzeug irgendwo dort versteckt hat. Warum sonst würde er dort seine Flucht beginnen? Dort hat es eine Rennbahn…» – «Autorennen? Nicht schon wieder eine Arena!», stöhnt Seraina, doch Rudy winkt ab: «Leichtathletik. Aber egal, er will diese Bahn als Startbahn für sein Leichtflugzeug nutzen.» – «Aber ist so eine

Bahn nicht zu kurz?», wendet Margarethe ein, doch Rudy winkt ab: «Für einen Deltasegler, der einen einigermassen starken Motorradmotor hinten montiert hat und einen passenden Propeller trägt, reicht das vollkommen. Das einzige Problem ist das Gewicht. Aber so ein Ingenieur wird das berechnen können, ohne auch nur einen einzigen Testflug gemacht zu haben.» – «Das tönt gefährlich, der Propeller könnte ihn köpfen! Warum denkst du, dass es genauso passieren wird?», fragt Margarethe, nicht besonders überzeugt von Rudys Ausführungen. – «Ganz einfach, Mister Superschlau hat doch immer Recht», seufzt Leon, dem bisher wenig gelungen ist und der deshalb nicht wirklich motiviert ist. Doch Rudy hat eine plausible Erklärung parat: «Weil ich mich an einen Bericht erinnern kann, wo einer genau das gewagt hat.» – «Erfolgreich?», fragt Margarethe, und fügt auf Rudys Nicken hinzu: «Warum warten wir nicht einfach hier ab, dass er hergeflogen kommt und schnappen ihn uns, bevor es die Amis tun?» – «Weil er uns dann nichts verrät», wendet Seraina treffsicher ein, «nur wenn wir ihn vor einer Festnahme durch die Russen oder die Stasi bewahren, ist er uns zu Dank verpflichtet. Nur dann erzählt er uns, was es mit diesem unsichtbaren Adolf auf sich hat.» Als Rudy auf eine grosse Wanduhr schaut, erbleicht er: «Wir müssen los. Lasst uns noch in die Suite raufgehen und uns frisch machen.» Leon blickt sehnsüchtig auf den nur halb aufgegessenen Hauptgang, zudem passt es ihm gar nicht, das Dessert sausen zu lassen. Aber Rudy hat Recht, es ist schon deutlich nach zwei Uhr Nachmittags, und wenn sie die Lage um den Sportplatz in Ruhe auskundschaften wollen, sollten sie sich auf den Weg machen.

* * *

Den Checkpoint Charlie haben sie dank Rudys geklauter Uniform und dem dazugehörigen Ausweis problemlos passiert. Doch sie verlieren fast eine Stunde, weil sie den Sportplatz nicht sofort finden. Sie fragen ein altes Mütterchen, das ihnen den Weg beschreibt. Zum Dank, und weil sie so ausgemergelt aussieht, schenken ihr die Teenager die letzten Ost-Mark-Scheine aus Major Smirnovs Geldbeutel. Die alte Frau freut sich, als würde sie Weihnachten und Geburtstag in einem erleben. Sie winkt den Teenagern noch hinterher, die bald abbiegen und bei einem Park eine buschreiche Zone erblicken, wo sie den Wagen verstecken können. So parken sie hinter dem Gestrüpp an einer Mauer. «Man muss schon vom Weg ab, um den Wagen hier zu entdecken», findet Leon, und alle schauen sich mit einem mulmigen Gefühl im Bauch um – alle? Nein, Rudy wechselt seine Kleider. Als Offizier geht er hinter die Büsche, als Berliner Geschäftsmann kommt er wieder hervor. Serainas Augen funkeln, als sie ihren Rudy in dem schicken Anzug sieht. Er trägt eine karierte Hose und eine gefleckte Krawatte, dazu ein Woll-Sakko, das ziemlich bünzlig wirkt, aber Rudy ganz gut steht. «Nicht glotzen, unauffällig schlendern», schmunzelt Rudy, weil nun alle Augen auf ihn gerichtet sind. Er hebt den linken Ellbogen, damit sich Seraina einhaken kann. Leon tut es ihm gleich und fordert Margarethe auf, es Seraina nachzumachen. Nun schlendern die beiden Paare wie abgemacht seelenruhig im Park herum und gelangen so zum Sportplatz, der ziemlich runtergekommen wirkt. «Also da möchte ich nicht rumrennen, schaut euch die Schlaglöcher im Belag an. Wie will da einer ein Flugzeug starten?», äussert sich Leon gut hörbar und erntete drei «Pscht!». – «Teilen wir uns auf? Ru und Rai dort, ich mit Mäg hier entlang?», versucht Leon wenigstens etwas zum Gelingen ihrer Mission beizutragen.

Die Paare umrunden das Areal getrennt und in entgegengesetzter Richtung. Als sie sich wieder treffen, flüstert Leon: «Also wenn ich ein ganzes Flugzeug verstecken müsste, ich täte dies in diesem Geräteschuppen direkt auf dem Areal.» – «Vielleicht ist der Ingenieur ja in der Freizeit Platzwart hier, dann hat er, na ja, im wahrsten Sinne des Wortes, freie Bahn», meint Margarethe und und kratzt sich am Kopf, «aber etwas kommt mir komisch vor: Es ist viel zu übersichtlich hier, und der Sportplatz ist einge-zäunt. Wenn die Russen den Typen da einbuchten wollen, dann müssen sie sehr nah ran kommen. Der Ingenieur ist doch sonst gestartet, bevor die Spione den Zaun aufgeschlitzt und quer über den Platz zur Rennbahn gehechtet sind, wo der Start ohne Hin-dernisse erfolgen kann.» Leon macht eine anerkennende Mund-bewegung, und Rudy pflichtet ihr erstaunlicherweise auch bei. – «Die wollen ihn nicht verhaften, die wollen ihn vom Himmel holen…», hat Seraina einen Geistesblitz. Rudy schnippt mit den Fingern und flüstert: «Das ist es. Wir müssen ihn daran hindern, abzufliegen. Wir sollten da rein und uns im Schuppen verste-cken.» – «Na super, schon wieder in einem muffigen Raum ein-gepfercht!», stöhnt Margarethe, geht dann aber solidarisch mit. Glücklicherweise gibt es bereits schon ein Loch im Zaun, den Leon dank seiner kräftigen Arme vergrössert, so dass alle be-quem durchpassen, ohne die edlen Kleider zu beschädigen. Die Tür des Schuppens ist zwar abgesperrt, doch Serainas Haarna-deltrick funktioniert auch mit Sicherheitsschlössern.

«Boah, geiles Teil, die Flügel kann man sogar einklappen, so dass das Gerät nur noch die Breite eines Seifenkistenwagens hat. Aber was treibt die zwei Propeller an? Ein Rasenmähermotor?», fachsimpelt Leon, der als Erster eine Runde um das möglicher-weise fliegende Etwas macht. Er stolpert allerdings dauernd über irgendwelche Sportgeräte, weil es ziemlich eng ist im Schuppen. Rudy besieht sich den Flieger auch, aber erst, nachdem sich die Mädchen ebenfalls reingezwängt haben und er die Schuppentür hinter sich schliessen konnte. «Ich vermute eher ein Töffmotor, sowas, wie die Vierzehnjährigen schon fahren. Er ist clever, hat zwei eingebaut, erstens, damit er genug Schub für den Start hat, und zweitens als Sicherheit, falls einer den Geist aufgibt. Wär ja schön blöd, kurz vor dem Ziel abzustürzen», sinniert Rudy. – «Was ist, wenn er nicht reinkommt, weil das Schloss geknackt ist und er den Braten riecht?», fragt Margarethe beunruhigt. – «Ich hab es so platziert, dass es aussieht, als wäre es noch dran wie vorher, nur dass es die Metallschlaufe neben der Tür nicht umschliesst – er wird denken, er habe es nachlässig montiert», erklärt Rudy. – Leon seufzt: «Du denkst echt an alles!» – «Pscht!», macht Margarethe, «Jemand kommt, ich habe ein Quietschen vernommen, wie wenn einer die Tür im Zaun öffnen würde.» – «An Mägs Luchsohren kommt auch kein Normalsterblicher vorbei…», grinst Leon im Halbdunkel, denn der Schuppen lässt etwas Licht herein.

Die Spannung steigt. Jetzt hören auch die anderen Schritte vor dem Schuppen. Ein leises Fluchen, dann öffnet sich langsam die Tür. Die Teenager ducken sich, denn sie wollen, dass der Ingenieur möglichst weit in den Schuppen vordringt – was er auch tut. Und da springt Leon an ihm vorbei und stellt sich ihm in den Weg – eine Flucht aus dem Schuppen geht nun nur noch über Leons Leiche. Doch der ertappte Mann ist zahm wie ein Musterschüler und fragt mit einer Unschuldsmiene: «Wer hat dees Ding da reengetaan? Dees isch nich meen Fluchzeuch!» – Nun erhebt sich Rudy und spricht mit ruhiger Stimme: «Kommen Sie, wir wissen beide, worum es hier geht. Wir wollen Sie warnen… und retten. Die Russen wissen von Ihrem Fluchtplan, hier, lesen Sie diese Zeilen!» Und er streckt ihm die Geheimnachricht entgegen. Der Mann, ein eher unscheinbarer Typ um die Vierzig, versucht krampfhaft, etwas zu begreifen. «Tut mir leed, aber isch verschtee keen Französisch!», erwidert er erneut in seinem breiten ostdeutschen Dialekt. Rudy erklärt ihm den Inhalt, und weil russische Notizen um den französischen Text herum angebracht worden sind, kann sich der Mann vergewissern, dass Rudy ihm die Wahrheit sagt, denn Russisch versteht er ein bisschen. «Wir sind da, um Sie mit hinüber zu bringen. Wir besitzen ein russisches Auto und ein Visum für Westberlin. Vertrauen Sie uns», erhebt jetzt Margarethe ihre Stimme und blickt dem Fremden direkt in die Augen. Der Mann wirkt, als würde er gleich ohnmächtig. Leon hält ihn an den Schultern fest und hilft ihm, sich auf eine grosse Kiste zu setzen. Der mutmassliche Ingenieur schaut die Teenager einen nach dem andern an und mustert sie ausgiebig. «Beweist mir, dass ich euch vertrauen kann!», spricht er in einem erstaunlich festen Tonfall und in viel besser verständlichem Hochdeutsch. Rudy antwortet: «Sie wären schon lange in Haft oder tot, wenn wir Stasi-Leute oder Russenspione wären. Sie sind doch Ingenieur, oder? Sie wissen, wie man logisch denkt. Also, wäre es logisch, dass wir noch hier seelenruhig rumstehen und -sitzen, wollten wir Ihr Verderben? Nein, also bitte! Wir bringen Sie aus Ostberlin raus. Aber wir haben eine Bedingung: Sagen Sie uns, was es mit diesem unsichtbaren Adolf auf sich hat!»

Der Fremde schweigt eine Minute lang, den Teenagern kommt es aber vor, als wären es zwei Stunden. Schliesslich nickt er und beginnt: «Ich heisse Alexander Pietsch...» – «Peach wie Pfirsich?», fragt Leon und erntet böse Blicke der andern drei. – «Nein, mit I, E und T, das ist ein alter sorbischer Name...» – «...serbisch, meinten Sie», wendet Leon ein und wird von seinen Freunden mit Blicken fast erdolcht. – «Nein, sorbisch. Die Sorben, auch Wenden genannt, sind im Mittelalter aus Osteuropa in den Spreewald ausgewandert. Der liegt ja südöstlich von Berlin.» – «Ach ja, da wo es so viel Wasser hat, dass man bei jedem Schritt und Tritt aufpassen muss, nicht zu ertrinken...», flachst Leon und erntet Blicke, die beinahe tödlich sind. – «Im Fliess ertrinkt nur, wer zu faul ist, aufzustehen – das Wasser ist nicht tief. Nun ja, zum unsichtbaren Adolf: An diesem Tarnkappenbomber habe ich während der Zeit des Nationalsozialismus gearbeitet. Hitler wollte ein Kampfflugzeug, dass vom Radar nicht entdeckt wird. 1945 haben wir einen Prototyp mit zwei Wasserstoffbomben bestückt und wollten Moskau dem Erdboden gleich machen. Das Flugzeug ist in Norwegen abgestürzt...» – Margarethe gibt einen kurzen Schrei von sich. Jetzt wenden sich alle Blicke ihr zu. Sie stammelt: «Wo… wo… genau ist es abgestürzt?» Der Ingenieur antwortet vage: «In der Nähe eines sehr abgelegenen Fjords. Der Ort muss geheim bleiben, sonst fällt der Bauplan den Russen doch noch in die Hände. Und wozu wäre ein Stalin wohl fähig mit solch einer Waffe!» – «Na ja, die Amis sind auch nicht über alles erhaben…», wendet Rudy ein, doch Alexander Pietsch ist sich sicher: «Ohne Amerikaner hätte Stalin Europa längst überrannt, so wie es Hitler mit Russland vorhatte. Die Amerikaner sind wie die Königin auf dem Schachbrett: eine Macht, an der keiner vorbeikommt. Es bleibt beim Patt, niemand wagt den nächsten Zug. Und das soll so bleiben, darum will ich das Geheimnis aus dem Moor in Norwegen den Amerikanern verraten…» – «Ok, gut», meint Margarethe, «das ist ok, wir wollen den Bauplan nicht, wir wollen nur wissen, wo genau der Bomber liegt, weil wir nächsten Sommer dorthin fahren. Und… ich meine… man hat uns gewarnt… dass uns ein Unglück widerfahren könnte…» Sie ist unschlüssig, wie viel von der Wahrheit für den Ingenieur erträglich ist, doch sie muss sich nicht erklären, denn Pietsch antwortet: «Ihr bringt mich nach Westberlin und ich sage euch, wo der Bomber liegt. Das Wrack ist so tief im Moor drin, das kriegt ihr nicht raus. Und wenn die Amis von mir den Bauplan erklärt bekommen, sind sie sowieso schneller mit Bauen.» – In diesem Moment ist es Seraina, die einen Einwand hat: «Leute, die Nacht bricht herein, wir sollten schleunigst hier weg. Herr Pietsch, unser Auto steht im Park, gleich neben dem Sportplatz, es gibt ein Loch im Zaun, schnell!»

Sie sind alle sehr erstaunt, dass sie es unbehelligt zum Wagen schaffen. Nach anfänglichem Murren ist Alexander Pietsch bereit, sich im Kofferraum zu verstecken. Rudy wechselt wieder die Kleidung. Als Major Smirnov setzt er sich neben seinen Fahrer Leon auf den Beifahrersitz. Die Mädchen nehmen hinten Platz. Der Weg zurück ist etwas einfacher, weil sie sich gemerkt haben, wo sie durchfahren müssen. «Hoffentlich erstickt uns der

Ostpfirsich nicht da im Kofferraum», flachst Leon, der wieder einmal mit blöden Sprüchen seine innere Spannung abzubauen hofft. Doch es ist vergebens, alle vier kriegen weiche Knie, als sie sich dem Checkpoint Charlie nähern. Rudy versucht, cool zu wirken, aber dummerweise erinnert er sich genau in diesem Moment an eine Fernsehdokumentation, in der von einer Röntgenanlage die Rede war, um Fahrzeuge zu durchleuchten, die die Grenze nach Westberlin passierten. In so einem Fall wären sie geliefert. Die Sekunden ziehen sich hin. Vor ihnen steht eine andere Limousine, und der Beifahrer unterhält sich eine halbe Ewigkeit mit einem der russischen Grenzsoldaten. Als der Mini-Stau sich endlich aufgelöst hat, sind die vier Freunde an der Reihe. Rudys geklaute Identität erfüllt noch einmal seinen Zweck... und nun trennt sie nur noch ein amerikanischer Grenzsoldat vor der Erfüllung ihrer Mission.

Im Fernsehen käme jetzt Werbung, denkt sich Margarethe. Mittlerweile ist auch ihr Galgenhumor angesprungen. Und sie sieht sich schon wegen eines deutschen Bombers in einer französischen Nachricht, die besagt, dass er in Norwegen abgestürzt ist, hinter schwedischen Gardinen. Doch der Amerikaner lässt sie ebenfalls passieren, aber sein Gesichtsausdruck kommt ihr spanisch vor. Aus irgendeinem Grund hat sie ein ganz mieses Gefühl. Sie beugt sich zu Rudy vor und fordert ihn auf: «Wechsle die Kleidung, jetzt!» – «Da verrenk ich mich...» – Geistesgegenwärtig biegt Leon in eine düstere Nebenstrasse ein und hält den Wagen an: «Mäg hat Recht, Ru, wechsle die Klamotten, ich geh unseren Pfirsich aus der Dose befreien.»

Alexander Pietsch ächzt und stöhnt, als er aus dem Kofferraum der GAZ-13 steigt. Margarethe ist schnell zur Stelle und blickt sich gehetzt um: «Irgendwie ist mir das alles viel zu glatt gelaufen. Entweder sind die Russen strohblöde, oder hier läuft ein ganz mieses Spiel ab.» – «Ach was, mal den Teufel nicht an die Wand, zumal wir den in Form des Teufelsbergs ja schon bezwungen haben!», winkt Leon selbstsicher ab. Rudy und Seraina gesellen sich nun auch zu den anderen und erwarten gespannt, was der Ingenieur ihnen zu sagen hat. Er räuspert sich und druckst etwas herum. Zuerst bedankt er sich, weil er das Strassenschild über ihren Köpfen sieht und jetzt klar erkennt, dass er wirklich in Westberlin ist. Dann holt er aus: «Ok, ihr habt euren Teil der Abmachung anscheinend eingehalten. Dann muss ich wohl auch. Ich... nun ja... der Nazi-Bomber ist am Ostufer des kleinen Storfjords abgestürzt – am gleichnamigen Fjord-Ast des grossen Storfjords. Dort ist die südlichste Spitze des Fjords, eine ziemlich abgelegene Gegend. Die Bomben sind angeblich nicht explodiert. Ich vermute, sie sind noch scharf, ein falscher Tritt könnte sie zur Explosion bringen. Warum wolltet ihr das eigentlich so genau wissen?» – «Weil wir genau dort Ferien gebucht haben», erwidert eine sehr blasse Seraina. Alexander Pietsch schickt ihr einen fragenden Blick, doch es ist ihm eigentlich gar nicht so wichtig. Er ist einfach ganz zufrieden, dass seine Flucht glimpflich abgelaufen ist und er jetzt im Westen angelangt ist. Deshalb will er auch keine Zeit verlieren, hebt eine Hand zum Gruss und wendet sich zum Gehen.

17
Erschüttert, nicht gerührt

Erleichtert winken sie dem Flüchtling hinterher, alle vier mit dem guten Gefühl im Herzen, einer sinnvollen Sache gedient zu haben. «So, jetzt aber mal die Karre verschrotten und dann ab in unsere eigene Welt!», atmet Seraina erleichtert auf. – «Wieso verschrotten?», fragt Rudy überrascht und streichelt sanft über den Lack ihres Fluchtwagens. «Irgendwie ist mir das Wägelchen ans Herz gewachsen.» – «Ja, so eine Möwe fährt man schliesslich nicht jeden Tag», zeigt sich auch Leon verständnisvoll. – «Wieso Möwe?», wundert sich Seraina. «Für mich sieht er aus wie ein Cadillac. Einzig Margarethe ist angespannt, zischt «Schscht!», und ihr Freund will sie gerade necken, sie solle keine Spielverderberin sein, da krächzt ein Rabe. Alle vier drehen ihre Köpfe nach der Richtung, aus der es gerufen hat, sehen aber nicht Plonk, wohl aber eine Gruppe Soldaten, die rasch auf sie zueilt. So geräuschlos, wie sie erschienen sind, haben sie die Teenager überrascht, und es ist zu spät, ins Auto zu steigen oder die Flucht zu ergreifen, denn die Soldaten haben bereits ihre Sturmgewehre schussbereit in Stellung und sich um das Auto verteilt. Instinktiv heben die vier Jugendlichen ihre Hände und drängen sich mit dem Rücken zum Auto zusammen.

«Was sucht ihr da?», bellt einer der Bewaffneten barsch auf Englisch, seiner Uniform nach offenbar ein Höhergestellter. – «Wir... äh...», stottert Rudy, der seine Geistesgegenwart offenbar bereits in die Ferien geschickt hat. Auch Leon ist überrumpelt, und Seraina sieht die Bewaffneten entsetzt an. Margarethe hatte bereits ein ungutes Gefühl im Bauch und sieht dieses bestätigt. Sie ist keineswegs erstaunt, aber dennoch schockiert, dass sie so überrascht wurden. Erneut bellt der Offizier: «Was ist mit dem Wagen?» Jetzt tritt Seraina einen Schritt vor und spricht geistesgegenwärtig: «Der Wagen wurde gestohlen, und wir waren sozusagen Geiseln! Der Hauptverantwortliche ist gerade getürmt!» Das war nicht die Wahrheit, aber auch nicht ganz gelogen. – «Wer ist geflohen?», bedrängt sie der Offizier. – «Major Smirnov», antwortet Rudy. «Er war inkognito unterwegs, hier ist seine Uniform!» Mit diesen Worten bewegt er sich in Richtung Kofferraum, wird aber zurechtgewiesen: «Stillgestanden! – Leutnant Smith, Sie öffnen den Kofferraum!», gibt der Vorgesetzte seinem Untergeordneten Anweisungen. Als sie die Uniform finden, die Rudy geistesgegenwärtig gleich nach dem Grenzübertritt ausgezogen und in den Kofferraum gestopft hatte, murmeln die beiden etwas und werfen den Jugendlichen Blicke zu. Die Teenager versuchen, möglichst keine schuldbewusste Miene aufzusetzen. Sie stehen immer noch in der Schusslinie von drei Sturmgewehren, die auf sie gerichtet sind. Keiner getraut sich, etwas zu sagen, und untereinander zu tuscheln erscheint ihnen zu riskant, weil es sie noch verdächtiger macht. Als die beiden ihre Unterhaltung beendet haben, wendet sich der Offizier erneut auf Englisch an die Gefangenen: «Major Smirnov also hat euch entführt, ihr Grünschnäbel?» Verächtlich lacht er auf: «Wieso sollte er das tun? Wer interessiert sich für euch? Ihr seid sicher Flüchtlinge aus dem Osten! Papiere vorweisen!» – «Ach du Schande!», entfährt es Margarethe, und sie hat ein ungutes Gefühl im Bauch, als sie ihre Identitätskarte herausfischt, die noch immer im Höschen versteckt ist. Die Jungs machen grosse Augen, weil sie dazu ihr Minikleid hochziehen muss. «Mäg, mach hier jetzt keinen Strip!», flüstert Leon alarmiert, und der Offizier bellt: «No indecent exposure!»

Erwartetermassen kann der Militärkopf nichts mit dem modernen Ausweis aus der Schweiz anfangen, und er brüllt: «Was sind das für Papiere? Geburtsjahr 2004? Willst du mich für blöd verkaufen?» Und er knallt dem Mädchen die Karte vor die Füsse. Sie bückt sich, um sie aufzuheben, da macht er Anstalten, ihr auf die

Hand zu treten. Schnell wie ein Blitz prescht Leon vor und verabreicht dem Kerl einen Faustschlag in die Magengrube. Seraina zieht zischend Luft ein, Margarethe zuckt zurück. Leon fasst sich und merkt, dass er zu weit gegangen ist. Der Offizier hält sich stöhnend eine Hand auf den Magen und brüllt wie ein Stier: «Verhaften! Sofort abführen!»

Nun geht alles blitzschnell. Die vier werden umzingelt, denn noch mehr Soldaten kommen herbeigeeilt, und diese fesseln sie mit Handschellen. Allen ist angst und bange, als sie zu einem schmucklosen Gebäude geführt werden, in dem weitere Soldaten versammelt sind. Man sperrt sie in einen fensterlosen Raum, zwei Bewacher folgen ihnen. Als sie flüsternd versuchen, sich zu unterhalten, werden sie barsch zurechtgewiesen: «Ruhe!» Sie schicken einander angstvolle Blicke: Was für ein Schlamassel!

Nach kurzer Zeit öffnet ein Soldat die Türe und winkt Rudy, der am nächsten bei der Türe steht, ihm zu folgen. Die Gesichtsfarbe des Jungen wird noch um einige Schattierungen heller, und seine Freunde sind starr vor Schrecken, als die Türe hinter ihm hart ins Schloss fällt. Seraina schluchzt völlig verzweifelt. Immer, wenn jemand von den drei Gefangenen sprechen möchte, wird er gleich von seinen Bewachern barsch angefahren, zu schweigen. Es scheint endlos lange, bis Rudy zurückkehrt, und er ist weiss wie eine Wand, und Schweisstropfen stehen auf seiner Stirne. Die anderen befürchten, sie würden jetzt nacheinander hinausgerufen und in die Mangel genommen, aber bevor Rudy mit weit aufgerissenen Augen etwas sagen kann, erscheint hinter ihm der Kommandant und brüllt: «Bereit zum Abmarsch! Gefangene heraustreten!»

Unter Führung des Offiziers, der sie bereits beim Auto abgeholt hatte, müssen sie im Gänsemarsch wieder hinaus auf die Strasse, und dann bewegt sich der Trupp zurück in Richtung Grenzübergang. «Scheisse!», zischt Leon, und Rudy murmelt: «Genau! Da sitzen wir tief drin!» – «Was hast du ihm gesagt, Ru?», möchte

Margarethe wissen, die direkt hinter Rudy marschiert. Da es um sie herum laut ist, weil gerade ein Panzer vorüberdonnert, können sie sich kurz unbemerkt unterhalten. «Wir werden ausgeliefert!», presst Rudy krampfhaft hervor. – «An wen? Aber nicht etwa an die Russen?», reagiert Seraina mit schreckgeweiteten Augen. – «Bingo!» Margarethe wähnt sich einer Ohnmacht nahe. Darf das denn wahr sein? Alles ist glimpflich gelaufen, seit sie fast erschossen worden wären. Und nach der haarsträubenden Fluchthilfe-Aktion, als sie sich schon aus dem Schneider wähnten, mussten sie noch von den Amerikanern ergriffen werden, die sie an die Russen ausliefern! Das war doch einfach nicht fair! «Wir haben uns das echt nicht ausgesucht!», schickt sie einen Protestruf zum Himmel – und ein Krächzen antwortet ihr. Sie gewahrt den schwarzen Vogel hoch in den Lüften, die Flügel weit ausgebreitet im Segelflug. Das ist für sie ein kleiner Trost. Ihr Rabe ist immer noch da, und vielleicht kann er die vier Freunde wieder raushauen.

Wie sie über die Grenze gelangen, weiss Margarethe nicht mehr so genau; sie taumelt mehr, als sie geht, weil ihr Blutdruck vor lauter Stress wieder in den Keller abgesackt ist. Als sie wieder einigermassen klar denken kann, findet sie sich in einem fensterlosen Raum. Margarethe sitzt auf einem simplen Holzstuhl und hat ihre Hände immer noch mit Handschellen auf den Rücken gefesselt. Sie blickt umher und fragt sich angstvoll, wo Leon, Rudy und Seraina sind. In dem kurzen Kleid ist es ihr erst recht unangenehm in ihrer Lage, und sie schlägt verschämt die Beine übereinander.

Plötzlich wird ein Lichtstrahl auf sie gerichtet, der sie blendet, und sie bemerkt erst jetzt, dass sie nicht allein ist. «Ismena!», brüllt eine unfreundliche Stimme. «Predateli!» Verwirrt schüttelt das Mädchen seinen Kopf. Sie sieht nicht, wer sie anbrüllt, und sie versteht kein Wort. «Panimajesch?», richtet die Stimme aus dem Licht eine barsche Frage an sie. Margarethe fasst sich ein

Herz: «Ich verstehe nichts.» Die Stimme murmelt etwas Unverständliches, und es klingt sehr ungeduldig. Das Licht wird wieder ausgeschaltet, und ein Soldat packt die Gefangene am Arm und zieht sie mit sich hinaus aus dem Zimmer. Im dunklen Korridor, von dem nach allen Richtungen Türen abgehen, stinkt es nach Zigarettenrauch, und Lärm dringt durch Wände. Jemand schreit, jemand stöhnt, und es klingt fürchterlich. «Das muss ein Albtraum sein!», denkt Margarethe. «Wenn ich doch nur aufwachen könnte!» Unsanft wird sie in ein anderes Zimmer bugsiert, aus welchem Geräusche dringen wie das Fauchen und Brüllen eines wilden Tieres. Sie erstarrt vor Schreck, sucht nach der Quelle des Lärms und befürchtet bereits wieder eine Arena voller wilder Tiere. Dann verschlägt es ihr den Atem: In dem Raum steht ein Käfig, und darin kauert – nicht ein Tier, sondern ein Mensch. Und nicht irgendein Mensch: Leon!

Margarethe wird von kaltem Grauen erfasst: «Leon!», ruft sie. Stöhnend hebt er seinen Kopf und blickt sie unter seinen langen Locken, die ihm tief ins Gesicht fallen, an mit einer Mischung aus Erleichterung und Verzweiflung. «Gott sei Dank, bist du hier, Mäg! Ich dachte, ich drehe durch!» Seine Lage ist sehr unbequem: Der Käfig ist so klein, dass er sich nicht aufrichten kann, und da der Boden auch aus Gitterstäben besteht, kann er auch nicht richtig sitzen oder kauern, da ihm die Schuhe weggenommen wurden, und er trägt auch sein neues Hemd nicht mehr, nur ein ärmelloses Shirt. «Oh nein, du Ärmster, das ist ja grauenhaft!» – «Grauenhaft ist nur der Vorname! Ich habe vorhin rumgebrüllt und dachte, ich krieg die Krise!» – «Wurdest du gefoltert?» Margarethe verspürt unendliches Mitleid mit ihrem Freund in dieser beklagenswerten Lage, und es tut ihr physisch weh, ihn so eingesperrt zu sehen. Statt einer Antwort rüttelt er wütend am Gitter. «Das hier ist schon Folter genug! Verdammt ungemütlich!», keucht er dann, aber der Galgenhumor ist ihm im Hals steckengeblieben. – «Was soll das, wieso haben die dich in einen Käfig gesperrt?», fragt sie verwirrt. – «Das ist eine Folter-

162

methode, weil du das nicht lange aushältst! Du kannst nicht sitzen, du kannst nicht liegen und schon gar nicht aufstehen.» – «Grauenhaft, du Armer! Haben sie dich verhört?» – «Bis jetzt noch nicht!» – «Was ist mit den anderen?» – «Keine Ahnung, das heisst... möchtest du es wirklich wissen?» Margarethe spürt, wie ihr ein eiskalter Schauder über den Rücken läuft. «Ja, wo sind sie?», fragt sie voller Angst. – «So, wie ich das verstanden habe, aber ich bin nicht sicher... werden sie, oder einer von ihnen, mit Elektroschocks traktiert.» – «Das ist ja grausig!» – «Das ist realistisch», entgegnet er resigniert. «Immerhin haben wir in den Augen der Sowjets Hochverrat begangen, und darauf steht Todesstrafe, und unter Folter wollen sie Informationen aus uns rauswringen.» – «Schauderhaft!» Margarethe wundert sich, dass sie mit Leon alleingelassen wird in dem Raum. Andererseits kann sie ihn nicht befreien; ihr sind buchstäblich die Hände gebunden. Als könnte er ihre Gedanken lesen, murmelt Leon mit einem Anflug eines Grinsens: «Wenn nur Raina hier wäre mit ihren Haarnadeln!»

Unsanft wird die Türe aufgerissen, und zwei Soldaten bringen zwei bekannte Gestalten herein, die jedoch wie Schatten ihrer selbst anmuten. Rudy sieht völlig fertig aus, und Seraina ist in Tränen aufgelöst. Beide tragen Handschellen, und die Bewacher laden sie unsanft auf dem blanken Boden ab. In dem Raum sind keine Sitzgelegenheiten, auch Margarethe lehnt sich an die nackte Wand, weil sie immer noch – oder schon wieder – weiche Knie hat. «Rudy, Raina, was ist mit euch?», fragt sie äusserst besorgt. Statt einer Antwort kommt nur ein Stöhnen und ein Schluchzen. «Haben sie euch gefoltert?» Seraina nickt, und ihre Augen sind schreckgeweitet, als sie Leon erblickt: «Oh nein, Leo!» – «Hallo, Rai, schön, dich zu sehen!», begrüsst er sie verkrampft jovial, und seiner Stimme ist anzuhören, dass er kämpft. – «Na ja, geht so, schön ist anders!», klagt sie. «Der arme Rudy! Es war einfach grauenvoll! Und ich war so machtlos, konnte ihm überhaupt nicht helfen! Aber dir geht es auch nicht besser!» –

«Ich bin halt der Löwe im Käfig, das kann vorkommen!», erwidert er lakonisch mit zusammengebissenen Zähnen und verlagert das Gewicht von einem Knie wieder auf das andere und auf den anderen Fuss, verzieht sein Gesicht und versucht, sich auf sein Hinterteil niederzulassen, was aber offenbar auch keine gute Idee ist. Darum klammert er sich mit dem Fingern am Gitter fest, um sein Körpergewicht zu verteilen.

Langsam kommt wieder Leben in Rudy, welcher zuerst eine Weile lethargisch in sich zusammengesunken am Boden lag. Er hebt seinen Kopf, und er sieht noch blasser aus, als Margarethe es für möglich gehalten hatte bei seiner ohnehin hellen Haut. Rudy wirkt richtig durchsichtig. Aber seine Miene zeigt Gefühlsregungen, und er scheint zwischen zwei widerstreitenden Gefühlen zu kämpfen, als er spricht: «Sind wir hier im Zoo oder was? Alles okay, Löwe?» – «Yo, Mann!», erwidert der Käfiginsasse betont cool, aber es ist ihm anzumerken, dass ihm überhaupt nicht wohl in seiner Haut ist. «Was haben sie mit dir gemacht, Ru?» – «Elektroschocks», antwortet dieser knapp, und Seraina schluchzt auf: «Es war furchtbar!» – «Bei dir etwa auch?», fragt Margarethe ihre Freundin alarmiert. – «Nein, aber ich hab' zusehen müssen, und es hat mir jedes Mal weh getan, als hätten sie mich misshandelt!» Rudy sieht immer noch schwer geschockt aus und kann sich kaum auf seinen Ellenbogen aufrichten. Sein Blick wirkt wie verglast. – «Und, habt ihr ausgepackt?», erkundigt sich Leon. «Ich nehme an, sie haben euch verhört, wenn sie Rudy gefoltert haben.» – «Ja, sie wollten vermutlich wissen, wo wir das Auto herhatten. Aber das sind alles Russen, die verstehen kein Deutsch und auch kein Englisch. Oder sie haben absichtlich nur so getan, als würden sie uns nicht verstehen, ich weiss es nicht.» – «Ich hab's mit Italienisch probiert und mit Französisch, aber da wurden sie nur wütend und brüllten irgendwas Unverständliches», klagt Seraina, «ich hatte echt Angst, dass sie meinem Rudy noch schlimmer zusetzen!» Margarethe seufzt: «Trotz allem bin ich froh, euch zu sehen, ich war krank vor Sorge, was sie mit euch anstellen! Weil da draussen die ganze Zeit so ein Gebrüll ist.» Rudy fängt schwach an zu lachen: «Das Gebrüll ist im Fall ein Fake!» – «Wie bitte?», wundert sich Margarethe. «Wird da nicht einer fürchterlich gefoltert?» – «Nein, die spielen Karten!» – «Waaas?», wundert sich nun auch Leon. – «Doch, die hauen ihre Karten mit einem Schrei auf den Tisch, und das klingt so, als würde einer ausgepeitscht!», erklärt Rudy belustigt trotz der ernsten Lage. – «Das kenne ich aus einem Film, aus einer Agentenparodie, da gab es so eine Szene, und der Protagonist war total eingeschüchtert, dabei spielten die im Nebenraum nur Karten», erinnert sich Margarethe. «Aber das ändert nix daran, dass die Elektroschocks echt waren! Du Ärmster!» Rudy zuckt mit den Schultern, so gut er das mit den Handschellen kann. «Na ja, angenehm war es nicht, aber eine Erfahrung mehr, die ich gemacht habe und nicht mehr machen muss – hoffentlich.» – «Wenn es bloss schon vorbei wäre!», seufzt Seraina. «Was die noch mit uns vorhaben, steht in den Sternen. Und mit Leon im Käfig.» – «Verdammt unbequem ist es, das könnt ihr mir glauben! Mir tun die Fusssohlen und die Knie weh von den Gitterstäben!», beschwert er sich. «Mal ganz zu schweigen von was anderem. Diese neue Hose mag ja elegant sein, aber der Stoff ist zu dünn. Immerhin besteht Hoffnung, dass sie euch Frauen in Frieden lassen.» – «Bist du dir da sicher? Ich traue diesen Typen nicht… man hört ja Schlimmes!», äussert sich Rudy besorgt. – «Das sind Russen, die haben einen Heidenrespekt vor Frauen, besonders vor Ausländerinnen!», weiss Leon. «Unterschätz das nicht! Darum lassen sie euch zusehen, während sie uns Männer foltern.» – «Auch eine Art von Tortur, und ich finde sie brutal!», gesteht Margarethe. – «Ja, brutal ist es, und wenn ich nicht endlich hier rauskann, drehe ich durch! Dann werde ich zum Tier!» Leon klammert sich krampfhaft mit seinen Fingern an die Gitterstäbe; er leidet offensichtlich, obwohl er versucht, tapfer zu sein. Rudy schickt ihm einen mitleidigen Blick: «Ich möchte nicht mit dir tauschen; die Elektroschocks waren schlimm, aber immerhin ist es vorbei – vorläufig. Und wer weiss, wie lang sie dich noch in dem Käfig lassen!» – «Mach mich nicht fertig, Ru!» Die schreckgeweiteten Augen von Leon sprechen Bände, und Margarethe bemerkt leise: «Oder ob sie uns alle auch noch in Käfige sperren!» – «Bitte nicht bei mir, bei aller Liebe – es ist schon so verdammt eng hier drin!»

Jetzt kommt Leben in die Bude: Die Türe wird aufgerissen, und herein kommen drei Männer mit typisch russischen Köpfen: unverkennbar die prägnanten Augenbrauen und der Haarschnitt, der ihnen quadratische Schädelform verleiht. Zackig schreiten sie zum Käfig, und derjenige, der offensichtlich die Führungsperson ist, brüllt Leon an: «Gosudarstwennaja ismena!» – «Hochverrat? Patschemu?», erwidert Leon, und mindestens drei verwunderte Augenpaare heften sich auf ihn. Der Offizier schreit noch lauter: «Sat kniss!» – «Okay, okay», reagiert Leon, worauf der Befrager mit einem langen Stab auf den Käfig schlägt. Es klingt fürchterlich laut, und Leon hält sich die Ohren zu. Eine Schimpftirade ergiesst sich über den armen Käfiginsassen, dann wendet sich der Brüllende den anderen dreien zu und schreit sie ebenso an, wobei niemand ein Wort versteht. Leons Stimme wird hörbar, als das Gebrüll verebbt, und Margarethe macht grosse Augen. «Sto wy chatitje?», fragt Leon in einer ihr unbekannten Sprache. «Sto my delajem?» Der Offizier hält inne, dann wendet er sich direkt an Leon: «Ty pa russkij gavarisch?» – «Da, nemnogo.» – «Was geht ab?», fragt Rudy. – «Du glaubst es nicht: Unser Löwe spricht Russisch!», staunt Seraina. «Wusstest du das, Mäggy?» – «Nee, hat er mir nie gesagt!» Sie hält den Atem an. Ihr Leon erstaunt sie immer wieder! Kann er sie am Ende raushauen, weil er sich auf Russisch verständigen kann?

Weil Leon Russisch spricht, schlägt der Befrager einen anderen Ton an. Der Löwe sieht seine Chance gekommen, seine unbequeme Lage zu verbessern. «Ne choroscho», bemerkt er und deutet mit der Hand auf das Käfiggitter. Der Offizier bricht in ein grausames Lachen aus. «Kanjeschno ne ujutno! Kak sleduvjet!» Dann fährt er mit der Befragung fort. Die anderen drei verstehen kein Wort, und erst als der Name «Tschaika» fällt, flüstert Rudy: «Ich nehme an, der spricht jetzt von der GAZ-13.» Das verstehen die Mädchen nicht, und er erinnert sie daran, in welchem Automodell sie unterwegs waren die letzten zwei Tage. «Leo, kannst du ihm sagen, dass der Offizier das Auto hat unbeaufsichtigt herumstehen lassen, oder reicht dein Russisch nicht so weit?» Indigniert ermahnt der Befrager Rudy zur Ruhe, indem er ihm mit dem Stock droht. Rudy zuckt zusammen, und Leon lenkt ab mit für Ersteren unverständlichen Worten. Er muss es mehrmals wiederholen, weil der andere ihn nicht versteht, aber dann gestikuliert er und macht mit seinen Händen eine vielsagende Bewegung und hebt seine Augenbrauen, und der Offizier verzieht sein Gesicht zu einem Grinsen. Dann lacht er heiser und laut, ein dreckiges Lachen, aber es sieht so aus, als hätte Leon die Lacher auf seiner Seite. «Das waren ziemlich eindeutige Gesten, Leo!», bemerkt Rudy, und Leon erwidert: «Wenn mein Russisch nicht so weit reicht, muss ich eben mit den Händen nachhelfen, und das ist international!»

Zum grossen Erstaunen der vier Freunde beordert der Offizier einen der Bewacher zum Käfig, um diesen aufzuschliessen. Wie ein Tier kriecht Leon heraus, sitzt auf den blanken Fussboden und reibt sich erst mal seine Knie. Er sieht ziemlich mitgenommen aus. «Spasibo!», sagt er zu dem Mann, welcher jetzt ihm gegenüber freundlich, fast kameradschaftlich auftritt. «Swolotsch takoj, tvoju math'!», brummt er amüsiert vor sich hin. «Kakoj sche durak!» – «Was brabbelt der da?», fragt Rudy Leon, und dieser übersetzt: «Idiot und Schlimmeres, Schimpfworte halt, aber sie gelten nicht uns, sondern dem Major Smirnov.» Als er diesen Namen erwähnt, lacht der Russe erneut brüllend heraus. Margarethe zuckt mit den Schultern: «Die haben einen komischen Sinn für Humor, diese Russen!»

Seit Leon mit ihm einigermassen kommunizieren kann, ist der Russe richtig liebenswürdig geworden; er erteilt seinen Untergebenen Befehle, und diese bringen eine Thermoskanne und vier angeschlagene Tassen herein. Dann werden den Gefangenen die Handschellen abgenommen; Stühle werden hereingebracht, zur Erleichterung der Mädchen, denen in ihren kurzen Kleidern nicht wohl ist, am Boden zu sitzen, weil sie dann zu viel Bein zeigen. Alle vier bekommen einen Tee serviert. Verblüfft reiben sie sich die Handgelenke und trinken aus ihren Tassen. Der Tee tut gut, starker Schwarztee. Erstaunter als über den plötzlichen Sinneswandel des befragenden Offiziers sind Rudy und die Mädchen über Leons Russischkenntnisse. «Sag mal, Leo, wo hast du denn Russisch gelernt?» Dieser grinst selbstzufrieden: «Tja, wenn ihr wüsstet... vielleicht bin ich eben doch ein Geheimagent?»

* * *

«Dawaij tovarisch!», fordert der russische Offizier Leon auf, «Wiipim!» – «Charascho!», entgegnet dieser grinsend, und fügt, zu seinen Freunden gewandt, hinzu: «Das sind gute Voraussetzungen!» Die drei verstehen aber nur Bahnhof. «Ach, sorry, ihr versteht ja kein Russisch. Sie wollen mit uns saufen.» – «Na prima, und du säufst sie dann unter den Tisch, was, Leo?», ächzt Rudy. «Ich kann da nicht mithalten!»

Ein Soldat bringt Gläser und eine Flasche Wodka, und dann fordert der Offizier seinen neuen Freund Leon dazu auf, mit ihm anzustossen. Auch Leons Freunde lädt er zum fröhlichen Mitfeiern ein: «Davaijte, drusja!» Amüsiert zieht Leon eine Augenbraue hoch: «Jetzt sind wir schon seine Freunde; so schnell geht das bei den Russen!» Der Löwe sieht ziemlich zerknittert aus, hat sich aber schon wieder einigermassen gefasst nach seinem unangenehmen Käfigaufenthalt und fordert Rudy auf, mitzutrinken, aber Rudy wehrt ab mit den Worten: «Ich bin immer noch mehr geschüttelt als gerührt.» Auch wenn der Offizier ihn nicht versteht, so reagiert er auf die eindeutige Gestik der Ablehnung, murmelt etwas auf Russisch und drängt Rudy ein Glas auf, das er mit durchsichtiger, klarer Flüssigkeit füllt bis zum Rand. «Drrinke, drrinke! Wodotschka!» – «Trink das ‹Wässerchen›, Ru, sonst kriegst du Ärger, und wir alle auch!», befiehlt Leon aus dem Mundwinkel. «Sonst beleidigst du ihn, und das kommt selten gut! Die russische Seele ist im Grunde genommen gutmütig und gastfreundlich!» Margarethe flüstert staunend: «Woher weisst du so viel von der russischen Seele?» Leon winkt ab: «Das erzähle ich euch ein andermal.» Die Soldaten drücken nun auch den Mädchen je ein Glas in die Hand, und beide zögern erst, dann fasst sich Seraina ein Herz, hebt das Glas und ruft: «Druschba!» Verblüffte Blicke wenden sich ihr zu; der Russe lacht begeistert und wiederholt: «Druschba meschdu narodov!» Leon grinst: «Druschba wsjegda! Es wird immer besser! Auf Freundschaft und Völkerverständigung!» In einem Zug kippt er den Inhalt seines Glases in seinen Hals, und sein russischer Freund tut dasselbe. Rudy zögert einen Augenblick, dann stupst ihn seine Freundin an und leert ebenfalls das Glas, indem sie ihren Kopf in den Nacken legt. Sie erntet grossen Beifall seitens der anwesenden Russen. Rudy beeilt sich, es ihr gleichzutun, verschluckt sich und muss husten, was wiederum mit grösster Heiterkeit quittiert wird.

Unterdessen hat der Offizier seinen Soldaten auch eingeschenkt, und sie bechern freudig mit. Nun ist Margarethe massiv unter Zugzwang. Leon legt ihr einen Arm um die Schulter und nimmt ihr das Glas aus der Hand: «Meine Liebste, muss ich nachhelfen?» – «Nein, nicht!», wehrt sie ab, aber er setzt ihr das Glas an den Mund und kippt es; sie aber wehrt sich und prustet, und die Flüssigkeit ergiesst sich teilweise über ihren Hals und läuft in ihren Ausschnitt. Grosses Gejohle seitens der Sowjets, als das Mädchen quiekt und zusammenzuckt; sie hat trotz allem einen gehörigen Schluck Wodka erwischt, hustet und spürt ein Brennen in ihrem Hals. Jetzt kennt die Begeisterung der Russen keine Grenzen mehr. «Devotschki, devotschki!», lacht der Russe heiser. – «Was sagt er da?», keucht Margarethe mit erstickter Stimme und spürt jetzt schon, wie ihr der ungewohnte Alkohol in den Kopf steigt und ihr die Sinne vernebelt. Leon röhrt: «Die Mädchen, die Mädchen! Na devotschek!» Und er hebt sein Glas! «Na devotschek!», echot der Russe, und sie stossen an. Leons Freundin spürt, wie sie abdriftet, und das erscheint ihr gefährlich. Sie möchte auf keinen Fall die Selbstbeherrschung verlieren, denn das ist genau das, was augenblicklich passiert. «Hey, Leute, wenn wir uns hier die La-Lampe füllen, ko-kommen w-wir hier nie raus!», ermahnt sie ihre Gefährten, doch diese quittieren ihre Warnung mit Gelächter. Margarethe ist alarmiert: Wie betrunken sind ihre Freunde, und wie viel ist Theater? Das wäre eine Chance, zu entkommen, aber sie dürfen selbst nicht die Kontrolle verlieren. Unablässig werden ihre Gläser gefüllt, unterdessen haben sich noch zwei weitere Russen zu ihnen gesellt, wobei nicht klar ist, welchen Dienstgrad sie innehaben. «W-wenn g-gffffeiert w-wird, sind d-die R-rrrussen schttets zur Scht-telle!», lallt Leon erklärend. – «M-Mann, L-Leon, brems dich, du b-bist schon total besoffen!», ermahnt sie ihn und spürt, wie sie selber langsam high wird. Seraina sieht auch schon sehr angeheitert aus, und Rudy ist nach seiner Elektroschocktherapie nicht mehr belastbar und scheint einer Ohnmacht nahe. Jetzt fangen die Soldaten an, den Mädchen Komplimente zu machen, was Margarethe und Seraina auch ohne Kenntnis der russischen Sprache mitbekommen. – «Al-l-lles Schscharmeure, d-d-diese K-Kerle!», kommentiert Leon belustigt. Mit ihm ist nicht mehr zu rechnen, und Margarethe spürt, dass es an ihr liegt, sie aus dieser Situation heil hinauszubringen. Leon hat den Boden bereitet und die Freundschaft mit den Russen angezettelt, und jetzt müssten sie unerkannt verschwinden, während ihre neuen Freunde weiterfeiern. «Hey, wir m-müssen abhauen, s-solange s-sich die Rrrussen die

L-Lampe f-füllen!», raunt sie Seraina und Leon mit schwerer Zunge zu. Ihre Freundin blickt sie an mit verglastem Blick. «Rrrrai, du schschielst ja schschschon!», lallt Leon, aber Margarethe findet es nicht mehr lustig. Sie richtet sich auf wackligen Beinen auf, und als der Offizier sich ihr verwundert zuwendet, murmelt sie fragend «Toilette». Er wiehert: «Tualet tuda!» Das Mädchen ist verwirrt, sieht dann aber, wie er mit dem Zeigefinger in eine Richtung weist. Sie wankt zur Türe und geht durch den Korridor, wobei es ihr erscheint, als drehten sich die Wände um sie herum. Ich gehe durch einen Tunnel, der sich um mich dreht, denkt sie halb belustigt, halb verschreckt. Sie, die nie Alkohol zu sich nimmt, ist schon nach wenig Wodka völlig betrunken. Allein, ihr Überlebenswille ist stärker, und sie kämpft sich vorwärts, obwohl sie die Orientierung total verloren hat. Tatsächlich findet sie die Toilette, was eine gute Idee war, denn sie muss wirklich dringend. Sie wäscht sich anschliessend das Gesicht und versucht, sich zu sammeln, um wieder einen klarer Kopf zu bekommen. Da hört sie durch das vergitterte Fenster im Abort ein Krächzen.

18
Nichts wie weg!

Schlagartig ist die Rabenmutter hellwach. «Plonk!», ruft sie. «Hilf uns! Wir sind hier drin!» Das Fenstergitter ist verrostet und verbogen, und sie vermutet, es mit ein bisschen Krafteinsatz lösen zu können. Sie versucht es erst mit blossen Händen, dann nimmt sie die WC-Bürste zu Hilfe, als das aber auch nicht geht, blickt sie sich um und gewahrt dann vor der Toilettentüre eine Metallstange, die sich als Teil einer kaputten Wasserleitung entpuppt. Egal, Hauptsache, etwas Langes, mit dem man hantieren kann. Das Mädchen müht sich ab und ärgert sich, dass sie handwerklich nicht so versiert ist. Als sie entnervt aufgeben und Hilfe holen möchte, taucht Seraina auf. Sie schwankt und kichert und scheint total beschwipst zu sein. «Rai, hilf mir!» – «W-w-was m-m-machchstudennda?», lallt diese. In Schlangenlinien schwankt sie zu ihrer Freundin, und diese seufzt: «Rai, du bist ja total besoffen!» In diesem Zustand ist sie ihr keine Hilfe! Seraina rülpst, ergreift die Stange und setzt sie an, rutscht aber ab und schlägt ihrer Freundin fast das Ding an den Kopf. Geistesgegenwärtig duckt sich Margarethe. Sie merkt, dass sie vor Schreck selber nicht mehr lallt. «Bist du wahnsinnig? Umbringen musst du mich nicht, das übernehmen dann die Russen, wenn sie wieder nüchtern sind!»

Sie ruft nach ihrem Raben, aber der scheint verschwunden zu sein, und das Fenstergitter will nicht weichen. «Wir müssen einen anderen Ausweg finden!», entscheidet sie und begibt sich auf weichen Knien zur Türe. Dort hört sie ein Flattern, und sie wagt es kaum zu hoffen, was sie sieht: Ein grosser Kolkrabe fliegt durch den Korridor auf sie zu. «Plonk! Das muss ein Traum sein!» Sie sieht in der Tat zwei Raben: «Offensichtlich bin ich auch betrunken!» Jedoch bewegen sich die zwei Vögel nicht synchrom, und Margarethe hegt den Verdacht, dass sie doch nicht doppelt sieht: Plonk hat Verstärkung mitgebracht!

Der Rabe weiss genau, was er zu tun hat. «Grrrita, kchomm!», fordert er seine Menschenfreundin auf. Die Raben und die Mädchen begeben sich flatternd und schwankend zurück zum Zimmer, in welchem die Männer feiern und saufen unter lautem Geröle und Gerülpse. Margarethe packt Seraina am Rockzipfel, da diese ziemlich verwirrt ist. «Hee, r-r-reiss m-m-mir b-b-b-bloss m-m-mein K-k-k-kleid n-n-nisch ab, s-s-sonst b-b-binisch n-nackt!», protestiert diese. – «Schnauze, komm jetzt, du Schnapsnase!» Indigniert torkelt Seraina hinterher, als der seltsame Trupp ins Zimmer stürmt. Als die Raben umherflattern, wundern sich die betrunkenen Männer allesamt, und innert kürzester Zeit schaffen es die zwei Vögel, dermassen viel Chaos anzurichten, dass Margarethe die beiden Jungs am Arm packen und mit sich ziehen kann. Sie entwickelt plötzlich Bärenkräfte und hofft, dass Seraina mithalten kann, während sie Leon und Rudy am Schlafittchen hat und sich mit ihnen in Richtung Ausgang bewegt.

Plonk ergreift eine Wodkaflasche – denn unterdessen haben die Russen schon Nachschub angeschleppt und dazu noch ein paar Kollegen – und leert sie einem der Trinker über den Kopf. Dieser schimpft laut, und seine Kumpels lachen sich halb kaputt. Die ganze Runde ist sehr heiter, und die Reaktionsfähigkeit im Raum ist gleich null. In dieser Aufregung gelingt es Margarethe, ihre drei Gefährten aus dem Raum zu bugsieren, und sie zieht und schiebt sie vorwärts, plötzlich mit einem unfehlbaren Orientierungssinn versehen, und erreicht gerade den Ausgang, als sich hinter ihnen Türen öffnen und laute Stimmen im Korridor erklingen. «Lauf!», treibt sie Seraina und die Jungs an, und alle vier stürzen aus dem Haus und rennen um ihr Leben. Sie wissen nicht, wohin, aber dann hören sie ein Flattern und ein Krächzen, und Margarethe weiss nur, dass sie dem schwarzen Schatten in der Luft folgen muss. Weiter, weiter, spornt sie sich an. Sie rennt, obwohl ihre Beine schmerzen und ihr alle Muskeln wehtun. Nach einigen Minuten, die den Teenagern wie eine halbe Ewigkeit vorkommen, haben sie Gebäude und Strassen weit hinter sich gelassen. Dornen zerkratzen die nackten Beine der Mädchen. Doch Margarethe denkt nur: Egal, wie sehr es schmerzt, alles andere wäre noch viel schlimmer.

Aus den Augenwinkeln nimmt sie wahr, wie ihre Gefährten auch in Bewegung sind und ihr folgen; ab und zu muss sie nachhelfen und an einem Arm ziehen oder die Richtung korrigieren, wenn einer falsch abbiegen möchte. Sie folgt ihrem inneren Kompass und ihrem äusseren Raben, welche sich beide einig sind, und sie sorgt dafür, dass Leon, Seraina und Rudy auf der richtigen Spur bleiben. Sie selbst ist jenseits von erschöpft, rennt, läuft, torkelt, schwankt und glaubt, sich nur noch in Zeitlupe bewegen zu können. Wo sie ist, kann sie nicht feststellen; sie hat keine Ahnung, sie folgt nur noch ihrem Unterbewusstsein und ihrem Raben, ans Ende der Welt, ans Ende der Zeiten – egal wohin!

* * *

Sonnenlicht küsst das Gesicht des Mädchens, welches Rabenherz genannt wird. Und ein Gurren weckt sie schliesslich, ein sanftes Zwicken, das von einem grossen schwarzen Schnabel herrührt. «Plonk, hast du mich wachgeküsst?», murmelt Margarethe verwirrt und nimmt gerührt wahr, wie ihr Rabe sein Köpfchen an ihrer Schläfe reibt. Langsam richtet sie sich auf einem Ellenbogen auf. Ihr brummt der Kopf, und sie wundert sich, warum sie im Gras liegt – in ihrem «neuen» Berliner Minikleid von 1966. «Dann war es doch kein Traum?», stöhnt sie. Erleichtert gewahrt sie dicht neben sich drei Körper, die tief zu schlafen scheinen. Jedenfalls bewegen sie sich und atmen hörbar. Eigentlich liegen alle nicht neben- sondern fast aufeinander auf einem Haufen, und Margarethe merkt, dass Leons Arm auf ihrem Bauch liegt und Rudys Kopf auf ihrem nackten Bein, was ihr ein bisschen peinlich ist. So kurze Kleider sind wirklich nicht ideal, um in der freien Natur zu übernachten! Seraina hat sich an Rudy gekuschelt, welcher noch meilenweit weg wirkt. Ihr buntgemustertes Minikleid ist dreckverschmiert, wie das von Margarethe, und Rudys karierte Hose hat Grasflecken. Margarethe erinnert sich, wie sie ihre Freunde gezogen und gestossen hat und stets dafür gesorgt hat, dass sie in ihrer Nähe blieben. Vermutlich sind sie am Ende einfach alle kollabiert, wo sie gerade standen. Langsam kommt Leben in die anderen drei, und sie öffnen ihre Augen, stöhnen, strecken sich und blicken ebenso verwirrt um sich, wie sich Margarethe noch vor wenigen Augenblicken gefühlt hat.

Es dauert fast eine volle Stunde, bis alle wach und einigermassen ansprechbar sind. Wo sie sich befinden, ist keinem der Freunde klar. Wirklich keinem? Plonk scheint sich auszukennen, denn er lotst Margarethe zu einer kleinen Quelle, wo sich die verkaterten Teenager erfrischen können. Und ein Schwung kaltes Wasser ins Gesicht hilft ebenfalls, die Lebensgeister wiederzuerwecken. Alle vier sehen ziemlich zerknittert aus, zudem ist ihnen der Sinn nach dummen Sprüchen vergangen. Sie sind sehr schweigsam. Nach den Erlebnissen der letzten Nacht ist dies auch verständlich – Verhaftung, Auslieferung, Folter und Flucht lassen sich nicht so leicht aus dem Gedächtnis waschen. Es wird wohl noch Monate dauern, bis sie sich gänzlich davon erholt haben – wenn sie es denn nach Hause schaffen.

«Wo sind wir?», fragt Leon und hält sich stöhnend den Schädel. «Wenn ich das nur wüsste!», entgegnet Margarethe und wendet sich an Plonk: «Bitte führe uns nach Hause, Plonk!» – Der Rabe krächzt: «Aus hi!» – «Der macht sich lustig über uns. Na klar ist es aus, wir sitzen in der DDR fest, irgendwo im Nirgendwo in freier Wildbahn...», jammert Rudy, der doppelt verkatert ist:

Muskelkater von den Elektroschocks und Kater vom Wodka. Margarethe klettert auf den Hügel, aus dem die Quelle sprudelt. «Pass auf, du bist noch belämmert vom Alkohol, lass die Kletterei!», versucht Leon sie daran zu hindern, weiter hinauf zu kraxeln. Margarethe aber muss gar nicht höher hinauf, sie sieht bereits jetzt etwas sehr Seltsames: ein rotes Auto im Wald. Ungeschickt torkelt sie zu ihren Freunden zurück. Besorgt nimmt Leon sie in die Arme und fragt: «Alles ok?» Sie nickt und findet es süss, wie er sich um sie sorgt. Schnell erklärt sie den anderen, was sie gesehen hat: «Da steht ein Auto im Wald, da drüben, hinter den Büschen.» – «Nicht schon wieder, ich klaue nie wieder einen Wagen!», stöhnt Rudy, doch Seraina packt ihn am Ärmel, und er trottet ihr hinterher.

Als die vier Teenager um den Wagen herumstehen, landet Plonk auf dem Autodach. «Ein Trabi, ein knallroter Trabi. Was macht der da so ganz alleine? Wo ist der Fahrer?», grübelt Leon halblaut. Von der anderen Seite jammert Rudy: «Den hat's erwischt, und uns bald auch, wenn wir hier bleiben!» Alle stürmen zu Rudy hinüber, der etwas abseits den Toten erblickt hat. «Uns bleibt auch nichts erspart, jetzt haben wir 'ne Leiche entdeckt», seufzt Rudy, während Seraina nah herangeht und den Körper auf die Seite dreht. Sie bleibt vollkommen ruhig. Margarethe und Leon hingegen sind aschfahl im Gesicht und für einen kurzen Moment komplett sprachlos. «Hey, lass das, Finger weg! Vielleicht ist der krank gewesen!», ermahnt Rudy seine Freundin und wirkt wieder so bleich wie bei den Russen – diesmal in Sorge um Seraina. Doch diese inspiziert den Toten und stellt eine Diagnose, als wäre sie eine gewiefte Pathologin aus einem Krimi: «Den hat man erschossen, hier ist das Einschussloch, ein Treffer direkt ins Herz. Der war sofort tot. Der Leichenstarre nach müsste dies gestern Abend geschehen sein. Und er war selber bewaffnet. Das sieht nach einem Jäger aus, vielleicht ein Jagdunfall...» – «Aber wer erschiesst einen Jäger versehentlich zehn Meter neben seinem knallroten Trabi? Der muss ja Tomaten auf den Augen gehabt haben!», wendet Leon ein, der sich langsam vom Schreck erholt. Und Margarethe fügt mit erstickter Stimme hinzu: «Oder ein Mord, ...der wie ein Jagdunfall aussehen soll, ...da wollte ihn jemand aus dem Verkehr ziehen... mitsamt dem Auto... Aber Rai... woher weisst du so viel über Leichen?» – Die Angesprochene zuckt mit den Achseln und meint: «In anderthalb Jahren müssen wir uns für ein Studium entscheiden. Ich war mal schnuppern in einem Spital. Ich glaub' das wäre was für mich: Ärztin.» – «Wow, Respekt, Frau Doktor, ...aber sehr viel zu verarzten hast du nicht mehr bei diesem Kerl hier...», wendet Leon ein, der langsam seinen Humor wiederfindet, aber Margarethe verzieht das Gesicht: «Urgs, das wäre nix für mich, da schnipselt man im Studium an Leichen rum. Also ich grab lieber in der Vergangenheit.» – Leon grinst: «War ja klar: Mäg wird eh Archäologin.» – Rudy aber wendet ein: «Aber die öffnen dauernd alte Gräber!» – «Die sind aber schon so lange tot, das ist mir dann egal. Skelette sind kein Problem, aber so stinkig verfaulendes Fleisch, urgs», erklärt sich Margarethe. – «Lasst uns abhauen, sonst landen wir noch wegen Mordes im Knast!», drängt Rudy und wendet sich ab. Er ist leicht grün im Gesicht und kämpft mit Übelkeit. – «Ja klar, abhauen, Major Fuckoff ist der Experte im Abhauen! Also wohin des Weges?», fragt Leon, und sein Humor ist wieder voll da. Doch Rudy fühlt sich viel zu mies, um zu kontern, er zeigt nur mit einer Hand auf den Trabi.

*   *   *

Die Fahrt ist nicht so bequem wie mit der GAZ-13 – erstens ist ein Trabi deutlich kleiner und zweitens deutlich lärmiger. Doch es ist die einzige Möglichkeit, möglichst rasch möglichst viel Distanz zwischen sich und den Sowjets zu schaffen, die möglicherweise nach ihnen suchen. Leon steuert das Gefährt nach

Navi – und dieses Navi ist schwarz, lebendig und fliegt ihnen voraus: Plonk. – «Wir brauchen ein Schwert», grummelt Rudy, der sich mit Seraina auf die Rückbank verkrümelt hat. Margarethe seufzt: «Ja, wie wenn wir nicht schon genug Probleme an der Backe hätten… ein Schwert muss auch noch her.» Kaum hat sie das gesagt, gesellt sich ein weiteres Problem hinzu: Der Tank ist plötzlich leer, der Trabi steht mitten in der Pampa still.

Die vier Teenager setzen ihre Flucht zu Fuss fort, immer dem Raben nach. Alle vier stöhnen und ächzen, doch es hilft nichts, Plonk fliegt gnadenlos weiter. Nach einer gefühlten Ewigkeit gelangen sie an eine Klippe, die vor ihnen steil ins Meer hinabfällt. «Mist, die Ostsee! Hier ist Ende Gelände, im wahrsten Sinne!», bringt es Margarethe auf den Punkt. Plonk vollführt einen Sturzflug hinunter zum Strand. Die vier Freunde erkennen nicht, was er genau macht. Er scheint was auszubuddeln. Schliesslich fliegt er wieder hoch zu seinen Menschenfreunden auf der Klippe. Zum Erstaunen aller trägt Plonk ein kleines Schwert in den Fängen. «Ein Kurzschwert der Wikinger! Ist wohl angespült worden», erkennt Margarethe sofort. Doch niemandem ist zum Herumblödeln zumute beim Wort «Kurzschwert», denn die vier Freunde fühlen sich komplett ausgelaugt. Ihnen verschwimmt alles vor Augen: Der Horizont flimmert wie eine Fata Morgana, der Strand vibriert, als würde die Erde beben. Den Teenagern wird schwindlig – nicht gerade eine gute Situation, wenn man sich am Rand einer Klippe befindet…

* * *

Margarethe, Seraina, Rudy und Leon erwachen in einem dichten Wald. Leon stemmt sich als Erster hoch und nutzt dazu einen riesigen Metallpilz. «Mann ist das kalt hier!», beschwert er sich. Und als er an sich hinabblickt, trägt er wieder seine Winterkleider. Rasch tastet er in der einen Hosentasche nach seinem Smartiefon, in der anderen nach seiner Brieftasche und dem Schlüssel. Alles ist wieder da! Als er sich seine Freunde besieht, erkennt er, dass alle wieder so gekleidet sind, wie sie im Horgenberg-Wald angezogen waren, als sie aufgebrochen waren, um Plonk zu folgen. Sie sind also wieder zurück von ihrer Mission. Und der grosse Metallpilz ist der Einstieg zum Bunker der Schweizer Armee, in welchem alles angefangen hat, wo sie das Bajonett gefunden haben, das sie ins Jahr 1966 direkt nach Berlin in einen ehemaligen Nazi-Bunker katapultiert hat.

Leon versucht, den Deckel des Metallpilzes zu heben, doch er ist abgesperrt. Das irritiert ihn ein wenig. Margarethe ist die Zweite, die auf die Beine kommt. Sie torkelt zu Leon und schmiegt sich an ihn. Er umarmt sie. Leise flüstert sie: «Erledigt!» – «Was, wer ist erledigt?», meldet sich Seraina, und ein weiteres Stöhnen kommt von Rudy, der sich mühevoll aufrichtet. «Unsere Mission… aber auch wir sind erledigt…», bringt es Margarethe auf den Punkt, fügt aber noch halblaut hinzu: «Es bleibt uns nur noch eines zu tun: die Norweger informieren, dass sie nach dem Nazi-Bomber im Moor suchen sollen…, aber das sollen sie dann bitte allein ausbaden, ich mag nicht mehr, will nur noch heim und schlafen…» Alle stimmen ihr zu.

Als sie den Weg nach Hause unter die Füsse nehmen, stets begleitet von einem zufrieden gurrenden Plonk, würdigt Margarethe ihren Raben: «Was wäre aus uns geworden ohne den klügsten Raben aller Zeiten? – Plonk ist der Beste!» Die andern drei stimmen ihr zu und feiern Plonk durch jubelnde Zurufe. Das allerdings irritiert den Raben, der sich auf den untersten Ast seiner Eiche setzt, an der sie gerade vorbeikommen. Und er lässt die Teenager allein weiterziehen.

Während Leon und Rudy voranschreiten und ziemlich Belangloses über Studienformalitäten diskutieren, um nach den haarsträubenden Abenteuern etwas Normalität zurückzugewinnen, wendet sich Margarethe an Seraina: «Denkst du, wir werden unserem Ur-Ahnen mal bei einem unserer nächsten Zeitsprünge begegnen? Das wäre doch schön, dann könnten wir uns bei ihm bedanken, dass er unser Leben gerettet hat.» Seraina seufzt und verdreht die Augen: «Und ihm die Leviten lesen, weil wir wegen ihm vom Regen in die Traufe gekommen sind! Von Zeitsprüngen habe ich im Moment die Nase voll – aber sowas von!»

Epilog

Im darauffolgenden Frühling – während die Norweger das Wrack des Nazi-Bombers heben und die Sprengköpfe entschärfen – fahren die vier Freunde für ein Wochenende nach Berlin. Ihr Abenteuer als Agenten wider Willen sitzt allen noch mehr oder minder in den Knochen. Mit einem Besuch der Schauplätze, wie sie sich heute präsentieren, wollen sie das Geschehen verarbeiten. Im Schlosspark von Sanssouci sollen ihre Seelen heilen – Sanssouci bedeutet auf Französisch «keine Sorge», der Name ist also Programm!

Während sich die Jungs noch ausserhalb des Pavillons befinden, wo Rudy dem Major Smirnov dessen Uniform mitsamt Geldbörse und Autoschlüssel entwendet hat, sind die Mädchen schon eingetreten. «Hast du noch Alpträume von den Geschehnissen bei den Amis und den Sowjets, Mäg?», fragt Seraina und blickt Margarethe erwartungsvoll an. Die Angesprochene wirkt nachdenklich, dann sagt sie: «Es beschäftigt mich schon noch ab und zu. Besonders die Kaltschnäuzigkeit, mit der die Menschen bereit sind, einander Entsetzliches anzutun, hat mich schockiert. Leon und ich haben viel darüber gesprochen und uns quasi gegenseitig therapiert. Wie ist es mit dir und Rudy, Rai?» – «Ich war bei einer Psychologin, die hat mir sehr geholfen, mit dem Gefühl der Hilflosigkeit fertigzuwerden, das ich erlitten habe. Aber ich sorge mich um Rudy. Er hat seit unserer Rückkehr kein Wort mehr darüber verloren. Ich spüre aber, dass es ihn ziemlich verfolgt.»

In diesem Moment betreten auch die Jungs den Pavillon. Margarethe blickt ihren drei Freunden nacheinander in die Augen – an Rudy bleibt ihr Blick haften. Sie holt tief Luft und sagt: «Es tut mir immer noch so leid, dass ich die ganze Kaskade ausgelöst habe mit meiner blöden Idee, uns bei den Amis als Agenten vorzustellen. Vielleicht wären wir nie vors Exekutionskommando geraten, Rudy wäre nicht ausgetauscht worden und hätte nie das Auto klauen müssen, und wir wären nicht den Russen ausgeliefert worden, die uns gefoltert haben.» Alle schweigen kurz, dann ergreift zum Erstaunen aller Rudy das Wort: «Niemand ist schuld an irgendetwas, wir haben doch immer nur versucht, unseren Kopf aus der Schlinge zu ziehen und füreinander da zu sein. Meine Oma hat bei solchen Gelegenheiten immer folgenden Satz ausgesprochen: Man weiss nie, wofür etwas gut ist. In unserem Fall denke ich, dass ich eben gerade begriffen habe, wofür unsere Abenteuer gut waren: Sie haben unsere Freundschaft weiter vertieft. Ich weiss nun, dass ich mich jederzeit auf euch verlassen kann, egal, was passiert. Wenn wir stets zueinander halten, können wir alles ertragen. Jetzt kann ich die Vergangenheit annehmen.» Die vier Freunde schweigen einen Moment lang ergriffen, fallen sich dann in die Arme – die einen lächeln, die anderen weinen vor Erleichterung.

* * *

Dank

Christine Frank, Lisa Thyssen, Petra Vogt und Richi Munz möchten wir herzlich danken für die wertvollen Inputs zum Manuskript.

Christines Zitat zum Buch trifft es in sarkastischer Weise ziemlich genau: «Band 5 war versaut, versoffen und brutal! Aber auch brutal spannend!»

Literaturnachweis

Nach Titel:

- Roma. le guide traveler di National Geographic, Vercelli 2000-2011

- Teufelsberg bei Berlin: diverse Wikipedia-Einträge sowie der Tagesspiegel-Artikel «Skispringer und Spione» vom 30.08.2012, siehe https://www.tagesspiegel.de/berlin/geschichte-des-teufelsbergs-skispringer-und-spione/7075300.html

- West- und Ostberlin, DDR: diverse Wikipedia-Einträge und Fernseh-Dokumentationen aus der Reihe «ZDF History»

Nach AutorInnen:

- Galli, Max und Schwikart, Georg: Rom, Augsburg/Würzburg 2007

- Hinzen-Bohlen, Brigitte: Kunst& Architektur: Rom, Köln 2000

Über die Autorinnen

Michèle Combaz Thyssen

Die Historikerin, die auch Russisch studierte, wurde am 28. September 1972 in Zürich geboren. Historische Romane sind ihr Steckenpferd – sowohl als Leserin wie auch als Autorin. Im Freifach Russisch am Gymnasium Freudenberg lernte sie Carole Enz kennen, mit der sie «Rabenherz» verfasste: Teil 1 im Jahr 2000, Teil 2 2010, Teil 3 2020 und Teil 4 2021. Michèle Combaz Thyssen verfolgte auch eigene Buch-Projekte wie etwa die Scarabäus-Trilogie. Zudem hat sie mit ihren beiden Töchtern, Lisa und Désirée, Bilderbücher kreiert. Die Autorin arbeitete etliche Jahre als Journalistin und Geschichtslehrerin. Heute ist sie Fachlehrerin für Deutsch und Tanz.

Carole Enz

Die Biologin wurde am 3. August 1972 in Zürich geboren und interessierte sich schon früh für die Natur und fürs Schreiben. Als Vierzehnjährige brachte sie die Abenteuer des Rehbocks «Fao» zu Papier. Dieser Roman erschien allerdings erst 1997 und ist heute bei Sistabooks erhältlich. Mehrere Manuskripte folgten auf den ersten Streich, und meist spielt die Natur eine wichtige Rolle in ihren Büchern. Die Autorin arbeitete etliche Jahre als Biologin und erhielt dafür einen Doktortitel. Dann wechselte sie in den Wissenschaftsjournalismus. Heute ist sie in der Wissenschaftskommunikation tätig.

Weitere Bücher der Rabenherz-Autorinnen

Carole Enz, Michèle Combaz Thyssen
Rabenherz – Teil 1 – ISBN 978-3-907860-00-7
Rabenherz auf Schloss Neu-Bechburg – Teil 2
– ISBN 978-3-907860-14-4
Rabenherz und das Schwert von Glanzenberg – Teil 3
– ISBN 978-3-907860-22-9
Rabenherz im Banne der Pandemie – Teil 4
– ISBN 978-3-907860-23-6

Michèle Combaz Thyssen
Der Schlüssel des Scarabäus – Fantasy – ISBN 978-3-907860-01-4
Die Rache des Scarabäus – Fantasy – ISBN 978-3-907860-06-9
Die Tochter des Scarabäus – Fantasy – ISBN 978-3-907860-15-1
Die kleine Schildkröte, die gern fliegen wollte – Bilderbuch
– ISBN 978-3-907860-16-8

Lisa Thyssen, Michèle Combaz Thyssen
Kleiner Specht auf grosser Reise – Bilderbuch
– ISBN 978-3-907860-18-2

Lisa Thyssen, Désirée Thyssen, Michèle Combaz Thyssen
Das Abenteuer der Baum-Seele – Bilderbuch
– ISBN 978-3-907860-20-5

Carole Enz
Fao oder Der Aufschrei der Wildnis – Aus dem Leben eines
Rehbocks – ISBN 978-3-907860-07-6
Waldkauz Hannu –
Tier-Fabeln – ISBN 978-3-907860-12-0
Psi oder Die letzte Hoffnung für Jado 2 – Science Fiction –
ISBN 978-3-907860-03-8
Psi und das Geheimnis der Jado-Schattenblattpalme –
Science Fiction – ISBN 978-3-907860-04-5

Psi und die Abgründe des Jenseits – Science Fiction –
ISBN 978-3-907860-05-2
Sieben Leben, sechs Entscheide und ein Piraten-Kapitän
– Fantasy – ISBN 978-3-907860-13-7

Carole Enz, Jeannette Lagler
Rehkitz Rafael hat Angst vor dem Gewitter – Bilderbuch
– ISBN: 978-3-907860-17-5

Ebenfalls bei Sistabooks erschienen

Viktoria Abdai
Alle Wege führen in die Schweiz – Odyssee einer Exil-Ungarin
– ISBN 978-3-907860-02-1

Steffi Gmür
«Ich bin d'Steffi» – «Ich bin krank, und trotzdem ist mein Leben
lebenswert!» – ISBN 978-3-907860-11-3

Harry Schneider
Bosco Quarino – Die Walser in Bosco Gurin
– ISBN 978-3-907860-08-3
Picchio Rosso – Schweizer Agententhriller im Zweiten Weltkrieg –
Teil 1: ISBN 978-3-907860-09-0 / Teil 2: ISBN 978-3-907860-10-6

Thomi Eichhorn
Fördern – Wie Fördern gelingen kann (Fachbuch für Lehrkräfte)
– ISBN 978-3-907860-21-2

eBooks von Sistabooks

Etliche Sistabooks-Bücher sind auch in digitaler Form erhältlich, allerdings nicht über den Verlag, sondern in diversen Online-Shops.

www.sistabooks.ch